小哥兒倆

淩叔華　著

淩叔華（一九〇〇年－一九九〇年）

原名瑞棠。筆名叔華、素心。廣東番禺人。女性小說家、畫家。一九二二年就讀於燕京大學，並開始在《現代評論》發表小說。一九二九年任教於武漢大學，主編《武漢文藝》。一九四〇年起在燕京大學任教，一九五六年後在新加坡南洋大學、加拿大等地教中國近、現代文化，後寓居英國。主要作品有：短篇小說《花之寺》《女人》，散文集《愛廬夢影》等。《小哥兒倆》是文學史上的一部傑作，被譽為「現代兒童文學一個被遺忘的高峰」。

總序一

兒童文學的歷史與記憶

林文寶

大陸海豚出版社所出版之中國兒童文學經典懷舊系列，要在臺灣出版繁體版，這是臺灣兒童文學界的大事。該套書是蔣風先生策劃主編，其實就是上個世紀二、三十年代的作家與作品，絕大部分的作家與作品皆已是陌生的路人。因此，說是經典有失嚴肅；至於懷舊，或許正是這套書當時出版的意義所在。如今在臺灣印行繁體版，其意義又何在？

考查各國兒童文學的源頭，一般來說有三：

一、口傳文學
二、古代典籍
三、啟蒙教材

而臺灣似乎不只這三個源頭，綜觀臺灣近代的歷史，先後歷經荷蘭人佔據三十八年（一六二四—一六六二），西班牙局部佔領十六年（一六二六—

一六四二），明鄭二十二年（一六六一—一六八三），清朝治理二〇〇餘年（一六八三—一八九五），以及日本佔據五十年（一八九五—一九四五）。其間，相當長時間是處於被殖民的地位。因此，除了漢人移民文化外，尚有殖民者文化的滲入；尤其以日治時期的殖民文化影響最為顯著，荷蘭次之，西班牙最少，是以臺灣的文化在一九四五年以前是以漢人與原住民文化為主，殖民文化為輔的文化形態。

一九四五年十月二十五日國民黨接收臺灣後，大陸人來臺，注入文化的熱血液。接著一九四九年十二月七日國民黨政府遷都臺北，更是湧進大量的大陸人口。而後兩岸進入完全隔離的型態，直至一九八七年十一月臺灣戒嚴令廢除，兩岸開始有了交流與互動。一九八九年八月十一至二十三日「大陸兒童文學研究會」成員七人，於合肥、上海與北京進行交流，這是所謂的「破冰之旅」，正式開啟兩岸兒童文學交流歷史的一頁。

其實，兩岸或說同文，但其間隔離至少有百年之久，且由於種種政治因素，目前兩岸又處於零互動的階段。而後「發現臺灣」已然成為主流與事實。

因此，所謂臺灣兒童文學的源頭或資源，除前述各國兒童文學的三個源頭，又有受日本、西方歐美與中國的影響。而所謂三個源頭主要是以漢人文化為主，其實也就是傳統的中國文化。

臺灣兒童文學的起點，無論是一九〇七年（明治四〇年），或是一九一二年（明治四十五年／大正元年），雖然時間在日治時期，但無疑臺灣的兒童文學是屬於華文世界兒童文學的一支，它與中國漢人文化是有血緣近親的關係。因此，了解中國上個世紀新時代繁華盛世的兒童文學，是一種必然尋根之旅。

本套書是以懷舊和研究為先，因此增補了原書出版的年代（含年、月）、出版地以及作者簡介等資料。期待能補足你對華文世界兒童文學的歷史與記憶。

林文寶，現任臺東大學榮譽教授，曾任臺東大學人文學院院長、兒童文學研究所創所所長、亞洲兒童文學學會臺灣會長等。獲得第三屆五四兒童文學教育獎，中國文藝協會文藝獎章（兒童文學獎），信誼特殊貢獻獎等獎肯定。

原貌重現中國兒童文學作品

蔣風

今年年初的一天，我的年輕朋友梅杰給我打來電話，他代表海豚出版社邀請我為他策劃的一套中國兒童文學經典懷舊系列擔任主編，也許他認為我一輩子與中國兒童文學結緣，且大半輩子從事中國兒童文學教學與研究工作，對這一領域比較熟悉，了解較多，有利於全套書系經典作品的斟酌與取捨。

一開始我也感到有點突然，但畢竟自己從童年開始，就是讀《稻草人》《寄小讀者》《大林和小林》等初版本長大的。後又因教學和研究工作需要，幾乎一而再、再而三與這些兒童文學經典作品為伴，並反復閱讀。很快地，我的懷舊之情油然而生，便欣然允諾。

近幾個月來，我不斷地思考著哪些作品稱得上是中國兒童文學的經典？哪幾種是值得我們懷念的版本？一方面經常與出版社電話商討，一方面又翻找自己珍藏的舊書。同時還思考著出版這套書系的當代價值和意義。

中國兒童文學的歷史源遠流長，卻長期處於一種「不自覺」的蒙昧狀態。而清末宣統年間孫毓修主編的「童話叢刊」中的《無貓國》的出版，可算是「覺醒」的一個信號，至今已經走過整整一百年了。即便從中國出現「兒童文學」這個名詞後，葉聖陶的《稻草人》出版算起，也將近一個世紀了。在這段不長的時間裡，中國兒童文學不斷地成長，漸漸走向成熟。其中有些作品經久不衰，而一些作品卻在歷史的進程中消失了蹤影。然而，真正經典的作品，應該永遠活在眾多讀者的心底，並不時在讀者的腦海裡泛起她的倩影。

當我們站在新世紀初葉的門檻上，常常會在心底提出疑問：在這一百多年的時間裡，中國到底積澱了多少兒童文學經典名著？如今的我們又如何能夠重溫這些經典呢？

在市場經濟高度繁榮的今天，環顧當下圖書出版市場，能夠隨處找到這些經典名著各式各樣的新版本。遺憾的是，我們很難從中感受到當初那種閱讀經典作品時的新奇感、愉悅感、崇敬感。因為市面上的新版本，大都是美繪本、青少版、刪節版，甚至是粗糙的改寫本或編寫本。不少編輯和編者輕率地刪改了原作的字詞、標點，配上了與經典名著不甚協調的插圖。我想，真正的經典版本，從內容到形式都應該是精致的、典雅的，書中每個角落透露出來的氣息，都要與作品內在的美感、精神、品質相一致。於是，我繼續往前回想，記憶起那些經典名著的初版本，或者其他的老版本——我的心不禁微微一震，那裡才有我需要的閱讀感覺。

在很長的一段時間裡，我也渴望著這些中國兒童文學舊經典，能夠以它們原來的面貌重現於今天的讀者面前。至少，新的版本能夠讓讀者記憶起它們初始的樣子。此外，還有許多已經沉睡在某家圖書館或某個民間藏書家手裡的舊版本，我也希望它們能夠以原來的樣子再度展現自己。我想這恐怕也就是出版者推出這套書系的初衷。

也許有人會懷疑這種懷舊感情的意義。其實，懷舊是人類普遍存在的情感。它是一種自古迄今，不分中外都有的文化現象，反映了人類作為個體，在漫長的人生旅途上，需要回首自己走過的路，讓一行行的腳印在腦海深處復活。

懷舊，不是心靈無助的漂泊；懷舊也不是心理病態的表徵。懷舊，能夠使我們憧憬理想的價值；懷舊，可以讓我們明白追求的意義；懷舊，也促使我們理解生命的真諦。它既可讓人獲得心靈的慰藉，也能從中獲得精神力量。因此，我認為出版本書系，也是另一種形式的文化積澱。

懷舊不僅是一種文化積澱，它更為我們提供了一種經過時間發酵釀造而成的文化營養。它為認識、評價當前兒童文學創作、出版、研究提供了一份有價值的參照系統，體現了我們對它們批判性的繼承和發揚，同時還為繁榮我國兒童文學事業提供了一個座標、方向，從而順利找到超越以往的新路。這是本書系出版的根本旨意的基點。

這套書經過長時間的籌畫、準備，將要出版了。

我們出版這樣一個書系，不是炒冷飯，而是迎接一個新的挑戰。

我們的汗水不會白灑，這項勞動是有意義的。

我們是嚮往未來的，我們正在走向未來。

我們堅信自己是懷著崇高的信念，追求中國兒童文學更崇高的明天的。

二〇一一年三月二〇日

於中國兒童文學研究中心

蔣風，一九二五年生，浙江金華人。亞洲兒童文學學會共同會長、中國兒童文學學科創始人、中國國際兒童文學館館長。曾任浙江師範大學校長。著有《中國兒童文學講話》《兒童文學叢談》《兒童文學概論》《蔣風文壇回憶錄》等。二〇一一年，榮獲國際格林獎，是中國迄今為止唯一的獲得者。

自序

這本小書先是專打算收集小孩子的作品的。集了九篇，大約自民國十五年起至本年止，差不多近十年的工作了。排印以後，編輯者說這本書篇幅少些，希望我添上幾篇，這是後面幾篇附加的原因。那是另一類的東西，驟然加入，好像一個小孩子穿了雙大人拖鞋，非常不襯，但為書局打算，這也說不得了。書裡的小人兒都是常在我心窩上的安琪兒，有兩三個可以說是我追憶兒時的寫意畫。我有個毛病，無論什麼時候，說到幼年時代的事，覺得都很有意味，甚至記起自己穿木屐走路時掉了幾回底子的平凡事，告訴朋友一遍又一遍都不嫌麻煩。懷戀著童年的美夢，對於一切兒童的喜樂與悲哀，都感到興味與同情。這幾篇作品的寫作，在自己是一種愉快。如這本小書能引起幾個讀者重溫理一下舊夢，作者也就得到很大的酬報了。

目錄

小哥兒倆篇

小哥兒倆

清明那天，不但大乖二乖上的小學校放一天春節假，連城外七叔叔教的大學堂也不用上課了。頭一天爸爸早就打了兩次電話催七叔叔早些回家過節；媽媽出門買了許多材料，堆滿了廚房的長桌子，預備做許多菜。

這一天早上的太陽也像特別同小孩子們表同情，不等鬧鐘催過，它就跳進房裡來，暖和和地爬在靠窗掛的小棉袍上。

「二乖！還不起，太陽都出來了。」大乖方才醒了，照例裝著大人口吻叫弟弟起來，其實他還未滿八歲，比弟弟大兩年。

二乖一些沒理會哥哥說什麼話，現在不曉得做了什麼可怕的夢，只顧把他的胖胖的圓臉往被窩裡藏。

這樣一來，哥哥可看不上眼了，跳下自己的小床，披了牆上晒暖和的棉袍，走到弟弟床前，搖他幾下，搖不醒，他叫起來：

「媽媽，你來看看二乖，他又把腦袋放在被窩裡睡覺。」

這一喊沒把媽媽喊來（媽媽早就上廚房去了，不在隔壁）倒把二乖驚醒了。他的小喇叭嘴，老是那樣笑呵呵的樣子，他忽然坐起來搓眼問道：

「哥哥要去了嗎？」

「去哪裡？今天放假！」

放假兩字特別響亮，這響亮聲直竄進小心竅裡，使他們想起快活的事來。二乖一邊穿衣服一邊說：

「媽媽說今天有好東西吃。」

「七叔叔今天回家，上回他答應給我們帶一隻像表叔家那樣的百靈來。」大乖說著好像已經看見七叔叔像上回一樣騎了一頭黑驢手拿一個鳥籠子的樣子。他一邊跳著跑出房門，一邊唱道：

「七叔叔，八叔叔，七個八個小禿禿。」

二乖一邊洗臉也跟著唱：「七叔叔，八叔叔，七個八個小豬豬。」

媽媽從前院走進來喝道：

「怎麼好拿七叔叔唱著玩，他聽見要生氣呵。」

「七叔叔來了嗎？」大乖急問道。

「剛才到，快洗乾淨臉才許出去。」

「怎麼沒有聽見小毛驢鈴鐺響？」大乖說著趕忙地擦臉。

「你猜他總得騎驢才能回來嗎？這回他坐汽車回來的。」媽媽說著，一邊替二乖拉正了領子。

「二乖，咱們跟七叔叔要鳥兒去。」大乖放下洗面巾拉著二乖就跑。

前院子一片小孩子的尖脆的嚷聲笑聲，七叔叔果然帶了鳥來，還是一隻能說話的八哥。

「把籠子摘下來讓我細細地看看它怎樣說話。」二乖推著七叔叔的手央求道。

籠子放在一張八仙方桌子上，兩個孩子跪在椅上張大著嘴望著那裡頭的鳥。那鳥的全身羽毛比媽媽的頭髮黑得還可愛，那雙滴溜轉的圓眼睛不住地向著孩子們凝視，一會兒把黑滑的小腦袋一歪，圓眼珠子一轉，像想什麼心事似的，忽然它的蠟黃色的長嘴上下張開了嬌聲叫道「開飯，開飯」。

孩子們歡喜得爬在桌上亂搖身子笑，他們的眼，一息間都不曾離開鳥籠子。二乖的嘴總沒有閉上，他的小腮顯得更加飽滿，不用圓規，描不出那圓度了。他一邊叫著，一邊用手指伸進鳥籠子縫裡，「小舌頭多小呀！」

大乖用他的最寶貴的新式自來鉛筆插進籠子逗鳥玩，也喊道：

「八哥，八哥，再說一遍。」

這隻鳥似乎非常懂事，一點也不認生，望著小孩子又叫道：「開飯，開飯，小禿子叫開飯！」

這聲音簡直像是從一個小女孩子的嘴裡出來似的，不但孩子們聽了樂得起勁，連七叔叔同爸爸都圍到桌前來了。

「它從前的主人家一定也有小孩子的吧？」爸爸同七叔叔說。

「是學校的花匠賣給我的，他家有五六個小孩子。」七叔叔說。

「五六個小孩子把它喂大的是不是，叔叔？」大乖趕緊問。

「他們喂大了它，還教它說話。你們天天下課回來像先生教學生那麼教幾次，它更會說許多話了，我還看過會背出一首長詩的鸚哥，這沒有什麼出奇，只要肯耐煩教，一遍不會，教兩遍，教一百遍都不嫌麻煩就行了。」

七叔叔末了講的什麼孩子們簡直沒聽見，他們倆又都目不轉睛地呆向著籠子看，他們想到自己要做先生，這是多好玩的事，大乖還在那裡想要哪裡做講堂，上課下課打鐘或是搖鈴，他想到小學校是打鐘，幼稚園是搖鈴的。

大乖正想同二乖說好就在今天實行這大計畫了，恰在這頃刻間媽媽來喊大家去吃春捲。

孩子們本來不肯離開八哥去吃早飯，要求媽媽把鳥籠子提到飯廳去看著吃，無奈媽媽向來不大輕易答應孩子的要求，要求最成功的也不過是折中辦法，這回也不外這樣，允許了一半，只許把鳥籠子掛在飯廳前面的桌上，吃點心時隔著玻璃窗望得見。

大乖的眼總是望著窗外，他最愛吃的春捲也忘了怎樣放餡，怎樣卷起來吃，他差不多吃過一兩卷後，都只吃包卷的粉皮，忘了放餡了。二乖因為還小，常傍媽媽坐，都是媽媽替他卷好的，不過他到底不耐煩坐在背著鳥籠子的地方，一吃了兩包，他就跑開不吃了。

二乖離開飯桌便向廊下跑去，大乖也在後跟了來。

「孩子們，吃這一點不吃了嗎？一會兒嚷肚子餓，可沒有東西吃，聽見沒有？」媽媽看著孩子的入迷，這樣從背後喊住問。

孩子們不約而同地回答：「吃飽了，不吃了。」

七叔叔嘆著笑道：「糟了，孩子們都著迷了，是叔叔害他們的！」

叔叔把花匠交給他的用雞蛋炒的小米交給大乖，留著餵鳥，又說最好只給它涼開水喝，隨便喝別的水恐怕會生病。

大乖叫二乖拿著小米的口袋伺候著八哥吃完再添，自己卻一手拿一個茶杯，在那裡很小心地把熱開水倒來倒去要把水弄涼了給鳥喝。

「哥哥，你說要哪裡做講堂？」二乖問。

「草亭子做講堂頂好，那邊沒有人吵。」大乖常裝出大人的氣派來說話，臉色非常鄭重。

「我要教它念會第一冊國文，要它背得一個字都不錯，比你還強得多。」

二乖也沒覺得哥哥的話不好聽，因為爸爸常當他面說過幾次他念書不行，比大乖差得遠了。大乖也說慣了一些瞧不起他的話。他還是笑嘻嘻地望著哥哥說：

「哥哥，我教它唱『先生早呵』？朱先生昨天誇我唱這歌頂好。」

「你做唱歌先生好了，可是教唱歌的時候，不要笑。」

「我們什麼時候開學呢？」

「愈早愈好，今天早上吧。」大乖很有把握的樣子說了。

好容易媽媽允許了可以把鳥籠帶到園子裡，這一早上，可把兩個孩子忙透了。

想到了學校的國文先生戴眼鏡，抱著一個皮書夾來上課的，大乖就跑去把媽媽的避風眼鏡從抽屜裡翻出來了自己戴上，又把爸爸出門用的皮包也夾起來。臥房的鬧鐘也搬到亭子上來，因為找不著鈴子，上課下課只好撥一回鬧鐘就算搖了鈴了。

哥哥上去擺出正經面孔來，教了一課國文，這八哥學生不知是認生害羞或是真笨，一句句子教了十幾回都念不出來，只會向先生溜眼歪頭，先生末了沒法子，望著它，它就提高了聲像小孩子撒嬌似的喊一聲：「開飯，開飯！」

這兩個孩子聽是八哥又出聲說話，高興得叫起來，等到他倆圍著籠前逗它，它怎樣都不開口了。

「這學生還認生害羞吧。」大乖說。

「它餓了吧。」二乖拿了小米放在手掌上喂它吃，八哥啄一口小米，歪一歪頭望孩子一下，那樣子比洋娃娃好玩多了。

「這樣子好玩！」大乖喂八哥水喝。

「哥哥，它晚上跟誰睡覺？」二乖問，他心裡先想今晚上怎樣放它在床上，把自己的新棉被給它蓋，明早上它若不醒，他就學媽媽來叫自己一樣，把它整個抱起來，不管它醒了沒有。

「你真傻氣，哪見過人同鳥睡的呢。」一哥說。

到吃午飯，他還要求把八哥掛在廊下，二乖留了一小碟自己愛吃的燉肥肉，吃完飯帶去給八哥，給媽媽止住他，惹得大家都笑了，他還說怎麼鳥不吃肉嗎？

飯後爸爸同叔叔要去聽戲，因為昨天已經答應帶孩子們一塊去的，媽媽就同他們換衣服。

小哥兒倆要帶八哥去，可是他們只坐池子又不是包廂，哪能帶個鳥籠去呢。

「捨不得離開八哥就別去好了。」爸爸帶笑地說。

「今天可有李萬春做黃天霸呀！」七叔叔提醒他們。

大乖腦子裡浮出李萬春的小身子，穿上閃閃亮的花袍。頭上戴的滿是顫巍巍的大絨球冠子，拿了帶穗的花馬鞭，跳著跳出臺來，一手扯起一幅袍子，兩眼瞪大了才喊一聲黃天霸——臺下大家立刻就喝彩，那是多麼好玩！

二乖聽見李萬春黃天霸的名字，立刻就掀起一幅袍子喊道：「黃天霸呀！」杏核樣的大眼學哥哥樣斜瞪了一下。

忽然大乖想出要去看戲的道理了，說：

「二乖，我們也放八哥兒假吧，今天誰都放假。」

二乖自然同意。於是雇了三輛人力車上戲園去，爸爸一輛，叔叔一輛，大乖同二乖坐一輛，媽媽向來不愛聽戲，上姥姥家談天去了。

兩個孩子坐在車上還不斷談起八哥。大乖這時又有很深遠的像大人樣的主意。

「我說，二乖，」他鄭重地說，「它的聲音那麼好聽，我們把它送到音樂學堂去，讓它做成一個音樂家吧。」

「什麼家？」二乖不大懂。

「音樂家都不懂；前些日子我們在青年會不是看見張姑姑站在上面唱歌，我們大家都拍手請她再唱，她就是音樂家，聽說她在音樂學堂學來的。將來我們的八哥成了音樂家，也站在臺上唱歌，多好聽！」大乖同無知的弟弟說話，雖然不大痛快，但是他想到了八哥成了音樂家，心裡就充滿了希望的愉快。

「八哥上臺去唱歌，我們倆坐在底下拍手呵！」二乖滿臉笑容地說，心想哥哥一定說好。

「那時候我們也像張姑姑的先生一樣坐在臺上看，不坐底下了，讓聽的客人拍手了。等唱完了歌，我們還要上臺演說給大家聽。」

「我不敢上臺去。」二乖急說。

「怕什麼呢，我敢上去。」大乖說到這裡，想到演說的人第一句第二句都說什麼「諸君，今天兄弟」，他們的頭髮都梳得很齊整，擦了發香膏，漆黑的頭髮中，露出一條雪白的頭髮縫。皮鞋也很光的，大概演說的人都是一隻腳歪歪地伸向一邊，臺下的人看兩隻鞋都很清楚的，並不像學堂裡先生叫起來問書的樣子：兩腳立正，像他們班的王大常那次上去演說，先生說他像罰站的演說，惹得大家笑話。

哥哥雖然想到了許多事，弟弟什麼都不懂，已經不耐煩同弟弟說了。弟弟也在那裡想到八哥的種種樣子，滾圓滴溜轉的小眼睛，漆黑光亮的小腦袋，又細又長的小黃嘴，怎樣伸進小水盂裡咯嘟咯嘟地喝水，張開嘴伸出小紅舌頭來，還有它一歪頭喊「開飯，開飯」，是多麼可愛呵！他同大乖說：「哥哥，我真愛這個八哥，它真好玩！」

大乖只「唔」了一聲，接著他肯定地說道：「我們一定得把它送去學堂學成一個音樂家，回家同媽媽商量。」

隨後到了戲園，他們雖然零零碎碎地想起八哥的事來，但臺上的鑼鼓同花花袍子的戲子把他們的精神占住了。

快天黑的時候散了戲，隨著爸爸叔叔回到家裡，大乖二乖正是很高興地跳著跑，學李萬春那樣邁步法，跳進院子，忽然想到心愛的八哥，趕緊跑到廊下掛鳥籠的地方，一望，只有個空籠子擲在地上，八哥不見了。「媽——八哥呢？」兩個孩子一同高聲急叫起來。

「給野貓吃了！」媽的聲音卻非常沉重遲緩。

「給什麼野貓吃的呀？」大乖圓睜了眼，氣呼呼的卻有些不相信。二乖愣眼望著哥哥。

「還有哪一隻？又是那黑野貓！真氣人，臘肉高高地吊在房檐下，它有法子摸得著，金魚放在鐵絲罩蓋的水缸裡，它有法兒抓出來。一味饞嘴，打了多少次都不怕，這回偷到籠子裡的鳥兒來了！老王也是不中用，一隻貓都管不了，方才我出門只忘了囑咐一句，誰知就真會出事。」媽媽愈說愈生氣，雖沒有高聲地嚷叫，可是聲音是很急促的，嘴唇有些抖顫：「可憐吃得連骨頭都不見了！」

「既然沒見骨頭，這八哥也許飛走了，沒有死吧？」爸爸喝著茶插口道。

爸爸這話確給孩子們不少慰藉，他們記得故事裡常有鳥兒飛去，想到主人待它的好處，常會銜了一串珠子或一件寶物回來望主人的，這是多有趣呀！他們想著，眼卻盯著媽。

「死是一定死了的，瞧那簸箕裡的毛，上面都沾著血。」媽答。簸箕裡的鳥毛是方才在廊下掃起的，混著血肉亂作一堆，上面還有幾個蒼蠅飛來飛去。

大乖看見就哭出聲來，二乖跟著哭得很傷心，這一來，大人們也意亂心煩了。他們也不聽媽的話，也不聽七叔叔的勸慰，爸爸早躲進書房去了。

忽然大乖收了聲，跳起來四面找棍子，口裡嚷道：「打死那野貓，我要打死那野貓！」

二乖爬在媽的膝頭上，嗚嗚地抽泣。

大乖忽然找到一根攔門的長棍子，提在手裡，拉起二乖就跑。媽叫住他，他嚷道：

「報仇去，不報仇不算好漢！」

二乖也學著哥哥喊道：「不報仇不算好看！」

媽聽了二乖的話倒有些好笑了。大乖卻沒作理會，他這時正記起《三俠五義》裡的好漢怎樣報仇，《三國》裡的張飛替關雲長報仇怎樣威武，他只恨沒有什麼真刀寶劍和什麼丈八長矛給他使用，這空拳好漢未免減殺一些風勢，想到這裡，他吁了一口氣，卻仍舊拿著棍子跑。

「孩子們，上哪裡去呀？野貓黑夜裡不會來的呵！這就要開飯了，別跑開吧。」媽這時也是實在沒法子，也該開飯的時候了。

王廚子此時正走過，他說：

「少爺們，那野貓黑夜不出來的，明兒早上它來了，我替你們狠狠地打它一頓吧。」

「你哪捨得打它呀！這樣偷吃的貓，你還天天給它魚骨頭吃呢。」大乖站住了板起臉來像大人一樣聲容嚴厲。

「我的少爺，我怎會護著它！給它魚骨頭吃，是因為看它餓得太可憐罷了。」廚子笑著道。

「它是你的祖宗。」二乖忽然記起昨天在學校聽到王玉年生氣罵人的話，照樣說了出來。

「好了，少爺，別生氣了，我一定狠狠打它一頓好了。」廚子說。

「那野貓好像有了身子，不要太打狠了，嚇嚇它就算了。」媽低聲吩咐廚子。

大乖聽見了媽的話，還是氣呼呼地說：

「誰叫它吃了我們的八哥，打死它，要它償命。」

「打死它才……」二乖想照哥哥的話亦喊一下，無奈不清楚底下說什麼了。

他也挽起袖子，露出肥短的胳臂，圓睜著淚還未乾的小眼。

「野貓早上什麼時候來呵？在哪裡找到它，等我打吧，不要你打了。」大乖忽然決定地問道。

老王走入廚房一邊答道：「野貓常是天蒙亮跑到後園來，再躥進廚房，要打，頂好一個在廚房，一個在後園等著。」

「二乖，明兒我們天蒙亮就起來打它，一定得替八哥報仇。」大乖一把拉著二乖跑進屋去。

吃過夜飯，兩個孩子還是無精打采地挨在媽媽身邊，水也不喝，梨也不吃，末了大的要去睡，小的也跟了去。

上床後，大乖不像往常那樣拉著人就叫講故事，他一聲不響，只閉了眼要睡。二乖卻拉著張媽告訴哥哥方才說明日天蒙亮就起的事。

哥哥聽得不耐煩，喝著叫他睡好，要不，怕明早起不來了。

第二天太陽還沒出，大乖就醒了，想起了打貓的事，就喊弟弟：

「快起，快起，二乖，起來打貓去。」

二乖給哥哥著急聲調驚醒，急忙坐起來，拿手揉開眼。

「咱們快起來打貓去。」大乖披了袍子在穿襪子。

「貓起來了嗎？」二乖也急了，不知說什麼好，手忙腳亂地就要下床。

「怎麼忘了，我們打貓去，不是嗎？快穿衣服吧，媽媽看見這樣要說的。」

大乖已經下了床，扣衣服紐子。

大乖自己穿好了，還幫弟弟扣紐子，一邊還告訴弟弟昨晚上他想的怎樣打貓。

「你拿這條藤杆，」他遞給他一條雞毛撣子，吩咐弟弟道，「在後面院子等著打它，不要讓它跳上房頂去。我在廚房門口等它，老王說它天蒙亮就跳過後園，然後再進廚房去。你記好了，打貓的時候，千萬不要逼它跳上房去，它跳上去，我們跳不上去就糟了。」

大乖很鄭重地與弟弟清清楚楚地解說了，然後兩個人都提了毛撣子，拉了袍子，嘴裡喊著報仇，跳著出去，這時家裡人都還沒有醒。

「打貓！」二乖跑入後院去。

「打死它，報仇！」大乖的聲音裡含滿悲憤，跑到廚房門口去了。

這時剛剛天亮了不久，後院地上的草還帶著露珠兒，沾濕了這小英雄的鞋襪了。三月陽春的曉風，輕寒薄暖的微微地迎著他吹，覺得渾身輕快起來。樹枝上小麻雀三三五五地吵鬧著飛上飛下地玩，近窗戶的一棵丁香滿滿開了花，香得透鼻子，溫和的日光鋪在西邊的白粉牆上。

二乖踮高腳摘了一枝丁香花，插在右耳朵上，看見地上的小麻雀吱喳叫喚，跳躍著走，很是好玩的樣子，他就學它們，嘴裡也哼哼著歌唱，毛撣子也擲掉了。小麻雀好像同他很要好，遠遠地跟著他跳著跑，一會兒飛上去，一會兒又飛下來，都溜轉著它們的小眼睛看他，它們的小圓腦袋左一歪右一歪地向著他裝鬼臉似的看，好玩極了。

二乖一會兒就忘掉為什麼事來後院的了。他溜達到有太陽的牆邊，忽然看見裝碎紙的破木箱裡，有兩個白色的小腦袋一高一低動著，接著「咪噢！咪噢」地嬌聲叫喚，他就趕緊跑近前看去。

原來箱裡藏著一堆小貓兒，小得同過年時候媽媽捏的麵老鼠一樣，小腦袋也是麵的一樣滾圓得可愛，小紅鼻子同叫喚時一張一閉的小扁嘴，太好玩了。二乖高興得要叫起來。

他用手摸小貓的頭，一隻手又摸它的小尾巴，嘴裡學它們「咪噢，咪噢」叫著逗它們玩。

一隻黑色的大貓歪躺在一旁，一隻小貓伏在它胸前肚子上吃奶，大貓微微閉著眼睛得意地看著。其餘兩隻爬在一邊。

「哥哥來看看，多好玩呵！」二乖忽然想起來叫道，一回頭哥哥正跑進後院來了。

「二乖，你在這裡……」大乖還沒說完被二乖高興的叫喊給截住了。

「哥哥，你快來看看，這小東西多好玩！」

哥哥趕緊過去同弟弟在木箱子前面看，同二乖一樣用手摸那小貓，學它們叫喚，看大貓喂小貓奶吃，眼睛轉也不轉一下。

「它們多麼可憐，連褥子都沒有，躺在破紙的上面，一定很冷吧。」大乖說，接著出主意道，「我們一會兒跟媽媽要些棉花同它們墊一個窩兒，把飯廳的盛酒箱子弄出來，同它做兩間房子，讓大貓住一間，小貓住一間，像媽媽同我們一樣。」

「小貓餓了要找媽媽吃奶呢？」二乖覺得這問題要緊的。

「小貓會『咪，咪』地叫喚，大貓聽見就來了。」大乖一邊說一邊拾起一根樹枝去逗小貓。

「哥哥，你看它的小鼻子多好玩，還出熱氣啦。」

「不要嚇著它，它還小呢。」哥哥拉回弟弟抱著貓頭的手，一邊數道，「看有幾隻，兩隻白的，一隻黑的，一隻花的。」

「哥哥，你瞧它跟它媽一個樣子。這小腦袋多好玩！」弟弟說著，又伸出方才收了的手抱著那隻小黑貓。

搬家

自從舅舅給買到船票，家裡誰都忙起來。媽整天躲起來收拾東西，除了吃飯會客很少見到，阿乙姐已經兩三天沒梳頭，總是穿梭似的走出走入，拖鞋嗒喇嗒喇地響到街上都聽得見了。阿三滿頭流汗珠，袖子挽得高高的，不聲不響地捆東西，孩子打他幾下都不追上去還手。

廊子底下捆縛好的大箱子小匣子堆疊成幾個高高低低的山，堂屋裡的硬木條案、茶几、貴妃床，統統用麻布袋包裹著，都靠了牆小的架大的擺著，長長的一排真像一隻運貨船。這倒怪好玩的，為什麼平常不這樣擺，卻把這許多東西分開來呢？

「喂，誰來坐船？」婉兒爬上靠牆放的家具，一邊喊。

「誰要坐船，來我這裡買票！」英兒坐在低一級的貴妃床上叫道。靜兒攜著伯娘家的小妹笑嘻嘻地去打票，隨後跳上船。

「我們不坐船，爬山去！」青兒拉著小玉爬到廊下堆的箱子堆上。

「枝兒，來坐船吧。你可以買半票。」

「坐船不好玩，來跟我們爬山吧。」

枝兒正坐在門檻上，手裡玩著拾得的一個崩了邊角的破碟子，淺淺的恰好給她的大花雞裝水喝，見他們叫她，抬頭猶疑地望著。

「來，我接客上船。」婉兒走過來要拉她，青兒也跳下來叫道：「還是爬山好。山上望得見桃花山的塔和阿崩的大黃牛。」

話沒完兩邊都用勁拉她，手裡的瓷碟便摜落地上，乓的一聲。

「打破什麼了？」媽跑出來問，又說，「都出去外邊玩，不要在裡面鬧，這裡零零碎碎多少東西……」

阿乙姐也跳了出來，幫著嚷：「這一群小猴兒，簡直要拆房子了！出去玩。」

她張了兩臂像趕小雞一樣催促著。

孩子們跳著跑了出去，婉兒殿後還回頭做鬼臉給阿乙姐看。枝兒彎著腰拾地上破瓷片，已經很碎，拼不成一個碟了。她委屈地撇了嘴，媽看著說道：

「看刮破手，不要拾起吧。你也出去玩玩。」

「太太，她還有隻大花雞呢，也帶著走嗎？」阿乙姐忽然想起一件大事似的問道。

「不帶走了。」媽淡淡地答。

「媽，我帶大花雞走。」枝兒決定地說，「把它放在我的小竹籃裡，我自己提著，三叔叔說我可以這樣帶著上船。」

「竹籃子盛不下你的大花雞，傻孩子。」

「輪船上帶不了活東西，若是帶貓狗還要買票呢。」阿乙姐插嘴道。

「給它也買一張票。」枝兒說。

「像雞這樣小的東西還沒有票賣呢，若是你偷偷地帶著，他們查出來還要罰你。」

「什麼？」枝兒問。

「他們把你的雞拿去，把你關起來。」阿乙姐鼻孔好像沖進了蚊子樣的哼了兩聲。

「她還有一匣子雞蛋吧。」媽在收拾東西時忽然想到了。

「趁早拿出來吃了吧，那寶貝東西帶起來可麻煩死了。」阿乙姐又出壞主意。

「不，還要留著孵小雞兒呢。」枝兒睜大眼望著媽，她奇怪為什麼媽今天倒同阿乙姐一樣心事，不幫著孩子了。

「好孩子要聽話，大花雞和雞蛋都不能帶，船上人查出來是要拿走的。」媽正容說。

「我不給他們。」枝兒急得臉紅了。

「不給，哼，他們把你也帶走，把你做豬仔賣了，那你就永遠回不得家，你不怕嗎？」

阿乙姐像趁願地說。這回可把枝兒嚇著了，「賣去做豬仔」那倒是真可怕，永遠回不得家，見不了媽、婉兒、青兒、小妹小玉許許多多人，還有，四婆也不能見，唉，那更難過了。她愈想愈沒主意，臉上退了紅，漸漸變成青白。

媽似乎看出她的為難，說道：「孩子腦勺子沒長結實呢，阿乙，少逗她吧。」說著沉吟了一下，「枝兒，你真不捨得宰你的大花雞也有法子，我看把它送人吧，你要送給誰，想一想。」

「送給四婆。」枝兒立刻答道。還是媽的心兒靈，這樣子不是什麼難題都沒有了嗎。

「知道一定是送給四婆的，這一離開有得想呢！」媽笑著點頭。

媽說得不錯，四婆喜歡枝兒正如枝兒依戀她一樣。她是上了年紀頭髮差不多都花白的老婆子了，可是還是單人住在祠堂後面的小房子裡。她倒不是常常冷清清地過日子，有時兒子從城裡回來，把一手巾包白花花的洋錢放到四婆懷裡，四婆就買魚肉做許多菜出來，讓枝兒在那裡一同吃。飯後她兒子背了小獵槍上後山打鳥，枝兒就要求跟了去做背袋子撿死鳥的，他們一前一後慢慢地走，走渴了他給她摘一個還青的酸果或野橘子吃，有一次還捉了一隻斑鳩給她帶回家去，姊妹們見了都圍著歡叫。

四婆還有個女兒，枝兒叫她意姐，大約也是在城裡有事，她回來過幾次，有一回她帶了一個捉耗子的傢伙來，一天捉到十幾隻耗子，四婆說這樣連耗子的孫子都得絕種，貓見了都得哭呢。另一回她帶了一包天津雪梨和北京蜜棗來，據說這是專給四婆治咳嗽的，但是四婆吃時也讓枝兒先嘗一口，那是甜得牙根都有些酸軟的東西！

意姐誇過枝兒乖，能陪四婆解悶，送了一個香皂做的洋娃娃給她。那是同小鴨子一樣胖得可愛，滑溜溜的全身都是粉紅色噴香的洋娃娃。她把它放到床上躺著，青兒和小妹只顧圍到床前不迭地伸手摸它，婉兒姐喝了幾回都不肯走開。那時婉兒特別同枝兒要好，不到一天就做了一件小花衣服給洋娃娃穿上，枝兒看見差不多喜得流淚。

四婆一家都同枝兒要好，連阿乙姐看了都有些眼紅，她冷笑地對媽說，「什麼都在乎有緣法，那扁嘴鴨子似的老婆婆，枝兒會整天跟著她，『臭豬頭會遇到蒙鼻子菩薩』，這倒巧呢！」

枝兒也是真的離不開四婆，天天剛吃過早飯就溜到四婆家，給她喂鴨子，喂完趕鴨子下塘，坐到塘邊釣小魚，掏小螃蟹給鴨拌食，閒下來便在四婆跟前，給她拿東西，解開亂了的線團，穿針（四婆早就看不見針孔了）。四婆要做菜，她幫到摘根去朽葉子和剝筍皮。燒火做飯時替四婆拉風箱。飯好了不等四婆讓，她早把自己一份碗筷整整齊齊地擺在桌上了，四婆照例笑問：「又吃我的青菜白飯嗎？」枝兒忸怩地一笑，筷子已經拿在手裡了。曾有兩三次，被生人錯認她是四婆的孫女。

有時四婆出去「幫忙」，枝兒只好在家吃飯，這常被婉兒學著阿乙姐的聲調取笑她說：「四婆家裡的飯香，幹麼又跑回來呢？」大家好像跟著撇嘴地笑，使她難堪。

因此她聽到四婆要出去幫忙，她就抱著腿牽著衣角叫帶她同去，答應了什麼話都聽，四婆沒有法子，只好帶著走。在最近她們倆曾手牽手地走上滿是鳥聲大樹林的山岡，過小河時，四婆脫了鞋還背起她蹚水走過對岸。那裡田地原來有許多人蹲著拔東西，戴著新編的黃草帽，遠遠看去，還以為許多路邊菊在風地裡開了花呢。

四婆蹲下像大家一樣拔地裡的東西，枝兒乖乖地就立在旁邊。原來上面看著好像一顆金花菜，根子上卻掛著大大小小一球球的花生豆。剛拔出來時一股沙土味和著花生的香，沖得人鼻子都發癢，倒很有意思。撲去泥沙之後，一個個摘下來往籃子裡擲，不多會兒，一籃滿了，四婆捧到大簍那裡，重新又摘一籃。

直到下了太陽，大家笑嚷著散了，四婆拉了枝兒要走，一個老婆婆趕過來，把一大捧花生都裝進枝兒小圍裙的兩個袋子裡，還問裡面有袋兒沒有。四婆笑著答：「夠了，再裝一些，就成飽肚子臭蟲爬不動了。」

四婆還帶枝兒去過幾個地方幫忙，那是更有趣，不過那是夏天的事，記不清了。在她腦子裡，時時仿佛還看見那鮮紅的一球球的荔枝，快垂到地面，隨便抬頭張大嘴就可以咬一個下來。還有那碧綠噴香的蒲桃和蛋黃一樣顏色的黃皮果，採的人騎在樹枝上，雨點似的掉下那些果子來，四婆抱了簍子迎接，孩子們歡叫著撿起掉到地上面的吃。要走時四婆就叫她提起小圍裙兜著一大捧果子，她一步一步踱著回去，像只小水牛一樣！

現在枝兒要去北京了，北京有這樣有趣沒有及她離開四婆要怎樣難過，在枝兒還沒有想過。四婆呢，一向也沒有提過，只昨天枝兒替她穿針時，忽然嘆一口氣說：「枝兒，你去了北京，沒有人給我穿針了！」

「你喊我，我就來了。」枝兒坦然答道。

「去了北京就不容易來了！」

「你喊我一定來。青姐姐說北京就在聖堂山後面，坐上船就到了。你站在山頂上大聲叫我，我會聽見的。」

「沒這樣容易，小寶貝！」四婆說完接過針線來，也不做活兒，拉了枝兒的手散步到塘邊看鴨子去。

今早枝兒依了媽的話把一餅乾箱的雞蛋也拿出來捧著，叫阿三給她抱著大花雞走去四婆家。

進了門，枝兒把手裡的小箱往四婆懷裡放，說：「這都給你。」

阿三笑嘻嘻地擲下花雞就走，一邊說：「四婆，有這許多好東西，可以請客了吧！」

大花雞在地上無聊地打轉兒走，枝兒趕忙抓了一把冷飯撒在地上。她一邊看雞吃，一邊說道：「它還認生，過一會兒就好了。這些蛋都是它生的，你說可以孵幾個小雞？」

「一個蛋孵一個小雞，這裡有——」四婆用手指點著箱裡的蛋數道，「一五，一十，十五，加上兩個，這裡有十七個小雞了。」

唔——一群小雞，像絨球樣兒，白的、黑的、黃的在地上跳來跳去夠多好玩！蹲下來看原來這些絨球都有小腿小腦袋，尖尖的小嘴，珠子似的眼睛。喝水時小脖子一仰一俯可愛極了！

枝兒腦子裡浮現日前伯婆家看到的小雞，停了一會兒問道：

「小雞有耳朵沒有？」

「我沒看見過小雞長耳朵的。」

「它怎樣聽見我叫它呢？」她想到前天四婆告訴她的耳朵是管聽東西，眼是管看東西的。

「這個蛋是白雞黑雞？」枝兒見四婆沒答她，站起來摸著蛋子又問。

「現在看不出來，等孵出小雞才知道。」

「婉兒姐說小雞會變大雞，這些小雞也會變大雞嗎？」

「好好地喂它就會長大了，像這個雞買來時還沒有這樣大吧？」

「不，很大的，買來那天就下了一個蛋，我撿給媽看，媽說這個雞留著下蛋吧。是哪個蛋，我都知道。四婆，你看，這上面擦了紅胭脂的就是。這些蛋上面都叫阿三寫了名字，這是大哥哥，這是大姐姐，這是二姐、三姐、四姐，阿三說只要一隻公雞就夠了，別的都要母雞，母雞會下蛋。」枝兒很有趣地一個個指著說，「這孵出來的一點小的雞，下多小的蛋兒呵？哦，我知道，就是那回吃的小鴿子蛋吧。」

「不是，鴿子蛋是鴿子下的。小雞長大才下蛋呢。」四婆說著蓋了箱子，放在盛菜的櫃子裡。

「你們明天一定走了嗎？」

「媽說一定走，明天清早舅舅坐船來接我們去他家玩，晚上才上火輪船。今晚伯娘還叫我們都去她家吃飯，連阿乙姐和阿三都去，廚房裡就不做飯了。」說到這裡她挨到四婆身上說，「我不喜歡去伯娘家吃飯，婉兒姐說阿齊姐做過倒馬桶的。」

「你們都要去吃嗎？」

「媽說我們都得去，還叫婉兒姐不要胡說。」

四婆沉吟了一會兒說道：「等我今晚送些菜給你們吃。」

過了些時，四婆又拿出昨天沒做的針線出來，坐在靠門檻的矮竹椅上，枝兒挨身站著，看四婆做活計。這老婆婆不做聲的樣子使她記起昨天的談話來。

「四婆，我去過北京沒有呢？」枝兒這樣小年紀的人常會問大人關於自己以前的事。

「怎沒有去過，你還是北京生的呢。我頭一回看見你，你只懂北京話，還不會說我們的話，現在你大概也不會說北京話了吧。」

「婉兒姐會同媽說北京話，我們都不懂，那話怪好玩的，只打嘟嚕。」

「北京話好聽，連皇上也說那樣的話。」

「婉兒姐說皇上住在北京，我們去了讓爹爹帶去看看他。他的房子是金子做的，地上鋪的土都是金糠子。靜兒姐說我們同他磕頭的時候，抓起一把土帶回來，就可以買許多東西了。」她一邊用手摸著四婆的頭髮，像四婆平日摸她的一樣，一邊說，「靜兒姐答應給小玉留一半兒，我統統留給你好不好？」

四婆輕輕笑了笑，正欲起身做午飯，阿三來叫枝兒回去見客。

大花雞這時正在小院子太陽下慢宕宕走來走去，地上有一團滾圓的可愛影子跟著動。

「這隻雞足有三斤吧？」阿三止步看著問。

「還許有三斤半呢。是吃白米飯的雞才能長得這樣肥！」四婆答。

「這樣又肥又嫩的雞有錢也買不到呢。」阿三拉著枝兒往外走一面笑說，「你們年底團年不用買雞了，可惜我走了沾不著光。」

吃過午飯，媽帶了孩子們到各親友家辭行，一家吃一碗茶，不覺趕到掌燈時方回家。

伯娘家早就打發阿齊姐來催請幾次了。

那裡菜真不少，盤子擠碗兒，滿滿地擺了一大圓桌。孩子們肘子碰肘子地嚷著要魚要肉，伯娘同媽的兩雙筷子飛來飛去夾菜，正在吃得熱鬧，忽然阿齊姐喊：「四婆送菜來了。」

四婆笑嘻嘻地早走進來，打開提籃，捧出兩個大碗往桌上送，說道，「本來打算多做兩個菜送來的，可惜來不及了。這鄉下菜，沒什麼吃頭，不過也算盡我一點心思。」

她說完走到枝兒後面問道：「你今兒下午跟媽媽出去拜客了吧，好半天沒到我家去。」

枝兒微笑點頭。媽口裡稱謝四婆，伯娘就湊趣道：

「四婆真是破費得很，這一碗紅燒大頭魚就花錢不少了，還有那一大盤也得宰兩隻肥雞吧。」

四婆一面謙虛笑著走了出去，阿乙姐見她走後，在旁低聲冷笑道：「倒是這碗魚得花好幾毛錢，那盤雞還不是咱們家送去的。阿三可趁願了，早上叫他送去，他只嘟嚕呢！」

難道真的殺了那隻大花雞了嗎？四婆一向是非常好的人，決不會做出這樣的事來吧？不過阿乙姐這時像贏了牌九那樣咧開嘴笑，大家又都說這雞肉嫩得好。

「真的四婆宰了花雞兒了嗎？」枝兒忍不住回頭問阿乙姐。

「傻姑兒，快吃吧，吃到肚子裡倒是真的帶走了！」阿乙姐立刻笑答。

本來枝兒已經滿眼含了淚，喉嚨那一陣陣鹹澀，咽不下東西了。聽到這句答話，她的筷子落掉地上，哇的一聲哭了出來。

孩子們見她哭出聲來，大家卻同時望著她笑，阿乙姐撿起掉地的筷子給她，臉上的笑更得意。

枝兒無論怎說不肯接過筷子來，她只低頭嗚嗚地哭，媽看不過，走過來替她擦淚，哄道：「不要哭，不要哭，枝兒是頂乖頂聽話的，聽媽的話，好好地吃飯，媽更疼你……」

枝兒漲紅了臉，還是不肯吃飯。她索性閉了眼哭，只望見那隻花婆雞滿身濺了鮮血，慢宕宕地一步一跌地變了一大團黑東西，可怕極了。

「不想吃飯就別吃吧，存了食反不好。」媽見孩子仍舊不接筷子，所以也不逼她，還說，「好，下地同阿乙姐回家睡去吧。」

「不，我再去問一問四婆。」枝兒忽然決心地答，一邊跳下椅子就要去。

媽連忙拉住說：「這不許去問四婆，傻孩子。」

「不好意思的，」伯娘笑著望阿乙道，「都是阿乙姐多嘴惹的禍，你還不快哄好了她，讓你家太太吃飯。」

「『是非都為多開口』，」阿乙姐嘆了口氣笑著抱起枝兒說，「乖姑兒，饒了我吧，我們回家做甜茶吃去，吃飽了睡覺。」

枝兒見是阿乙來抱，掙脫不了，心裡更加著惱，又不明白媽為什麼不許她去問四婆，卻打發阿乙姐領她去睡，真是委屈極了。

她一路依然嗚嗚地伏在阿乙姐肩上哭個不迭。

阿齊姐她們看著都嘆說：「看不出這孩子平常那麼乖，也會發這麼大脾氣！」

小蛤蟆

小蛤蟆睜開眼一望，前邊一片水粼粼的閃著亮光，知道這是不下雨了，他縱身一跳，出了潮濕的窩兒，蹲在地上。

「寶貝，你要上哪兒玩去？」母蛤蟆伸頭水上喚住問道，「不要走遠了，再遇著那兩條腿的大妖怪可了不得，昨天險些給他踩一下，差點沒把我嚇死！」

「不要緊，媽媽，我跳得多快，還怕躲不了他嗎？」小蛤蟆答道。

「可是，寶貝，你知道我們跳多少步才夠他一步呀！碰他的大腳一下，就是死不了也要成了殘廢，一輩子只好蹲在一個地方等餓死，多苦！」

「唔——」小蛤蟆做出很懂事的樣子來，他說，「媽媽也知道總拘在一個地方是苦了！可是媽媽老是不讓我出窩兒走走，天天光吃死了的臭了的東西，吃得我差不多要吐，也該弄點新鮮的東西吃吃了。趁今天不下雨，出去散散心，明天說不定又下雨，活的蚊子虻子就不出來了。」

母蛤蟆見說不過兒子，跳到草上笑阻他道：「原來我的寶貝吃膩了家裡的東西，怎不早些說呢，媽媽也可以弄些新鮮的回來。」

「我出去弄還不一樣嗎？現在我已長大，該在外面見識見識了。昨天隔壁的大哥還說過世上活的東西像過江過海的魚蝦，到了地上喘不過氣來就會悶死，地上跑得很快的耗子和貓狗，掉到水裡咕咚咕咚喝幾口水，肚子一脹，也就要淹死；只有我們蛤蟆，進水裡像魚蝦一樣活潑自在，跳上陸地呢，也和貓狗一般吃喝玩鬧。這樣看來，我們真是世上頂能幹的活東西了。哼，就是你怕的那兩腳的大妖怪未必比得上我們吧。幾時看見他們跑進水裡來過，若是掉到水裡還許同耗子一樣淹死呢。光是身子大會怎樣！」說著他的小鼻孔出了兩下氣，嚇得一隻小蚊子亂飛。

「小孩子見識少不要胡說亂道，」母親趕緊打住說，「可別小看了兩腳的妖怪，他們是多麼神通廣大呀！別說你這樣小小年紀，就是老公公都十分佩服他們。你想他們不能下水嗎，老公公親眼看見過他們從那大到看不見邊的海裡捉到很多大魚，有時他們把地上的窩兒放在水上浮來漂去地玩耍，有一次他還望見他們跳下水去玩了多時，出來換了一套乾的皮，又在地上走來走去玩了。」

「真的這樣能幹？」小蛤蟆遲疑地問。

「老公公說的哪會有假話！」母親鄭重地嘆息了一聲往下說道，「唔——從前有個頂能幹的蛤蟆，不知怎樣修煉得了道，變成了兩腳的大妖怪了。他留下話告訴大家說，我們同兩腳的妖怪有許多地方像得很，第一，他們身上光溜溜的不長毛正同我們一樣，他們的兩條走道的腿同我們後腿一樣，比前面的兩條長些，腿的上頭是軟軟的胖肚兒，肚兒上頭有兩條短些的腿，再上面就是臉，臉上有嘴、鼻子、眼睛、耳朵，都和我們一個樣兒。」母蛤蟆一邊說一邊半抬身子指著自己身上各部分說明，聲音卻十分莊重，小蛤蟆目不轉睛地望著她往下說，「看來也只有我們像他們，譬如水裡的魚蝦蛤蟹吧，哪是頭哪是腳都分不清，身上還長了腥臭滑溜的鱗片，或是綳硬的殼子，同兩腳的妖怪一點不像，不用提了；地上走的貓狗吧，一張毛毛的臉兒，雖然也有眼睛、鼻子、嘴，可是天冷天熱都披著厚厚的毛皮，後面還拖著一條妖怪尾巴，這樣子多醜呵。天上飛的鳥兒長滿一身毛不用說，好好的腳卻變成一雙怪翅膀，水裡陸裡多少空地方不搭窩兒，倒喜歡爬那高得可怕的樹枝上，刮一回風我倒替他們擔一回心呢。」

她說到這裡，很覺得意，一邊微微抬起身子做樣子說：「瞧，只要我們後腿支得起來，不要心急只管跳著走，心平氣和地像這樣慢慢地搖搖擺擺地走起來就都和他們一樣了。」

說得高興，她挺起胖肚子，一扭一扭地顛顫著，居然走了兩步才跌倒了。好在身下都是些軟草。

小蛤蟆聽得入神，原來還有這許多的奇妙道理，自己這麼小的身體卻能修煉成那兩腳妖怪那麼大的本事，這是多麼可驚可喜的事？

一會兒他低頭望到自己的四條腿，忽然問道：「可是，若是我們學他們只用兩條腿走道，一定很累吧？」

「他們哪裡用得著多走路，只須鑽進一個大東西裡，說要上哪裡，那東西就拉他們去了。這也是老公公親眼見的。我真納悶，他們怎會想出許多奇奇怪怪的好法子玩！」

這更妙得出奇了，連走路都不用腳！原來做了兩腳的妖怪還可以使喚別的東西。蛤蟆雖是水陸都住得，可是連一條小魚都支使不動，還說什麼大些的東西嗎？他愈聽愈加羨慕兩腳的妖怪了。

「老公公知道怎樣修煉才會變成兩腳妖怪嗎？」他問。

「他大概不知道，可是他提過修煉不是容易的事，第一，得有好骨子；第二，才是修煉法子；第三，還得有耐性。他說他自己骨子不十分強，所以灰心了。」

母親說著忽然得意起來，說，「寶貝，老公公說你的骨子頂好，他若有你這樣的骨子早就得道了。」

小蛤蟆聽到這裡喜歡得膨起小肚子一高一低地叫起來。

「寶貝的聲音多麼清亮呀，自然骨子是頂好的了！」母親說到兒子的好處，不覺高興得也一起一伏地跟著唱。

唱過了一會兒，覺得渴了，跳到近旁水坑喝水找尋零碎可口的東西吃。母親想到窩裡幾個小的要找她，囑咐了兒子不要上遠處玩，便跳水裡去了。

小坑裡碧綠的水映著天上雪白的一團雲彩，蹲在裡頭睡一個覺多麼愜意，坑的四周圍長滿了嫩軟的細草，醒來跳上去捉小蚱蜢吃有多舒服。小蛤蟆一邊吃水裡蟲子一邊想，不覺吃了許多，小肚子脹得浮水都覺得吃力，他一縱身跳到細草上，閉了眼俯伏著歇息。

剛閉上眼，就想到做兩腳妖怪多麼好，連走路都可以不用腳。自己怎樣才能得道變成他們一樣，怎樣找到一個兩腳妖怪告訴這修煉法子就好。想到這事心裡不免撲撲地又急又喜地跳，正在這當兒，忽然遠遠的一隻蜜蜂嗡嗡地叫著飛來。

「喂，蜂大哥，有什麼好消息嗎？」小蛤蟆聽蜜蜂叫喚得高興知道必有有趣的事發生了。

「有一件奇怪的新聞。」蜜蜂答。因蜂身上有刺，蛤蟆向來敬畏，他因此倒結了朋友。

小蛤蟆趕緊點頭招呼他下來，蜂便輕輕落在草上。

「這事說來實在奇怪！我們鄰居一群蜜蜂先幾天不是不見了嗎？我們都說一定給什麼東西吃了或是迷了路回不了家了，大家難過了好多時，後來頭兒就叫我們幾個分頭去尋找他們，去了許多地方好容易才找著他們，原來他們住在兩腳妖怪搭的窩兒裡，叫他們回家都不肯回了。他們還要把我留下，我卻拼命地飛回來報信。」

「兩腳妖怪沒有吃他們，還給他們搭窩兒，他們住在那個窩裡還不肯回家，真是奇怪！」小蛤蟆說。

「還有奇怪的呢。他們並不用兩腳妖怪管著，大家都勤快地做工，那頭兒還只央我給領一些同伴去那裡過活，我捨不得家，所以逃了。」蜜蜂說完便要飛走，小蛤蟆急止住他問：

「再歇一會兒，我要問你話呢。你見過那裡的兩腳妖怪沒有？他待你們怎樣？」

「望見了幾回，他像很和氣的，住在那裡的蜜蜂都說他很好，不但沒有欺負他們一回，還尋找許多鮮花讓他們採。」

小蛤蟆顫聲地把自己想見兩腳妖怪的心事說了，隨後又把媽媽告訴的話也略略地說了些。

蜜蜂十分羨慕他，也樂得成全他的大志，於是詳詳細細地告訴他怎樣沿著面前的小河一直走，走到盡頭，跳上有一大堆到天黑開黃花的待月草，穿過草堆，有幾株大樹，上了樹就可以看見那和氣的兩腳妖怪。

小蛤蟆聽完歡喜得跳躍亂叫，一霎時便跳進小河去了。

憑著一腔信心與希望，他在河裡游得很快，河裡的新奇景致，引不了他流連，水上飛來躥去的蟲魚，動不了他的食欲，渴了就喝幾口水，餓了也隨便抓著迎面來的小蛄蛄魚充餓，他一心想著快快到了河的盡頭。直游得四肢有些酸乏，可是見了河的盡頭，立刻不覺得疲勞了。

他連忙跳上堤子，果然就看見一大堆還沒有開的黃色待月花，迎著風一朵朵向他點頭，好像在恭喜他。

小蛤蟆心下高興，跳得更加輕快了，穿過草堆，在不遠的地方果見有兩三棵大樹，有一座四方的風吹都不動的大東西，上面有幾個大窟窿露出光來，他想這個大約就是蜜蜂說的兩腳妖怪的窩兒了。

他跳到大樹跟前，縱身跳上一棵斜斜的樹幹上，再慢慢地一小步一小步跳上去。跳了一會兒，忽然望見旁邊樹枝上有兩隻小麻雀蹲著，兩雙滾圓的小眼衝著他溜來轉去，似乎笑話他上得吃力。

小蛤蟆倒也不動氣，反而笑向麻雀說：「我倒可憐你，長了一身怪毛，一對怪翅膀，只好一輩子冒險住在樹上，刮一場大風，倒替你愁死！哪像我可以有變成兩腳妖怪的體面呀。」

又爬了一會兒，他累了。平常都是跳著或游著走的，誰耐煩慢慢地爬呢。不過這次不比平常，是抱著大心願來的呀！

小蛤蟆想到高興處，還振作精神往上爬，忽然幾個蒼蠅嚷嚷著飛過，他張嘴隨迎隨即吞了，葉蔭處有兩隻大蚊子趕來要咬他的樣子，他看好了，不慌不忙張嘴呼一口氣，蚊子都落在他口裡了。

到了一堆翠綠得同他皮子差不多顏色的葉子底，他仔細地四面一望，原來葉子當中藏了一個一個黃得同待月花一樣的圓球兒。從葉子的這一邊望出去是一片草地，上面有各種顏色的花朵，那一邊望出去，就是那座方方的、穩穩的大東西，他想那裡頭一定裝著他想見的兩腳妖怪吧。

「且別慌，先得想一想見了他的時候怎樣打招呼……」小蛤蟆強制住歡喜的心跳自語道，「一定得想好了再叫出來，叫錯了他怕要生氣的。」

「唔，唔，平常大家都喜歡誇獎自己個子大、力量大，比什麼都能幹，能治服一切東西……」他心口相商了一會兒，這樣說也許不致弄出什麼錯兒來，可是很後悔早先沒同媽媽商量商量，她說出來的話多好聽呀。

「我說，比什麼都大的、都能幹的神通廣大的兩腳妖怪。」

他謹謹慎慎地在肚裡念一遍。忽然想起這兩腳的妖怪像是個花號，說出來未免不大恭敬，想了多少個別的字眼都不大合適，末了忽然想到應當顯出親熱要好的意思，「我的好爺爺」是再好沒有的稱謂了。

又跳上一枝，就高了許多，距那座大東西更近了些，看得很清楚了。裡面果然裝著個披了一身白皮的兩腳妖怪。

他又驚又喜地往前望，不期驚喜過度身子反抖擻起來，方才預備的稱呼忘得乾乾淨淨，只呆呆地往前看。

窩裡的兩腳妖怪，支直了胸膛，挺了肚子，搖搖擺擺慢宕宕地走來走去自己玩，他上邊的爪子抓了一個圓圓的黃球兒，一會撥弄著一會兒送到嘴裡咬。

小蛤蟆忽看到自己身旁就有那樣黃色的圓球兒，就伸頭過去咬一口，沒想到這一口可把他害苦了。眼睛酸得只流水，大嘴裡好像被什麼戳穿了一樣，又痳痹又疼痛，張了不是，閉了也不是。

恐怕呻吟被對面聽見，只好低低地叫苦。他奇怪為何兩腳妖怪許多好東西不吃，卻吃這樣難吃的，終於他忽然明白過來，自語道：「許是能吃這樣難吃東西才成了那樣偉大能幹呢，老公公不是常常教我們不要搶好吃的自己吃嗎？」

想到回去後把這件事告訴媽媽，她得怎樣驚訝，將來弟弟妹妹嘴饞唆媽媽時，自己就把這件事講給他們聽，這是親眼看見的呵。

那大妖怪忽然蹲在一件東西上，把兩條腿垂下，似乎在歇息的樣子。小蛤蟆想這是個向他打招呼的好機會，於是他凝神閉氣地伸頭葉子上，很溫和地叫道：

「喂，你比什麼都偉大的，都能幹的神通廣大的，治服一切的好爺爺……」

連說兩遍那大妖怪並不動一動，大約是睡著了吧。小蛤蟆只好耐著煩等到他醒來再說。伏在樹上一會兒覺得肚子有些空空的樣子，他銜著近旁的一群蚊子呵了幾口氣，蚊子紛紛都落到他的大嘴裡去，又隨意吃了幾條爬在枝上的蝕葉蟲，因為方才受了兩腳妖怪的感化，遠些的枝上雖有幾隻鮮味的青蜢和兩個脆皮的草蚤，他沒在意。

吃飽了仍然蹲在枝上，涼風送過一陣陣水草的青翠香味，使他想起窩裡的快活，媽媽爸爸弟弟妹妹都團在一塊，這早晚也許正在分吃一隻異味的蝦或一條死魚，吃過後媽媽跟著爸爸一高一低地唱，孩子們繞著圈跳著玩耍。

他抬頭望著天上一片一片的像花那麼好看顏色的雲彩正在那裡慢慢地飄來飄去。這像是在水坑面上見過一次的美景，媽媽最喜歡這些顏色了。可惜她不曾來，若來了豈不要喜歡得像上回那樣大唱。想到了媽媽，他又想到回去告訴她自己是怎樣怎樣來到這個地方的，她聽了該會如何的驚奇，起先或是不相信，經詳細剖明瞭後，她要喜得摟著自己狂叫……怎樣向別的蛤蟆誇嘴，他們都來恭維要好等等，他恨不得立刻就問了那兩腳妖怪，好趕緊回家去。

他又恭恭敬敬地照方才樣子說了一套招呼的話，對面還是一樣不作理會。這一次他有些心急了，他跳到近一些的枝上，照樣說了兩遍，仍不見回話，他才有些疑心，伸了頭仔細地望過去。

那大妖怪原來並沒睡著，眼睛大睜著不知在看一樣什麼東西，口裡哼哼唧唧地不知唱著什麼，兩條腿輕輕地搖晃著。他的頭上有幾個大蒼蠅繞著亂飛，做出像圍了臭坑子尋蟲吃的討厭樣子，大腿上又有兩隻長腿細足的蚊子，將嘴裡的長針狠狠地戳進肥白的肉裡，活像叮一隻臭氣熏天的死耗子一樣的醜態。

小蛤蟆實在看不過眼，叫道：

「喂，不快呵口氣吞腿上那些鬼蚊子！頭上的蒼蠅，夠多可惡，雖然沒什麼味兒，吃了倒省得討厭。」

蚊子在大妖怪的腿上抽了許多血，腿肉上便有十幾處一塊一塊的發紅腫脹，蚊子還不知足，隨後又在別處肉上只管叮，比方才的樣子還來得狠毒醜惡，把小蛤蟆看得心中冒火，嚷道：

「這些可惡的蚊子，不吃也該打死他們哪！」

大妖怪好像才曉得，伸出他的大爪子亂抓亂搔自己的腿，肉上給蚊子叮過的地方更加紅腫起來。一會兒他跳起來像生了氣，四圍找蚊子打，可是蚊子往天花板上一躲，他便找不著了，末了他東張西望了一會兒，奈何不得蚊子，只蹲下拼命地搔自己的大腿，好像藉此出一出怨憤之氣。那些蚊子卻舒舒服服地踞在天花板上得意揚揚地望著他。

「讓我來收治這一群鬼蚊子！」小蛤蟆義憤填膺地叫了一聲，縱身跳進那座大東西裡去。望了望只有大妖怪距那些蚊子最近，他想只須爬到他的肩上呵幾口大氣，蚊子便可以都掉下來。他隨即縱身一跳。

不想大妖怪見他跳近身前，便一迭連聲地叫喊著只顧躲他，他的兩隻大腿顫動得可憐。小蛤蟆向前跳一步，他哆嗦著不知往哪面退一步好，只管無主地呀呀地啞著聲喊，那又呆又無用的神氣差點兒沒把小蛤蟆肚皮氣破。

「連我都怕得這樣？」小蛤蟆氣極了叫道，「原來白長這麼大個子，笨得可憐呀！」他憤憤地說著一縱身便跳回樹枝上，偶爾回頭望了大妖怪一眼，卻見他嘻著嘴笑向樹看，好像得了救似的快意。

「我沒有那麼傻，還要做你這樣的笨東西！」小蛤蟆自語著很不屑地瞪了他一眼，嗤了一聲，溜下了樹，由待月草堆跳到小河裡，水面上的風光，他也沒心理會，只要趕快遊回家去見媽媽，出來了好半天，她一定找苦了吧。

游了一半的路，忽然前面來了一隻大蛤蟆，一看正是媽媽，他急叫道：

「媽，我去看了兩腳妖怪來了，他連蒼蠅蚊子都打不過。蚊子咬他，好像吃一隻死耗子那麼容易，誰說他神通廣大，原來只是身個兒大，唬嚇唬嚇那些沒見過世面的東西罷了。」他急急地說完又笑道，「最可笑的是見了我都嚇得直躲。」

媽媽游到他跟前同他伏在水底歇息，聽了卻是一些不在意的樣子，緩緩答道：「寶貝，你哪裡懂得這些道理。老公公曾說過兩腳妖怪的最難學到的道行是寧可自己受些苦，叫別的東西快快活活，寶貝，我們既做不到就不要胡猜亂說，冤枉了人家。」

「你沒有看見他那蠢相呢，哪裡是什麼道行！那怯樣簡直差點兒沒把我氣死！」小蛤蟆愈說愈急，講一字差不多要跳一下。

「算了，算了，用得著急成這樣？」母親倒笑了，催道，「你該餓了，這水裡沒什麼可口的東西，還是趕回家去吃飯吧。」

母親說完帶著兒子游水。小蛤蟆看見灩灩一片玫瑰紅光的水面上浮著媽媽碧綠色的圓圓凸起來的背脊，可愛極了。

一九二八年夏日於房州

鳳凰

吃過中飯，看著姐姐們夾了書包都走了，爹爹上了車，媽媽換了衣服也出了門。上房便靜悄悄不見個人影兒，只有老黑貓團在軟椅上晒太陽歇晌覺打呼。

枝兒懶懶地踱到偏院，只見張媽獨自坐在床上板起面孔在那裡縫衣服，那個愛說話的王媽卻跟媽媽出了門了。無聊地挨著房門立了一會兒，張媽仍舊不做一聲，這時天井中忽有一隻黑鳥飛過，啞啞地叫了幾聲便停在大樹上。

「這黑的鳥叫什麼名字，張媽？」枝兒問。

「誰知道！左不過是老鴰喜鵲罷咧。」

「你來看看，張媽，它嘴裡還咬著一隻小蚱蜢。」

「沒工夫，你媽要我趕緊做衣服呢！」張媽連頭都不轉一轉，不耐煩地答道。

樹上的黑鳥看了一會兒也就沒什麼可看了。枝兒踏進房內走了一圈，忽見桌上放著一個吃剩的包子，使她想起小黃兒來。

「我拿這個去喂小黃兒吧？」她帶笑央求著道。她曉得張媽是不歡喜狗的。

張媽這才微微轉過臉來瞟一瞟那半個包子，有氣無力地答道：「拿去吧。」

枝兒聽說立刻拿了包子，跑出房門，高聲喊起：「小黃兒，黃兒黃！」

「喂，我說，」張媽忽然有了氣力大聲說話了，「不要跑去門房，太太有話不准跟當差的上街胡竄，知道吧？」

枝兒隔窗高聲答應了，回身便跳出偏院，口裡還喊著小黃兒。

近來在家裡除了抽屜內躺著扭歪了脖子的洋娃娃之外，小黃兒算是枝兒唯一的夥伴了，大人們誰也沒工夫睬她，三個阿姐上了學堂之後也就口口聲聲笑話她小孩子不屑理她了。小黃兒原是人家新送來的巴兒狗，它好像也明白只有枝兒肯同它玩，每次當她喊著它的名字，不一會兒便見它縱著靈活的身子，搖著尾巴一步一跳地迎面跑來。枝兒照例把手裡的食物故意舉得高高的一直往前跑，哄小黃兒喘著氣跟著跳。她有時回身站住，讓小黃兒站起來作揖打躬，伸出爪子來求討，他們倆這樣玩，每每從前院到後院，由後院轉出後花園，種種把戲玩過了，小黃兒目的物才到了口，可是，它常常還跟在她後面走半天。

今天喊了好一會兒，前後院都走遍了，還不見小黃兒出來。跑進後園叫了一周，仍然不見，她已有些厭倦了，忽然花窖後有一隻小狗跑進來，她就把包子拋過去。

她順步走到花窖後，想看一看花匠在那裡做什麼，才拐了彎，忽見那邊的小後門開了。這是誰開的呢？婉兒靜兒要求過幾次都沒開成功，今天卻是誰那麼能幹居然開了這門。

真是不可多得的機會，枝兒想到就趕緊探頭小門外張一張，呵呀，門外實在熱鬧有趣呢！

路上著實有意思：看呵——吱溜叫喚著推過的是水車，嗚啞嗚——嗚——氣吹著長喇叭擔著盒子過的是賣什麼的呢？那是花花綠綠的糖果車子，那是一擔青杏和糖漿。可是這邊來的老頭兒背著什麼來了呢？他手裡敲著一面小鑼，一群孩子跟著那當、當、當的聲音走。

老頭兒走到一棵大樹下就放下背上插滿小玩意兒的小櫃子，拿出小板凳來坐好，手上的小鑼已經不敲了，可是此時孩子們愈聚愈多，團團地把他圍起來。

到底他們玩什麼呢？快去瞧一瞧呵！枝兒一縱身便跑過去往孩子們裡面鑽，好容易才擠進去了。

原來老頭兒在那裡捏東西玩，這倒有玩頭。他的小櫃子上插著各樣的小玩意兒，有花花綠綠穿著戲裝的花旦、武生，有碧翠的小西瓜，有帶著紅冠的大公雞，有雪白的水鴨子，還有幾樣說不出名字來的好玩東西，真看不過來呵！這時老頭兒已經動手捏東西了。

孩子的眼都聚集在老頭兒手上一塊黃蜜色的麵。這做什麼呢？一撕作兩，一大一小，卻又連在一起。

「嘻，嘻，要做什麼？」兩個穿花衣服的孩子睜大眼咧著嘴念道。

「猜猜看！」老頭兒拿袖子擦擦他通紅的大鼻子，眼皮也不抬，仍舊做下去。

「有頭，有身子，有手，」不知誰高聲地念道，「有腳。鼻子眼睛呢？」

「有鼻子有眼，我曉得，這是個小娃娃吧！」一個很得意的聲音叫道。

「小娃娃的嘴撅得這樣高多難看，身上也不會長出毛來呀。」老頭兒忙忙用竹簽弄著一邊說。

「我知道，是個小毛猴兒！」一個孩子急喊道。

「做個『猴拉屎』吧？」不知哪個答這話。

「髒死了！」一個女孩子尖聲喊道。大家便很得意笑起來。

老頭兒總不做聲，又捏起一塊紅白色的面，把猴兒的雙手拉起來捧著它。

「猴兒偷桃吃？」

「這是孫行者偷蟠桃，大鬧天宮。」老頭兒緩緩地說，拿彩筆著意地描。

「這個我要！」一個小姑娘高聲喊。

「我要！」一個男孩子伸手先去奪。

「八個銅子。」老頭兒說。錢交過來就交了貨。

那男孩子拿了猴兒，高高地舉著跳出人圈子回家去了。真可惜，大家還沒得工夫細細地看一看呢！孩子們都回過頭來狠狠地望著那跑走了的男孩，那先說了要的小姑娘這時差不多要哭出來，眼睛裡是水汪汪的。

「沒有黃麵了，捏個別的東西吧？」

「不，我要那個猴兒。」小姑娘快要流淚了，旁邊的孩子就代出主意道：

「捏個紅猴兒。」

「不是樣兒！只有『紅孩兒』，哪有紅猴兒的。」老頭兒摸著鬍子沉吟說。

「我不要紅猴兒……」小姑娘顫聲叫。

「姑兒別急，有許多東西比猴兒好看的呢。你想想捏什麼好，鳥兒狗兒貓兒我都能捏出來，不好看算我的。」

「還是鳥兒精緻些。」一個嬌嫩聲說。

「那末，揑個老鴰！」一個頑皮孩子笑嚷。

「老鴰漆黑的，難看死啦！我不要。我要揑個頂好看的鳥兒，身上長著各式各樣好看的毛的。」

「那末，揑一隻鳳凰，包管對你的心。」老頭兒說完就把面前幾個小抽屜都打開，他匆匆在這邊揪一塊紅的麵，那邊揪一塊綠的麵，還有藍的黑的白的一霎時都揪出來，一隻手飛來飛去不知弄了多少塊顏色麵了，湊到一齊又把它分開，只見用過竹簽子剔弄又用彩筆描畫，不多會兒，真的做出一個花花綠綠的拖著長尾巴的鳥兒來。

「不好看算我的！」老頭兒擲下點眼睛的黑筆，得意地歪頭看一看，又用夾子在鳥的頭上揑出一個鮮紅的冠子。

加上個冠子更出色了，若不是親眼看著他拿各樣顏色麵揑出來的，誰不相信這是天上打發下來的神鳥呢！孩子們正在咧開嘴欣賞著，那小姑娘唯恐再失掉機會，趕緊把錢遞過去，把麵鳥奪過來。

「別跑呵，讓我們也看一看，沒人搶你的。」

小姑娘見旁邊許多孩子這樣喊，只好高高舉起來站住。越細看越好看，滿身華麗的羽毛不說了，還有那長尾巴，像一把花摺扇一樣打開了，那小黃嘴、小紅冠兒，襯上漆黑的小眼睛，咳，真真可愛！

枝兒與大家正望著嘖嘖地讚賞，那老頭兒開口道：「誰還要做？」同時有三個聲音叫道：「我要！」枝兒也喊了。

「要三個嗎？好，我一齊做三個出來。」老頭兒說完把發光的小眼睛擦了擦。他的手像變戲法的樣子，一霎時紅的綠的黑的白的麵塊都捏到手裡，籤子夾子如飛的動作，誰的眼跟得上他的手那麼快呢？不一會兒，果然捏出三隻一模一樣可愛的鳥兒。

「誰要？快來拿！」老頭兒微笑舉起來示意。

「我說要的！」兩個孩子歡叫著把錢數了交過去，就把麵鳥奪過來。

「這個我要的！」枝兒連忙擠向前面喘著氣伸出手來接。

「錢呢，小姑兒？八個子兒一隻。」老頭兒見她手裡沒錢就板起臉說。

枝兒這時才知口袋空空的拿不出錢來，臉上急得通紅，可是她說：「媽出門了，等媽回來給錢。」

「家裡有老媽媽和當差的可以要錢的吧？」老頭說。
「媽說過不准跟他們要錢花。媽回來我一定跟媽要來給你。」枝兒顫聲地央求，眼看拿不出錢來，那個可愛的寶物就不能到手，她真急壞了。
老頭兒還沒有答話，只緊緊捏著那麵鳥不放，這時站在枝兒背後穿黑背心的男人已掏出錢來遞過去，說道：「小姑兒，我給你買了吧。」說著他把那麵鳥放到枝兒手裡。
枝兒趕緊接著，也不知向那人說什麼好，說謝謝吧，那是陌生的人，怎好意思開口呢？她想著紅了臉低頭站住。
這時老頭兒已經把櫃子背起來，敲著小鑼。那群孩子有散的，有跟著走的。
「你幾歲，叫什麼名字？」那人拉起枝兒的手笑呵呵地一邊走一邊問。
「六歲，叫枝兒。」枝兒答，她不知不覺跟著這人走。
「家住在那裡是不是？那個小門是後園門吧，總不見開的。」那人回手指枝兒出來的後門道。
「對了，常常鎖起來的。今天恰巧開了，我打那裡跑出來玩，誰都不知道。」枝兒說到這裡自覺很得意，心想一會兒跑回家去告訴婉兒她們在這裡看到什麼，夠多有趣，這手裡的麵鳥也夠她們眼紅了吧！

他們牽著手一邊走一邊說話，他很親熱地摸著她的辮子，誇她的頭髮，又打聽她家裡有什麼人，爹爹做什麼事。

枝兒都據實告訴了，但提到爹爹做什麼事，她只能說出他每天早起出門辦公事，中午回家吃飯，吃過飯連忙又得去，直等到姐姐們下了學才又回家，大家都坐在一起吃點心，有時媽還做咖啡或是蔻蔻茶。

說著不覺已經走出胡同口，另轉入一條小街。那人從口袋掏出一把花生仁笑眯眯地讓枝兒吃。

「媽不叫在外邊吃東西的。」

「吃幾個不要緊，媽又不在跟前。」

花生仁香味的引誘力到底比什麼都大，枝兒伸手接過來。

吃著噴香的花生，拿著頂愛的玩物，枝兒此時快活極了，已經看不見那小門，更想不起回家的事了。

「你有沒有好朋友？」那人問道。

「什麼是好朋友？」

「好朋友就是頂喜歡你，頂喜歡同你玩的人。」
「媽媽是我的好朋友。」
「媽媽是媽媽，不能算好朋友。她也沒有閒空陪你玩耍，你還有許多姐姐呢。」
「婉兒姐沒上學的時候，我們天天一起玩，上了學堂，她就不理我了，她同靜姐姐常常藏在一起玩，我走去，她們就叫我走開。」
「你可憐得很，我做你的好朋友吧！我頂喜歡同你玩了。」
枝兒在家裡原是悶得慌，哪裡有人同她說這種親熱話，她喜歡得不知怎樣好，只覺得快活得快要流出淚來。
「你喜歡我做你的好朋友嗎？」那人見枝兒默默出神望著他，笑問道。
「你是我的好朋友！」枝兒還有些不好意思地答道。
「往後你就叫我好朋友吧。」那人很快活地笑著拍枝兒的背說。
說著說著，轉彎抹角地已經走出小街，那人問道：「你看見過真的這樣的鳳凰沒有？」
他見枝兒搖頭，接下說道：「我帶你看去，我家裡有一隻，可比這麵揑的好看多了！」

「真的嗎？」枝兒驚喜地喊，「真的有多大？你帶我瞧瞧去。」

「哼，真的鳳凰比你還要高一點，那把尾巴張開了像一棵小樹一樣大，上邊的羽毛可比這假的美得多了。你想看，我就帶你去，可是你得乖乖地跟我走路，不要一會兒又吵著要回家。聽明白沒有？」那好朋友滿面帶笑又說，「因為你是我的好朋友，我才帶你去看呢，別的小孩央求我多少回，我都沒答應。」

「我是家裡頂乖頂聽話的，哪個姐姐都比不上我，張媽常常說。好朋友，你帶我上你家去。」枝兒央求道。

好朋友滿口答應了。又轉了一個彎便是大街，這路上的是許許多多新奇東西，真叫人忙不過來看！叮叮噹當走過去是灑水的大車，嘟、嘟……飛似的穿過去的汽車，那一長隊穿著黃褲褂，帽上掛一大球穗子，吹著喇叭打著鼓走過的是什麼人呢？這邊那邊窗戶內擺著奇奇怪怪許多物件都是做什麼用的呢？那些人們都是忙忙碌碌地走路，毫不要看，也真奇怪呵！

最使枝兒快活的是好朋友真好，他凡問必答，他是什麼都懂得，永遠沒說過一句「誰知道！」或是「打破沙鍋問到底！」

說著話不一會兒已走完一條大街，走進一個大門洞，車馬行人來來往往的很多，據說這是城門洞，晚上等城裡的人都睡了覺就把它關起來。

城門洞外面有一條嘩嘩流著水的河，這一邊有幾隻大船停著，那邊有幾個小船撐來撐去，那些船隻有洗面盆那樣大小，可惜看不清楚那撐船的是多大的人兒，也許都是小娃娃吧。

「小娃娃哪能撐得動船呢！船走遠了就顯得小了。」好朋友給她解說道。

河上有條長橋，上邊走來七八個毛茸茸黃色的像馬比馬大腰背駝腫的東西，後面有兩個滿面灰黑，穿得破爛像要飯樣子的人趕著走。呵呀，走近前去，真嚇死人呢，那東西比馬難看得多，那長長的毛腿，提起來踢一下，可了不得！

怕，怕，枝兒心跳得狠，拼命地緊握住好朋友的手，往橋的一旁躲。

好朋友一手扶著她的肩，一手遮著她的眼，囑咐她不要怕，這是駱駝，有好朋友在身邊，什麼東西都不用怕，他敢打駱駝，若是它咬人。

提心吊膽連眼都不敢睜地走過了橋，耳邊聽不見那怪東西走路的聲音了，枝兒這時倒覺得有些可惜，方才怎不看一看那怪東西眼裡冒不冒火，鼻孔噴不噴煙呢！也許這就是故事裡說的怪動物，小王子騎了去尋寶物的。

她對好朋友講了那故事，好朋友答應了將來也弄一隻給她騎，尋到寶物回來，她就變成故事裡的小公主了。

面前是條大路，兩旁都是高大的樹，樹蔭底下走著，微風陣陣吹來，舒服極了。樹上吱吱喳喳緩緩地飛來飛去的是什麼鳥呢，叫得這樣好聽也沒人要捉它們。

「你不累吧？快到了。」好朋友望著她問。

「不，」枝兒搖搖頭接下說，「唱得很好聽的這都是些什麼鳥呢，也沒有人看著。」

「這樣鳥多著呢，誰都不要。我家裡要多少有多少。」

「你那隻鳳凰會唱嗎？」

「會！什麼都會唱，有時高興還飛起來繞著我唱呢。它滿身的毛比緞子都鮮亮，飛起來別提多好看！」

這更有趣了。她腦中立刻浮出一幅好朋友立在中間，一隻彩鳥繞著他飛唱的圖畫。

「你的鳳凰誰給你的？」她想這大約是神仙給的了。

「我自己到山裡捉來的，什麼時候我帶你去捉一隻。他們大人都怕同小孩子出去玩，嫌小孩子麻煩，我倒不是，若是小孩乖，聽我話，我頂喜歡帶著去玩的。」

他這一片話直灌入枝兒小心竅裡，他實實在在太好了，能幹、和氣愛小孩，要求什麼都捨得給，除了在故事裡說的仙人外，簡直沒有看見這樣的人，也許他就是仙人吧。想到這裡她覺得既不敢問一問，連頭都不敢抬起看他了。

一大半是喜歡過度一小半是害怕，她覺得自己身子有些輕輕的要飄起來，眼裡看東西都不大清楚了。這樹林子，這草地野花，那遠遠的茅屋河橋看來都有些像童話上的彩色插圖，有幾幅畫是小王子遇著仙人的，眼前光景真有些像，可是她不能往下想了。

正在迷糊地走著，忽然好朋友一撒手往一邊飛跑了去，後面有很熟的聲音喊著趕過來：

「可找著了！快同我們回去。」

枝兒蒙矓地聽見這話，正在猶疑，只見王升已經一把抱起她。

「可好了！快跟我們回去，太太不依我們呢！」花匠滿頭是汗喘著氣喊。

枝兒仍舊不做聲出神地望著他們，他們倆大聲地拉著她的耳朵問道：「認識我們嗎？小姑兒，小姑兒！」

他們倆發了狂似的怪喊，王升便抱她上了坐來的汽車，花匠也上了自行車，枝兒這時好像睡醒過來似的，看清楚眼前確是換了人，是王升和花匠，好朋友不見了。

「好朋友呢？」枝兒急問。

「回家去，什麼好朋友！」王升聽明白她的話，卻這樣大聲嚷著答。

「我不回家，我要去……」枝兒帶著哭聲要求，她拼命地掙扎，想從王升身上跳下來。

「哼，便宜那小子了！她還沒醒過來，怎好呢！小姑兒，別怕，別怕，我們回去……」王升一路仍舊高聲怪嚷，時時還使勁揪她的耳朵叫她名字，問她認識不認識他，由他噴出來旱煙的臭味，熏得人作嘔，真是討厭極了！

弟弟

一個下午弟弟獨自蹲在飯廳的一張椅子前頭數紙煙筒裡裝的小人畫，《水滸傳》裡的一百零八個像，還差好多張，連武松、魯智深的都還沒有，哪能比得上王家哥哥存的那一盒子全括？

「來一張武松打虎，再來一張魯智深大鬧山亭。」他把一張張的小人紙攞開，口裡喊著沒有的名字。

「你的《水滸》很熟呵！」忽然門推開，林先生進來滿面帶笑道，「剩你一個人看家嗎？」

「都出去了，林先生。……還短一個黑旋風李逵，一個一丈青三娘教子。」弟弟受了稱讚，更想賣弄一下，聲音提高了些。

「這個可錯了，一丈青扈三娘可不是三娘教子的三娘。」林先生挨在椅子上，一邊看著小人畫說。

「怎樣不是那扈三娘？」弟弟有些不服氣。

「一丈青的三娘是會打仗的，三娘教子的三娘是文的，她不是教她兒子念書嗎？」

弟弟想到大前天白叔叔帶他看的三娘教子，臉有些不好意思了。他一把撿起椅子上的小人畫，一張一張擲進一個盛餅乾用的鐵罐子裡，口裡嘟囔著：

「白叔叔答應給我送小人畫來也沒來，媽媽說叫三舅舅替我留起小人畫也給忘啦！」

「好弟弟，明天我同你上書鋪買一套帶畫的《水滸傳》去吧。」林先生笑望著弟弟撅起的嘴，那尖尖的可愛的紅潤小嘴唇很像他的二姐。

「我二姐那天教我看她的《水滸》，那上邊的小人沒有顏色的。」他忽然想起問道，「我不曉得還差多少張，你替我看看。昨天大姐說差幾張讓他們的小叔叔分一些給我。」

「我也不大記得清楚，找你姐姐那套《水滸》來，我教你對對看就知道還差多少了。」

「姐姐書房的書多著呢，你同我去找吧。」他站起來往東邊屋跑去。林先生在後邊跟著。

他們在四個書架子裡都找過了，找不到《水滸》。弟弟正在著急，林先生忽然同他說：

「想起來了，我有個朋友在南洋煙草公司辦事，明天我找他替你要一張全套《水滸》的小人畫不好嗎？」

「你得要全一百零八個像的，可別少了一個啊！要了來我掛在床上。」弟弟高興得緊拉著林先生的手，那雙帶著可愛長睫毛的大眼發光地向著林先生。

林先生在注意看著牆上的相片，媽媽同大姐小時照的，爸爸穿著禮服站在中間。弟弟的五張小的貼在一個鏡框裡，很好看地擺著。弟弟在旁邊很有趣味地指著相片給林先生講說。

「姐姐抽屜裡還有你的相片。你那張照得不好，臉上很黑的。」弟弟忽然想起來說。

「你看錯了，不是我的相片吧？」林先生很喜歡可又不信的樣子。

「是你的，那天我看見姐姐從那本報上剪下來的。不信我找給你看。」他說著就去拉開姐姐書桌底下一個抽屜。翻出一大遝從報上剪下來的字紙堆在桌上，末了找出一塊有花的硬紙片，笑讓林先生瞧。

「是我嗎？」林先生趕緊跑過來拿過相片來看。

「這個臉照得太黑，不像你。我喜歡這塊紙，這些花多好看，都是姐姐畫的。那天我問她要，她不給我。貼上這一張相片，多難看呵！」

弟弟見林先生不做聲地笑著出神看相片，他知道他也喜歡那塊花紙。

「這張紙多好看，可是你別拿走呀。」他見林先生拿著不放下來，不免有點兒害怕，說著他就奪過來仍舊放在抽屜裡邊。

「你看這堆紙都有你的林字，這是姐姐天天從報上剪下來的，不知她留著做什麼。給她放好了吧，你別看了，這上頭沒有畫的。」他從林先生手裡奪過那一遝的字紙放在抽屜裡，拉著他出了書房，嘴裡說著，「咱們出去吧，媽媽不讓我在這書房裡玩的。」

「姐姐同媽媽一道回來嗎？」林先生同弟弟坐在飯廳的大椅子上。

「她們說得五點鐘才回來，你等等她們吧。爸爸可是要到黑了才回來呢。」弟弟張著自己的小手戴著林先生的手套弄著玩。

「好，你同我談談天等她們回來。」林先生劃著火點上一根煙，一隻手輕輕地撫著弟弟的頭，又說，「你姐姐天天晚上做什麼？你一定聽她講不少笑話了吧？」

「從前吃過晚飯我就拉她說笑話，這些日子，她懶得講，晚上常坐在屋裡看報，有時拿著報紙剪著玩。剛才抽屜裡那些都是她剪出來的。」他眯著小眼望著煙捲冒出的煙。忽然又記起小人畫，他的小身子挨倒在林先生臂上，笑著叮囑：

「明天你可別忘了去給我要小人兒的畫呵。」

「一定不忘記，若是要著，我立刻拿來送給你。」他摟抱著他。

「你真是我的好朋友，林先生。」他想到修身那一課「友愛」。一個人待那個人好就是一個好朋友，上禮拜張先生講的。

「你也是我的好朋友！」他笑著問，「你明天讓你姐姐給我一張方才看的那樣的畫片行不行？」

「那張可不能給你，她看都不許人看的。我央她給畫一張新的給你吧。」

「你姐姐不許人看，你怎知道有我的相片呢？」他伸伸腰半躺式地挨著大椅。

「昨晚上我走進去叫她替我在紅模紙上畫圈兒，那個抽屜正開著，我看見了。平常她不許我翻抽屜的，今天我們偷著開她的抽屜，你可別告訴一個人呵，好朋友！啊，姐姐曉得要生氣的。」

「告訴她們我看見那照片不要緊吧？」

「可別——昨晚上姐姐看見我看那抽屜，她立刻就關上，告訴我以後不許偷看人家的抽屜。」他說著有些怕起來，「你答應了不要告訴人說我開姐姐的抽屜呵？」

「不要緊的。」林先生好像很平常地答道。

「不，你起一個誓，你要說了你是什麼呢？」他接著道。

「說了就不是好朋友。」林先生笑應著捽了手上那支煙頭。

弟弟才很高興地哼哼著學堂的唱歌。老楊忽從廚房喊著「張媽，太太小姐不回家吃飯了。」

張媽走進飯廳來笑道：

「原來小少爺在這裡同林先生談天呢，我還老等他去洗澡。林先生來了我們都不曉得，茶還沒有倒吧？」她轉身要去倒茶。林先生掏出表來，連忙止著道：

「別倒茶吧，時候不早了，我這就得走。」他說著就站起來穿大氅，拉著弟弟的手說：

「再見好朋友。回來替我問爸爸媽媽好。明天我再來。」弟弟也站起來。張媽吩咐：

「小少爺，送林先生出去。」

弟弟送客出了院子，他很懇切地又叮囑一次：

「你明天一定拿小人兒畫來呵！」

「好，明天禮拜六姐姐不上學吧？」林先生忽然問。

「她禮拜六沒有課。你來可不要告訴她我開她的抽屜。」

「好朋友，再見！」

「再見，好朋友！」

第二天弟弟散學後，連白叔叔帶他去公園都不要去，坐在飯廳裡看《小朋友》等林先生。

一會兒門鈴響了，他喜歡得跳出去，大姐夫和大姐來了。

大姐拉著他的手走進客廳，爸爸媽媽都在那邊，大家坐下談話。弟弟想起了小叔叔可以分一些小人兒畫給他的話，只來回地在大姐身邊走動，他又不敢問一問。媽媽告訴過，大人說話，小孩子不許打岔的，只好等著。

「我們今天給林先生做冰人來。」聽大姐提到林先生，弟弟才提起精神來。

「唔。」媽媽正在抽煙，一支紙燃完了，見弟弟在旁邊，便叫他拿去。拿回紙燃來，還挨在大姐身邊，只聽爸爸說：

「我們沒有什麼，只要你二妹妹同意。」

弟弟聽著摸不著門兒，什麼冰人哪，同人哪，門當戶對的什麼哪，這些話都不是他的言語裡所有的字眼，哪裡耐煩聽下去？忽然想起小人兒畫，還是跑到飯廳等林先生去了。

一本《小朋友》又看完了，他還不來。他索性爬在靠窗戶的桌子上，守著院子看，呵氣在玻璃上，用手指頭畫著各樣東西玩。

他畫了貓、狗、秏子、長蟲，都不很合意，來畫了一輛大汽車，像得很，連開車的一手扶著輪，一手按著讓路鐘都畫上了，裡頭還坐了三個人，爸爸媽媽和二姐，二姐帶著她的絨繩帽一個大絨球歪在臉的一邊。

他高興極了，正想跳下桌子拉人來看看，忽然二姐走進客廳，一會兒就掀簾出來，他趕著大聲叫道：

「姐姐你看我這汽車！」

二姐卻似乎沒有聽見，沒答應他，臉上漲紅，好像生氣的樣子，下了臺階，一直往自己屋裡跑。

太陽下了，他的好朋友還沒送小人兒畫來，正想走到廚房解悶，媽媽喊他：

「弟弟，大哥大姐要走了，你來送送。」

「姐姐呢？」弟弟奇怪為什麼她不出來，因為每次都是他們倆替爹媽送客的。

「她躺著了。二妹妹雖然是學堂出來的，還是這樣不大方。」媽媽轉頭向大姐夫說。

弟弟陪客下了臺階，一邊自語。

「怎麼林先生還不送我的畫兒來呢？他說了今天來的。」

「林先生哪裡想起你的畫呀，他只想你姐姐的畫了！」大姐夫笑著說。

「姐姐的什麼畫兒呢？」他不懂得說的什麼。但是從大姐夫的笑樣子看來，有些奇怪。他們今天來說的話也不大懂，常提起林先生同姐姐。有什麼事呢？

弟弟忽然臉上熱起來，想道：「壞了，林先生一定把昨天我開開二姐姐抽屜的事情告訴他們了。他們來告訴媽媽吧？什麼姐姐的畫？怪不得姐姐方才生我的氣。」

他愈想愈怕！送走了客人，也不敢進媽媽屋子，在地上拾起一根木頭，拿起來，在飯廳門口走來走去裝巡警玩。

晚飯時，姐姐只低頭吃了一碗飯，話也不說。他沒有猜錯，姐姐方才氣了，若不是，怎麼吃得這樣少，也不同他說話呢？他後悔極了：「別是大姐夫真的來告訴她我昨天偷開她的抽屜了吧？」

吃飯時，媽媽很起勁地同爸爸商量德義館好或忠信堂好，什麼多少人多少錢的一份地算計著，吃完了飯，也不同弟弟說話。

「媽媽也生我的氣了，今晚連菜都不給我搛，也不答理我。」

他一聲不響地低著頭走出去，心想這都是林先生不好：「弄得姐姐媽媽都生我的氣。起了誓也不算的，不是好人，再來，我不理他。」

第二天是星期天，他好容易盼了六天的早十點真光的學生電影，姐姐也沒帶他去看。每個星期日都同他去的，這次一定很氣他，所以取消了。媽媽早上很忙地吩咐廚子做點心，他開不開盛玩意的櫃子，喊她也不答應，吃過午飯上東安市場買東西也沒帶他去，他白戴帽子在院子等，還被廚子笑話。

「都是他害的，弄得媽媽姐姐都不見我好了。」他恨恨地又想起林先生。

媽媽買了許多一包包的吃食東西回來。她吩咐廚子做餃子餡，煮餛飩湯，又忙著打電話。張媽告訴他在媽媽身旁幫拿東西，他剛剛跟著走出去一次，又跟了進來，媽媽忽然理會了，吩咐他：

「出去玩吧，別在這裡擋道兒。」

媽媽向來沒不理他，見了不耐煩的事兒，更不曾有過。他委屈得要哭出來。四點多鐘，黃升來報客來，弟弟連忙跑出去看，原來是大姐夫、大姐和林先生，他手裡拿著一大把花，一個大紙包。

「他又來做什麼呢！」弟弟厭恨林先生地自語道。忽然一大張花花綠綠閃金子光的《水滸》小人兒畫現在腦子裡，但是一霎時便不見了。

「好朋友，昨天我沒空兒來，你等我了嗎？」林先生笑著喊他。

「誰是你的……」弟弟很委屈地在嗓子裡講著這幾個字，臉上飛紅，回身便想跑開。

「弟弟，過來。」倒是大姐一把拖住他。

「你紅什麼臉，二姐派你做代表嗎？」大姐夫逗他笑。

「我給你帶了小人兒的畫來了。」林先生也拉著他的小手。他紅著臉裝不答理的樣子。

「一張是《水滸》一百零八個像，還有一套《封神演義》，都是畫得很好看的畫。」林先生說著，就遞給他手上一個紙卷。

「你打開看看就知道了。」

他的臉漲得更紅一些，搖著頭一摔手就想跑。

「這是你喜歡的小人畫——拿著吧，我們倆是好朋友，不要客氣。」林先生又遞紙卷給他。

「不要，你不是我的好朋友。」他的話帶著哭聲。紙卷已落在地上。他使勁摔脫了手，跑向小院子去。從背後望他一對大耳朵，脹得很紅。

張媽正從小院出來，他見了一把抱著她，便嗚嗚哭起來。

「誰欺負我們的孩子了？好乖乖，別哭，上房看新姐夫去，還有好東西吃呢。」張媽很憐惜地輕輕摸著他的頭髮。

小英

自從三姑姑的婆家送了好日子來，小英每天早上總忘不了拉著她媽問：「還有幾天三姑姑才做新娘子？」或是說：「媽媽，三姑姑怎麼還不裝新娘子？」早上媽媽事情忙，給她問膩煩了，常笑說她：「你著急什麼，又不是你做新娘子！」

打雜的張媽常說，其實小英著急問這事並不算奇怪，她還不能算六歲，到今年四月才滿五歲，比表姑太家阿圓還小兩歲呢。那一回，阿圓坐在屋裡吃午飯，聽到街上過新娘子的吹打，就跳著跑出大門看去，還碰倒了她爸爸的好幾十塊錢買的金魚缸呢。

大坊橋王家看孩子的吳大媽也是常說他們家的孩子大的小的都犯一樣毛病，悶在家裡就整天哭鬧打架，帶出去在那家花轎鋪前頭玩就好了。那群小乖乖都愛看花轎和那些花花綠綠的執事，有時還在鋪子前頭裝娶親玩。

小英聽說三姑姑是要裝文明樣兒的新娘子，同張阿姨一樣，她腦子裡早就想到三姑姑頭上蒙著好看的粉紅長紗，直拖到腳後跟，身子穿著好看的花衣服，手上抱著一大堆鮮花，許許多多穿新衣服的人送她進了一輛掛滿紅紅綠綠好看東西的花馬車裡，前邊排著樂隊，打起洋鼓，吹起洋號地伴著花車走，一路大人小孩子擠著嚷著看新娘子。

有一天晚上小英做夢夢見三姑姑裝新娘子向著她笑，把她倒笑得羞了。

祖母天天出門，回來時洋車上裝滿了一包一包的東西，阿三把東西提到祖母臥房裡去，母親和張媽幫著一包一包地解開。小英必定站在旁邊很羨慕地看，祖母一邊抽煙，一邊訴說這套梳子買得巧，那面鏡子找了好幾個鋪子，母親一邊看一邊嘖嘖地向三姑姑誇讚。桌子上堆滿了一大堆嶄新的物事，常把小英的眼看花了，不由得動手去摸摸，母親常瞪她說：「你動不得，站好了看。」

裁縫天天抱著一大包新做好的衣服送到祖母房裡，小英常跟著進去，三姑姑站在玻璃櫃前面試穿新衣服，有粉紅的，有淡綠的、紫的、花的、鑲著金邊銀邊同各色花邊的，小英看得媽媽叫都聽不見了，挨在祖母身邊只說：「多好看！多好看！」老太太看她那副羨慕神情，便摟著她笑問，「你也想做新娘子，是嗎？」

好了，今天媽媽告訴小英還有三天，三姑姑就做新娘子了。

家內各人更忙起來，早上爸爸去衙門轉個圈兒就回來忙著吩咐事了。未來的三姑丈也時常來，笑嘻嘻地衝著人，三姑姑也不出門，整天躲在房內收拾東西。

好容易忙過三天，這天早上家裡各人都比往常起得早，母親同小英換上一身新做的粉紅衣服，小英跑出跑進地看大門前的紮彩，門口的板凳坐滿了人。吃了午飯不多時，花車軍樂隊都到了，客廳裡，祖母和姑姑的房裡也滿了客人。一會兒奏起軍樂，大家擁著三姑姑出來，她果然也同張阿姨一樣，披著長紗，抱著鮮花，上了花馬車了。

小英跟著母親到了禮堂，三姑同三姑丈上了一個高臺對著底下鞠了幾回躬，有兩個有鬍子的老頭兒不知站在當中說了些什麼話，一會兒大家下了臺，客人吃了茶點，三姑姑便坐了花馬車走了。小英跟著祖母父親母親等客人走完了，才回家，那時已經快近天黑。

晚上舅舅和舅媽、大姑媽和姑丈都在家吃飯，人雖多，總覺不出熱鬧，祖母時時望著三姑姑臥房的門簾出神，大家說話常常聽不見。

晚飯後祖母吩咐大家早些休息，張媽就領小英去睡。

可是奇怪，今晚她躺在床上，過了些時，老是睡不著。她一會兒想起三姑姑打扮得真好看，耳邊還隱約地聽見那熱鬧的音樂；一會兒她又記起吃茶點時看見的那個嚇人的老太婆，臉生得真像一個倭瓜，那兩隻眼，看人的時候，比大街口那個宰豬的還凶。母親叫她同這個老太婆叩頭。老太婆一把拖住她，現在她的肩臂上還有些痛。不懂母親為什麼要她向她叩頭。

「咳！」她重重地嘆了口氣。

張媽正在隔屋同母親鋪完了被窩，聽見聲音連忙走過來問：

「乖乖，還沒睡著嗎？」

「你來，張媽！」小英作出撒嬌的聲音，「我怕得睡不著。」

張媽坐在床邊拉著她的小手說：「怕什麼，睡吧，乖乖！」

「我怕今天看見的那個穿紅裙子的老太婆同奶奶坐一塊兒的，她的樣子真難看，比隔壁朱大娘還凶！」

「別胡說，」張媽忙說，「奶奶聽見要罵的。那個就是三姑姑的婆婆。快點睡吧！」

小英緊緊拉著張媽手：「你別走，我就睡。」她閉上眼想睡。

奇怪，還是睡不著，耳邊隱隱聽見音樂，三姑姑又是披著好看的粉紅的長紗，抱著一大捧花站在面前笑，她看呆了，不由撲哧笑出來。

「這孩子今晚怎的了！」張媽自語道。
「三姑姑打扮得多好看！」她把夾被拉了拉，似乎帶羞地問，「張媽，你想我還有多少日子才做新娘子？」
到了第三天的早晨，因為夜裡母親告訴小英第二天早上父親帶她去接三姑，她在天沒亮就醒了。客廳和堂屋早就收拾好，祖父的神位前也點了香燭，供了鮮花果品。太陽滿了窗戶，父親雇了輛馬車，母親連忙同小英換了新衣服，父親領著上車了。
今天出門她不像平常出街的快活，因為她知道一會兒便又要去同那個嚇人的老太婆好好地行禮，這是奶奶媽媽囑咐了又囑咐的話。坐在車裡，她覺得不舒服，頭上的絲帶好像扎緊了，有些痛，身上又像有蚤子咬得發癢。她平常不愛說話，家裡人都說她老實，每天大約只向張媽或母親問些話，她們事情忙，沒空兒答她，她也就罷了。父親整天不在家的，她見了他總有些怕，哪敢說話。
馬車進了一條胡同，在一家大門前停住了。門口站著兩三個穿長褂的男人，見車停下，那個胖子立刻上前開車門，迎著父親面就是請一個安，嘴說著：「請進去。」

這當差的把他們帶進一間大廳子裡，這裡擺飾比家裡有些不一樣，桌上牆上雖是滿滿地擺著掛著，卻沒家裡媽媽收拾得好看，地下又沒有那大地氈同那舒服的坐墊子。

茶送進來，小英正發愁怎拿那笨大的蓋碗喝茶，大前天看見那個穿紅裙的老太婆扶著三姑姑後頭跟著三姑丈進來了。父親站起來，小英立在一邊。

彼此行完禮，讓座又費了一些時光，大家坐下吃茶說話，三姑姑卻站在一邊，後來還替那老太婆裝煙袋。小英想：「裝煙，姑媽的秋杏才做這樣事。」

她和三姑姑、父親坐車回到家裡，大家迎上堂屋去了。小英就走去找張媽解頭上的絲帶。

一會兒小英走進祖母臥房的後面小屋子找東西，從門縫裡望見三姑姑拉著祖母的手坐在床上哭，一邊說：「三天都是站著，腰脊骨都酸痛起來，他們晚上打牌到一兩點都不睡覺，我也伺候到那時分……吃飯也不許坐到桌上吃，女婿同他母親坐著吃，叫我站在一邊伺候，這是什麼道理？」三姑姑說著，祖母摟著她，叫她躺下歇歇。

「我還沒脫衣服啦，」三姑姑說著重坐起來解紐扣，「她們，幾個小姑子昨天還說我做的衣服太老幫，婆婆說這料子不知放了多少年的；這樣老憨花樣。」

小英聽得不耐煩，想：「三姑姑的衣服還不好看？老太婆穿的繡花褂子要讓媽媽穿上才好看呢，怎會叫她穿到這樣好看的衣服？」

祖母也擦淚，說話聲音太低，聽不出來。

母親由後院過，招手叫小英出來，吩咐她到自己屋裡玩去。

吃午飯時，祖母和三姑姑的眼都紅紅的。她們吃了半碗飯便放下了，父親也只吃了一碗。預備的許多好菜都沒吃多少。

下午太陽還沒下去，三姑丈來了，說是接三姑姑回去。

不知因為什麼，小英很不喜歡三姑丈的樣子，她想起那個可怕的老太婆，就是他的母親，那個母親待她姑姑很不好。

「母親說沒下太陽前就回去，你快收拾走吧。」三姑丈向三姑姑說。

小英望著三姑姑默默走去洗臉，擦粉的時候，眼淚一滴滴流下來。

闔家快快地送三姑姑上車走了。

母親出門買東西，祖母躺在床上拿手絹蓋著眼睛睡，小英也覺冷清得難過，走到下房看張媽補襪子去了。

她翻著張媽的碎布包找好看的零碎布片，也盤腿坐在床上。一會兒她找出一塊尺來寬的大紅綢子，說：

「這塊給我好罷？」

張媽看了看紅綢說：

「啊，這塊好，美得很，替你的娃娃做一件做新娘子的衣服罷。」

所說新娘子三個字忽然觸動她今天好久要說沒人可說的話。

「張媽，今天奶奶哭了，你看見沒有？三姑姑也哭了，她為什麼哭？」

「因為她捨不得離開家，捨不得離開奶奶，捨不得離開你。」

「不是。」她想了一想才說，「她是怕那個老太婆，一定是那個老太婆欺侮她了。」

張媽向她瞪了一眼，她不敢再說了。可是從張媽的臉色，她知道她沒有猜錯，靜默了一會兒，她一面弄那塊紅綢子，一面又開了口：

「張媽……」

「唉？」

「三姑姑不做新娘子行嗎？」

千代子

自從支那料理屋的小腳老闆娘來了之後，這京都市外不景氣的大文字町的人們，尤其是女人及小孩子，忽然顯得格外有生氣起來了。沒有看見頂不肯白費光陰的醬油店的老闆娘天天早晨站在鮮果店門口同他們的老闆娘吱吱喳喳的，又說又笑嗎？糖果店的大女兒似乎也因為有了有趣的新聞，特得了家長的體諒可以向對門木炭店的二掌櫃公開地擠眉弄眼地談笑了。孩子們更像忽然發現了什麼奇跡一般。下了學哪一天不是三三五五成群結隊地走到料理屋左右，交頭接耳地嬉笑嘴裡嚷嚷要見老闆娘呢？有時等急了便大家拉了手成一個圈兒轉著走，口裡唱「嗆——嗆——嗆——小腳兒嗆，南京嗆」，再不見出來，淘氣的孩子便大聲唱「南京姆士[1]嗆——」一直到料理店的夥計小順出來開了嗓門，提起山東調子嚷了幾句，還得張了胳臂趕小雞那樣，噓，嚇，噓，才把他們算是轟走了。

這些鬼靈精的孩子們有時還不甘心走，他們一個一個回頭向小順作鬼臉，學他的聲調說：「伊奴[2]，八哥[3]，八哥，伊奴。」女孩子就放聲叫：「南京姆士，小腳兒姆士。」有一回不知是哪個女孩子提高嗓子叫道：「南京小腳兒伊奴八嘎！」大家哄然放聲地笑，於是大家高聲叫喊。料理店的老闆看血本的份上當然犯不著賭一口氣給孩子們鬧翻了門，常常倒轉過來喊小順兒別同他們胡鬧。「君子不同小人鬥」這樣的話一說，血氣方剛的小順就平和了許多了。

這一天孩子們又起了一會哄，見沒有鬧出什麼花頭來，有些便無精打采地走回家找糖吃，有些拉了學伴跑到神社前的空地上拋球捉迷藏去了。

大人們看著孩子們的起哄，都咧著嘴笑，這與頭比趕除夕的八阪神社的廟會差不多吧。本來呢，京都市民是出名的和藹有禮的了，他們為了自己的名譽，對支那人原也是一團和氣，決不像那暴發戶的江戶兒見了死老虎還要打幾拳才痛快。可是自從上海之戰以後，支那雖受了相當膺懲，但不幸的是日本健兒也送掉了不少的命，禁不得各大日報天天用大號字登載前方消息，用大號字載著國難的社論，尤其是那掛著鈴鐺飛跑的送號外人，常常在半夜把大家從溫暖的被褥中鬧出來給予一種永遠不忘的又驚喜又憤慨的消息。這樣種種薰陶習慣，近來這古道的京都人已多少變更了性情了。

孩子們分散之後，街上忽然冷清起來。吉田鮮果店的老闆正色地向他的朋友中村君發議論道：「無怪乎上星期公論堂那個演說的講，支那人，男的是鴉片煙鬼，女的一多半是癱子，那三寸的小腳兒，你想她能做什麼事，這還是我們日本人沒有拿準主意，在上海若是連著打下去，還不滅了他的國嗎？」

那個朋友也記起先時主戰派的演說，講支那人怎樣怎樣沒有希望滅她真是容易的事了。他也是受了報紙薰陶的人，當然也同意朋友的議論，他笑答道：「如果我們去年什麼都不管，打下去，此刻你我都可以放量吃支那料理，玩支那女人的小金蓮了。哈，哈哈。」

「什麼，你們要玩支那女人嗎？」老闆娘臉上微微發點熱，在屏風後帶笑喊道，「請你們留心日本女人的拳頭呢。」

老闆娘說著已經走出來，中村迎著笑說：「我們商議娶小腳姨太太呢！」

「我就不明白，走不了路的小腳婆娘，弄來家做什麼？」

「玩罷咧！」中村哈哈得意地笑，似乎這事情真是有了影子的樣子了。

「中村君，你再說，我要告訴你的太太了。」老闆娘恨恨地笑又指丈夫道，「若是他弄一個，你看著吧！」

「說得好像真有那麼一回事似的。」吉田嘆口氣，喝了一口釅茶，又道，「弄一個，拿什麼養她？現在自己連吃鹹蘿蔔白飯都要打算盤呢。我早就看透了就是滅了全支那，我們還是我們罷咧。討小腳姨太太的還是那些軍官，那些政客。」

「這話也有相當的理由，全世界都在鬧經濟恐慌，哪一國的商人都嚷不景氣，誰叫我們做了商人呢。」中村停了停才說。

這不景氣三字一提起來，大家觸動了心事，再也提不起興致來談閑天了。中村講了幾句不相干的話，便在席上彎了彎身道了再會，穿上木屐去了。

「爹爹，你們方才笑什麼來著？」千代子從裡間來笑問道。

千代子是個眼圓臉圓，頭髮漆黑，具有東洋女孩子美的女子，她已經滿十二歲了，還沒有弟妹，夫婦倆不由得不把她當做活寶一般了。

「唔。」父親似乎答不出來，也不高興再講，只應了一聲。母親便接下去說：「他們倆商量著要去支那娶小腳兒姨太太呢。」

千代子看見爹爹臉上不屑地冷笑了一下，她便說道：「我知道爹爹不會做這傻事，中村伯伯倒說不定。是不是，爹爹？」她一邊說著一邊搖著父親肩膀問。

「你看事比媽媽聰明得多了。」吉田拉了女兒一雙肉軟的手兒放在鼻上嗅。

母親拿著火筷子撥火缽的炭，古銅的水壺裡的水霍霍地開了，她掀開茶壺蓋放了撮新茶葉，沖了開水進去，倒出兩杯茶來，遞與女兒，一杯叫她遞與父親。因為不景氣，這幾個月來，吉田老闆娘沒有買過西洋點心或團子柿餅玉關之類給丈夫女兒做下午茶吃了。近來都是吃一兩塊廉價的和製洋糖喝一杯熱茶便把下午混過去了，現在的茶算得是今天下午的茶了。

「媽媽，忘記告訴你一件好笑的事情，今早上學的時候，我看見那小腳兒婆娘了。」千代子一邊說，面上忽然露出笑意，好像還有餘味一般。

「在哪裡看見的？」老闆娘的茶似乎覺得特別可口，長長地吸了一口。

「真的看見了，在內山醫院門口，抱著一個小娃子。我因為很想細看她的小腳兒，就跟她走了幾步，哪知道她倒走得很快，那對小腳兒得、得、得地在馬路上飛走，像馬蹄子一般，好玩極了。」

「又有說小腳兒好玩的了，真是奇事！」老闆娘看著丈夫笑道。

「爹爹，你信不信？只有這般大呢。」千代子說著用手指張開比了比。

「我看見過。在神戶、大阪，多得很呢。」吉田說著劃了洋火點了一根紙煙。

「昨天百合子問山本先生支那女人為什麼要纏足，她們不怕痛嗎？先生說支那男子喜歡小腳，她們便纏腳罷咧。先生又說支那女子很糊塗，男子叫纏足便纏足。女子纏了腳便不能自由行動，男人要怎樣就得怎樣了。」千代子很用心地一邊回想一邊說，「唔，他還說支那男人因為女人纏了腳不能自出，他們就可以自由地出外弄姨太太回家來呢。」

「我們日本女人可不會那麼糊塗。」老闆娘見丈夫沒有答話，揚揚地說。

在千代子腦子裡，浮現著的支那女子真是怪物。在家裡軟得像一塊生海蜇，被水沖到哪裡便癱在哪裡不會動了。偶然立起來走路，卻又得、得、得的像馬一樣走得很快。

她悶悶地伏在父親肩上想了一會兒，她真想看一看那雙神祕的小腳兒，它果然是兩三丈布條包成的嗎？

「什麼時候能看一看她們怎樣裹那小腳兒才好呢。」千代子嘆了口氣說。

「又髒又臭罷咧，有什麼看頭。」母親連忙答。

黃昏近了，老闆娘下到廚房裡。這時空間裡充滿了燒小青魚的腥味。這是千代子頂不愛吃的一種菜卻天天得吃一次，「這還不是為了省錢。」那天媽媽對她解釋說她要買這樣小魚的話時，聲音是啞的，只差沒有流下淚來。千代子什麼時候想起來都覺得可憐，真想痛痛快快替媽媽哭一回才好呢。

她悶悶地站起來把上學穿的醬紅裙子摺好，放在壁櫥的架上，用父親的小皮箱壓著，明天早上穿就很平整了。這是很麻煩的事，家裡本有前年買的一個電氣熨斗，母親卻收起來不肯拿來熨衣服，怕費電，又多一點支出了。

正在此時距離三四丈遠的支那料理店炒菜卻炒得很熱鬧，油香肉香夾著炒菜鏟子的急忙清脆的響聲，一直送過來。前年，上海戰事以前，千代子一家曾去支那料理店吃過一回飯，差不多樣樣東西都很可口，碗碗裡都裝得滿滿的，末了卻吃一個空，大家飽得發脹，只花了兩元錢，連會打算盤的媽媽都嘖嘖嘆服了。啊，真香，怎樣能再吃一次。

千代子咽一口吐沫，忽然想起早間山本先生講的話，立刻跑出來向父親道：

「爹爹，山本先生說支那東西真是又多又便宜，像平常做買賣的人家每天都可吃大條魚大塊肉，桌上一擺就是十來碗菜。他常到朋友家吃支那料理，他是到過支那的，親身經歷過，一點都不扯謊呢。」

「你嗅到支那料理味兒嘴饞了吧？」父親正在整理帳本，回頭笑了笑道。

「其實真是好吃，我覺得比西洋料理好吃些。」女兒見說對了也笑了，她接下說，「我們也去支那做買賣去吧，爹爹。」

父親沉吟未答，千代子又補一句：「山本先生說滿洲是我們日本的生命線，日本人去到滿洲就有生命了，都住在日本將來是會餓死的。爹爹，他說得很對吧。」

「對是對的，可是我們去不了。」

「怎麼去不了？」

「原因多得很，講給你聽，你也不懂。」

「我懂，你講好了。」

「再說，支那不是抵制日貨嗎？你懂不懂呢？」父親微微伸了懶腰，把看帳本用的眼鏡卸下來，袖了手呆呆地望著火缽子。千代子明白爹爹這是想心事了，不敢再多言語，只輕輕地念道：「支那人討厭啊。」無聊地走去廚房了。

第二天是星期天，吃過早飯，已是八點，還出太陽。爹爹上櫃檯前坐地去了。媽媽沉著臉在樓上打掃。千代子抱著一堆換下來的衣服走到水槽邊，放了洗衣盆，拿出搓板，擰開水管，讓水嘩嘩地放。她不知為什麼，今天也特別地覺著不快活，連早晨父親特意給她吃的蘋果，吃到嘴裡都不香。她把卷袖繩高高地束起兩袖，露出紅潤的胳臂來，手放在盆裡，覺得有點冷，抬頭看看天，天還是陰沉沉的，她擰住水管，正待放衣服下盆，只聽媽從樓上後窗叫道：「千代子，別洗啦。百合子來約你洗澡去，快出去吧。她等你呢。錢給你，接著。」媽把一個五厘錢擲下來，隨後又擲了兩條毛巾。香胰子樓下有了。

千代子像是忽然遇了大赦一般，面上登時滿了笑容。澡堂在日本真是女子的洞天福地，尤其是在陰冷的秋日。試想在陰冷的日子從一間四面都透風的木板紙窗子做的房子換到一所熱氣滿屋的溫室裡會覺得多麼舒服呢。好處還不止這一點，一班人恐怕覺得最難得的是只花五厘錢，由你洗到幾時用無窮盡的乾淨熱水吧。難怪醬油店的老闆娘，糖果店的大姑娘一去就洗三四個鐘點，有些是談天的聰明女人，簡直把澡堂當做她們的茶館了。

「媽，我去了。」千代子喊著穿上一雙半新木履，披上一件單外衣，揚揚得意地跳到外間。百合子正倚在賬臺前同父親說話。

百合子比千代子大兩歲，是個長身圓臉，眉毛漆黑，皮色紅潤，剛懂些事理，很信服大人話的女孩子。她簡直是小學校三個先生的留聲機，她常常背出先生說過的話，一點都不錯，甚至一些語助詞，都不會遺漏一兩個。所以先生們都非常喜歡她，常常拍著肩膀當著人誇獎她，說：「她可以作日本少女的模型。」

近來山本先生常常特別灌輸學生愛國思想。他說，愛國就得打敵人，第一個敵人卻是露西亞，可是露國大得很，掛了紅旗以後，又一天比一天厲害，日本同他打得先擴大自己的實力，唯一的方法，就是吞併了目前動亂無止的支那。說到支那，他常常冷笑道：「支那真是一隻死駱駝，一點都不必怕呢。你想男的國民整天都躺在床上抽鴉片，女的卻把一雙最有用的腳纏得寸步難移。實在說，這還不等於全國人都是癱子嗎？」學生想像到一國人都是癱子的樣子，未免好笑，都哈哈地大笑起來。百合子卻把這些話記在心裡，回家來就學給父母及左鄰右舍的朋友聽。她說時臉上的表情卻是非常真摯，聽的人都嘖嘖嘆服。

千代子一望百合子臉上嚴重的神色知道必有什麼新聞要報告了。她還沒問，百合子拉了她急走出店門，攜了手才說：「千代子，有好新聞呢。」

「你猜不到的。」她伏在她的耳上，小聲道，「剛才我在樓上看見那小腳女人抱著孩子走到山手町的澡堂去，她是避我們這町的人呢，跑到那遠一點的一間澡堂去了。」

「我們也去，你說好不好？」千代子高興得要跳起來。

百合子得意地點了點頭。「去就去。小腳兒，又臭又髒，配到我們日本人的澡堂嗎？」她說著，臉上無端地憤怒起來，她決然地說，「我們為了愛護日本人，應當不讓她洗。」

「怎樣不讓她洗呢？叫澡堂掛牌子禁止支那人洗澡吧。」

「那不行的，我同你今天做一件愛國大事吧，」百合子忽然計上心來，得意得很，她重伏在她朋友的耳上切切地說，「我們想法羞辱這個支那女人一頓，豈不是好？」

「好極了。」千代子一路高興得咯咯地笑個不住。這該是一件多偉大的事呵！

到了山手町，手掀開澡堂的青地白陽字的布簾，千代子的心裡忽然一陣亂跳，說怕也不是，倒有點像心酸。她那次看到教高等班生物的先生拿著一隻青蛙剖肚子給學生看，很像這樣的心跳，這不奇怪嗎？跳什麼呢？

她們倆各交了五厘錢給櫃檯，便脫了木履跳上浴室外的席地，直走到穿衣鏡前放下衣物。

脫衣服時，千代子偶然望到鏡裡的她，臉是飛紅的，嘴唇似是跳動，笑得很不自然。望望她的同伴，卻也不像平時那麼笑得可愛，不，笑得是有點可怕呢。怎一回事啊！

脫過貼身的汗衫及小裙子，她們都用毛巾掩了下身，交換了一個頂不自然的笑，走進澡堂裡去了。

推開澡堂的玻璃門，裡面看是別有天地呢。又溫潤又潔白的熱氣充滿了空間，嗅到的是清新馥郁的肥皂味兒，聽到的又是種悠閒愉悅的笑語聲，裡面也有一兩人低低地哼著曲子，那也是多麼可愛的調子啊！

她們兩人默默地一邊欣賞，一邊跳入碧清的熱水池裡浸著。真舒服，這好似在母親的懷裡一樣。

熱水池邊上那一角有三四個正在洗澡的女人圍著一個白胖娃娃逗著又說又笑。都是那麼起勁，那娃娃一定很有趣吧。千代子望著不自覺地，游水游到那堆人的後面。

怪不得大家那樣起勁，原來是那個胖娃娃做著各樣的怪臉逗人，他自己時時也咧開那熟櫻桃樣的小嘴，露出幾個洋玉米粒似的小白牙向著人很天真地笑著。他的母親面上卻露出母親特有的又得意又憐愛的笑容。她在瓷磚上跪著，將娃娃放在水面拍拍地踏著玩。圍著他們的幾個女人都是目不轉睛地望著小娃娃，她們笑得多麼自然，多麼柔美，千代子不覺也看迷了。不到一分鐘她也加入她們的笑聲裡了。

百合子一言不發地在一邊浸著身子，聽著千代子加入那一堆女人的笑聲，她知道那抱娃娃的就是小腳女人，她不免有點生氣，同時卻有點感到自己的孤寂，一陣無名的煩惱襲上心來，卻又不好意思發揮，心下罵道：「千代子到底是小孩子啊！」小孩子怎麼不好呢？問到自己，卻又答不出。

悶悶地浸了一會兒，她跳上瓷磚地，拿了一個小木桶，接了溫和的自來水，只管往身上沖，一連沖了七八桶子都不知用肥皂搓。這樣不絕的沖法，似乎想沖掉身上什麼討厭東西的樣子。

不一會兒，她望著那個女人抱著娃娃出了熱水池。娃娃笑，大家又一陣陪笑。女人匆忙地用雪白的乾毛巾擦乾了娃娃才擦了擦自己，她原沒有洗澡。她大大方方地向笑的人點了點頭，微笑著，揚揚地推開玻璃門出去了。真是怪事，怎麼連千代子也像忘記了這是支那的小腳婆娘，她也同大家一樣笑著看她出去了呢？

「千代子，來。」百合子忽然叫道。

「什麼事？」千代子望著她同伴板板的臉孔，有點怕卻又有點不舒服。

「你真是不中用，怎麼一進來就把方才講的話忘得乾乾淨淨啊。」

千代子臉上雖有些忸怩，可是心裡並沒感到什麼不快，她一邊沖洗身上的肥皂沫，一邊答道：「我也沒有忘記，只是人家好好的，怎樣去……」

「你真是小孩子，怪不得芳子看不起你。」百合子對於千代子沒有什麼法子，只好另找題目刺她一下。

「為什麼只會怪我呢，你為什麼不開口？」千代子低聲委屈地說。

「得了，得了，還有理說呢。下回我可不同你這個小孩子共事了。」百合子氣呼呼地說著，一邊拼命放水沖洗身子。她下意識地想藉著嘩嘩的水響聲，再聽不到千代子辯駁一句話了。

千代子打開兩條髮辮，用帶來的香胰子搓，搓得頭上高高的像披了一頭白綃紗，手上是異常滑膩舒適。她用溫水沖，沖了又搓香胰子。這默默的工作使她忘去了一切的不快。她在悠然地享受著澡堂內的一切，不一會兒，她漫聲地唱起歌來了。

兩人洗完澡，已到十一點鐘。當千代子與百合子同坐在近門的席上穿木履時，望到自己紅得像珊瑚珠一般的腳趾，她才覺得忽有所失地惘然起來。在路上有好多次她想問一問百合子仔細看了那個支那女人的腳沒有，怕挨罵，總沒敢開口。

百合子好像已把這一早的失敗計畫忘掉了，她還是同她朋友有說有笑地走著路。

注①：南京姆士是日本人罵中國人用的話。原意是南京蟲，就是臭蟲。

注②：日語讀犬是伊奴。中國人罵人喜用狗字，中國人在日本常罵日本人伊奴。

注③：八哥原字是馬鹿，是日本人罵人的普通語。如中國之蠢材、畜生、混蛋。

開瑟琳

一

黎明時雨住了，卻撒下一層霧綃遮掩著山谷林木。白茫茫裡只聽見霍霍的潮聲沖上沙灘，那均勻的節奏，似乎是預報一個美滿的清朝。

忽然一陣悠長的鐘聲，夢一般浮過鎖翠籠煙的山麓，海濱對面的山峰，便像暮雲一樣姍姍地出來。海岸的邊沿也見了，那濃淡勻整的渲染，像東方的畫師畫上的一樣。

沙灘上這時礫礫地閃著亮，海面上漾著萬道霞光，東方的天，紅雲彩一層深似一層，太陽由紅霞深處吐出輝耀的金光來。

霧很快地漸漸消逝，山上紅紅綠綠的樓房很齊整的像玩意小房子似的擺在蒼翠的樹木間。

這些房子的當中，有一所滿塗橘紅色油漆，托出一個寬大粉綠色的走廊，尤為出色。這是伍局長的消夏別莊，遠遠地就可以看出來了。

咖啡及烤餅香味彌漫著寬闊的走廊，伍局長正同夫人用早餐，旁邊坐著一兒一女，都有十二三的年紀，西裝穿得非常合身。

廊下是空闊的草地，疏疏朗朗地種著各色花木。小女兒開瑟琳坐在石頭上同王媽的女兒銀兒在玩鬥雞。她們摘了一大把松針，一隻一隻鬥著。忽然開瑟琳停住手不鬥了，她看著海好一會兒說：

「銀兒，你沒有看過電影吧？」

銀兒搖了搖頭說：「我媽說帶我去看，總沒有帶。」

「這——」開瑟琳指著海說，「剛才一霎兒一個樣就像電影，可是電影還沒有這樣好看。」她的好看是想到電影沒有顏色，這目前景致，有光有色，變幻不可測，多有味，可是她說不出來。

「真的？方才你為什麼不叫我看看？」

「你看，那一邊的山又出來了，小學校也露出一半兒來了。看——銀兒，那是秋千架，半空裡露出來，在上面打秋千多好玩。」

正在說著話，忽聽得媽媽連聲喊 Katherine。

「媽媽，叫我嗎？」開瑟琳顫聲走到廊下問道，她是個長得比較高瘦的小女孩，臉上有點發黃，大眼，尖鼻子，小嘴，這時神氣令人想到一隻十幾日大的小雛雞。

「走上來看看你，媽媽是老鷹嗎？你怎麼不敢走近身了？」伍夫人正色地說著，又叫道，「王媽真正蠢得很，我說得口都皮了，還沒學得懂，這件背心是不能穿在這樣衣服上頭的！這個紅色，哪能match那樣綠色呢，真俗氣！」她一邊說著一邊拉過開瑟琳來，同她脫背心。她向大女兒道：

「Alice把她那件brown毛線衣拿來。」

「George，你來幾天也看得出我哪裡有一刻閒工夫了吧，他們穿什麼衣服都得我親自來。」伍夫人向丈夫道。

「其實在山裡馬馬虎虎穿穿也罷了。」先生答道。

「馬馬虎虎，誰不想呢，我的先生！你瞧左左右右住了多少家外國人，把孩子穿得拖拖拉拉的，同人家站在一起，不怕活甩中國人的臉嗎！我就不能像張四太太那樣想得開，光把自己裝得像個舞女似的，小孩子可邋遢得怕人。難為張四先生一聲都不哼，還是留外洋的呢。」

局長先生微微地一笑，這笑是表示得意呢，或同情太太呢，連自己也說不清。他的太太是留過洋的，出名的一個賢內助，他的同事，誰都知道。

「小弟弟呢？」太太看著開瑟琳問道。

「奶媽推他坐了車子到門口玩去了。」

「你不要總去找王媽的女兒玩，仔細她頭上的蝨子跳到你頭上來。哄小弟弟玩玩多好呢。」

開瑟琳含糊地應了一聲，便走下去了。她不明白媽為什麼不喜歡她同銀兒玩，她覺得銀兒是個很有趣的鄉下姑娘。蝨子她沒看見過，她很想看一看。

「Alice 同 David 一會兒可以同爹爹上山玩一玩去。他得好好地趁 holidays 休息幾天，要不，他又是坐下來看書，耗神。」太太說。

「媽媽，不帶 Katherine 去嗎？」David 似乎可憐妹妹問道。

「不能帶她去，她一去事就多了，小弟弟一定要跟著去，又得多帶個工人，你爹爹是招呼不了的。」

「對了，帶 Katherine 去便麻煩了。」大姐裝出很正經的口吻說，她是向來順著母親說話的。

「媽媽，我也要去。」三歲的小弟撒著嬌喊著上臺階道。

「寶貝，上哪兒去呀！媽媽不去。」太太伸著手抱著小弟弟。

「我也上山玩去。」小弟弟重道。

「誰說我們上山去的？是二姐告訴你的嗎？」

「不，我要去。」小弟弟抱著媽的頸不放。

父親放下咖啡杯子，代媽解圍道：

「小弟弟，來，你上搖床，我大大地送一送你……」說著父親便抱了弟弟過來，放到廊下繩織的搖床上，用力地拋送。

二

「銀兒，你上過山頂上面去過沒有？」開瑟琳立在廚房門口的籬笆邊問道。

「那面山頂嗎？沒有什麼好玩，我爸爸帶我去砍過好多回柴了。」銀兒捧著碗在吃中飯。

「好玩得很呢，你不知道。」開瑟琳很惋惜地說，她沒有忘記媽的話，仍然不敢走到籬笆裡廚房門口。

「有什麼玩的，我就不要去。」銀兒比開瑟琳到底大兩歲，她表示對於玩耍並不起勁的樣子，其實她只有八歲大。

「哥哥說山頂上有炮臺，可以打外國人的兵艦呢，一路上山還有野洋莓、櫻桃，好吃得很。」說到這裡，開瑟琳看見她的小伴兒吞唾沫，覺得很得意，又道，「在山頂上可以望見好多好多奇怪的高山，哥哥說書上說過那些山上從前有神仙住過的。」她見銀兒不答，停了一會兒嘆了一口氣道，「我真的上山去看一看才好呢，哥哥說這些高山都是在半天裡現出來的，他還說幾時坐飛機去玩一玩，那才有味呢！」

「山有什麼好逛的？我就想看一回電影。」銀兒把吃過的飯碗，用水沖洗著。她黃的臉皮及缺乏油性的短得像一把棕毛刷子的辮子，一看就知是鄉下女孩子了。她洗過碗就拉起大襟來擦嘴擦手。

「你幹麼不去看電影，那邊就有電影院。」開瑟琳睜大眼問道。

「我沒有錢去。」

「叫你媽給你錢呀。」

「她不給，她的錢要帶回家給爸爸。」

這時開瑟琳站得有點不耐煩了，走了幾步回頭叫道：「銀兒，來外邊玩，我爸爸媽媽姐姐都出了門，前邊沒有人，快來吧。我帶你到房裡瞧一瞧去，有許多東西你沒有瞧過的呢。」她說完便一溜煙地跑了。

銀兒怕媽不許她去，回房間見媽正躺在床上睡中覺，呼聲很大，她放了心溜到前來。

開瑟琳正在階前捉蝴蝶，見了銀兒來幫忙，高興極了，她們不多一會兒便捉到三隻大的花蝴蝶。

她們捏在手裡找不著東西裝，忽然開瑟琳想到媽睡房裡的一隻空著的玻璃缸，她便跑進房去。

銀兒同走進去，忽然又縮出頭來。

「銀兒，快來，蝴蝶飛了一隻了。」

銀兒連忙進去幫忙捉，不一會兒捉到也放在玻璃缸裡。

「啊呀，太太床上鋪的是什麼布，好多窟窿，這都是花呢！」銀兒一邊摸著床上的花邊單子一邊叫道。

「那有什麼稀奇。」開瑟琳學著姐姐的口音淡淡地答道，「還有好多東西你沒有見過的呢，你來看看，媽媽的衣服。」她說著便把衣櫃門打開。櫃裡果然掛的紅紅綠綠許多花色衣服，銀兒做夢都沒見過的。

「這件衣服簡直比紙還薄，照得見人呢！」銀兒又羨慕又稀奇地說，把衣服大襟舉到眼前照著看。她一邊四面張望，忽然叫道：

「黃鼠狼！」

「哪兒？」

「那上面掛的不是嗎？這東西會吃小雞子。」銀兒指上面掛的一條皮圍巾說。

「這不叫黃鼠狼，媽媽叫它什麼名字，我忘了，她說好多錢買一條呢。」

「這是黃鼠狼，我們鄉裡很多的。等我回家叫爸捉幾個送你們。」銀兒道。

她們倆又在房裡看了許多銀兒沒見過的東西，忽然在梳粧檯上看見媽媽的手表，開瑟琳連忙拿起告訴銀兒道：「這是手表，戴在手上的，它會走，你來看看這裡面的字就是時辰，一點鐘走一個字，你懂不懂？」

「怎樣走呢？我可懂不得。」開瑟琳一面把表放在她耳上聽，看她睜大有趣的眼神，使她忘記媽媽常常叮囑不許動表的話，她動手轉那上鏈的螺絲，總轉不動表面的短針，鏈可上得太緊了，表立刻不走。

開瑟琳用力搖了一會兒也不響，記起媽媽說過動表就要受罰的話，她有點慌了，一閃手，表便掉在地上，表的玻璃破了，啊呀，這怎辦呢？她們兩個人把表拾起來都嚇呆了。開瑟琳扁了嘴要哭。

一會兒銀兒才想出主意道：「別哭，快把這表藏起來吧。」

「對了，藏起它吧。快些藏起來。」

開瑟琳微微震顫地說：「藏在哪裡呢？」

銀兒想了一想，方說：「挖一個窟窿把它埋了。」

開瑟琳聽說連忙把表緊緊捏在手心中，輕輕地溜到房外。幸喜家裡人都出去了，王媽又睡著了，廚子也上街買東西去了。她們左右張望，見園裡果然一個人沒有，銀兒走到一堆夜來香花前，用小石片掘了一個小坑，把表埋在裡面，上面還鬆鬆地鋪了一些小石子，使人認不出來。開瑟琳見了很欽服地點頭微笑，她的淚還蘊在眼眶裡未乾呢。

傍黑，媽媽爸爸大家都回來了，姐姐哥哥買了一籃子用的東西，外祖母還給小弟弟買了許多玩具，炮車、兵車、小汽車、小馬車，多少車子啊！開瑟琳在一旁看著，心裡有些酸酸涼涼的，直想哭。幸而媽媽後來在籃子裡翻出一包她很想要的顏色粉筆給了她，她才覺到媽媽還是愛她的，想到自己反偷偷地藏起她的表，不覺大點眼淚流出來了。

媽媽見了有點生氣地問道：「你不喜歡這些筆嗎？給回我。」

「不。」她答了這一個字，緊緊地捏了粉筆，就跑回睡房去了。

三

第二天全家亂哄哄地鬧了一個早晨，太太的手表不見了，上房下房什麼地方都翻騰過，也不見表的影子。末了太太忽然恍然有悟地喊道：

「Katherine 來，說實話，你拿我的表沒有？」

「我沒有拿，媽媽。」開瑟琳臉都嚇青了。

「怎麼有蝴蝶放在我房裡的玻璃缸裡呢？你一定進我的房來了的。」媽媽怒氣沖沖地說，「你真是沒出息，你爹爹還常說我偏心不喜歡你。你看，你就這樣不聽話，我不在家，你跑到我房裡幹麼？」太太見女兒嚇得只哆嗦，也逼不出一句話來，心裡不免有點軟下來，又道：

「家裡也只有你同王媽他們在家，前門是鎖好了的，有人也進不來，要有賊從後面進來倒也可以的。王媽一睡著便像死狗一樣，你說實話，你睡中覺沒有？」

開瑟琳怕說沒睡中覺便要罪上加罪，只好點頭說：「睡了。」

王媽覺得有話可以幫忙，便連忙說：「她睡了中覺了，睡了兩點半，直到送牛奶的人來了方起來的。」

太太聽了默然一會兒又問女兒道：

「傻孩子，哭什麼？告訴我，你睡在房裡聽見有人進房走路聲沒有？」

開瑟琳見媽媽忽然不大生氣了，她覺得事情有點轉機，方鼓起勇氣答道：

「我才睡醒時，好像聽見有人輕輕走進房又走出去。」

「你怎不出聲呢？」

「我問了一聲『誰呀？』，沒有人答應。」開瑟琳又鼓起勇氣說道。

太太點點頭。她罰開瑟琳在房裡睡了半天，下午便叫王媽母女收拾鋪蓋走。

王媽指天發誓她們沒有偷表，且在表沒有找到時，她不肯走。太太板起臉孔說道：

「叫你走是我可憐你窮才這樣辦呢，若不，我把你們送到警察局拘幾天，逼你找出表來，你才知道厲害，快給我滾吧！」太太想到王媽的沒良心，叫她女兒來白吃一個多月的飯還不知感恩，不覺生氣起來了。

王媽默默擦了淚，請了安，扛著鋪蓋，女兒在後跟著便走了。

四

一連下了三天大雨，一個下午雨忽然住了。滿山樹木，綠油油的被雨洗刷得真正可愛，一處一處的響著涓涓潺潺的泉水，西山頭亮著一寸大塊朱紅的晚霞，那爛漫的光影直照入個個喜晴人的心裡。山路上三三五五地走著裙裾飄飄的中西仕女，小孩子都穿戴得像店裡的洋娃娃那麼可愛，跟在親愛的人們身邊。

「媽媽，我們也出去走走吧？」Alice 在廊上望著路上的人們對母親說道。

「George 外邊多好，我們出去走走吧？」太太向在園裡的先生喊道。

「花園裡也滿好，用不著到外邊賞玩了。你來看看那塊大石頭旁邊的瀑布多好！」先生答道。

「好，我們也下去看看吧，Alice。」太太說著領了大女兒到園裡去。園裡的雜花，在雨後格外鮮豔奪目，空氣裡洋溢著一種悅人的草香。孩子們的跳躍呼叫，更是像小鳥般可愛了。

他們兩夫婦繞著園子走了一圈，發現了幾個新流泉，幾堆新發芽的花草，末後將走到夜來香花池邊，先生忽然叫道：「這花底下有一個什麼東西，發金光的？」他說著便趨前撿起來，原來是個手表。「這不是失掉的手表嗎？玻璃破了。」

太太連忙奪過來，細看果然是遺失的手表，但是它怎會在園裡呢？

「怎會在這個地方呢？別是那天你走路時掉在地上的吧？」先生笑著說，他心裡想著說一句冤枉了王媽的話，還未敢出口，太太便接著道：「我哪裡會那樣糊塗，掉了手上的表都不知道。那天我特別不帶表是因為怕小弟弟要我抱，擱壞它，所以留在家裡的。這有什麼奇怪，還不是我那天說的那句送警察局追問的話嚇得甩下來的贓物。也虧她想得巧，甩在園子裡。足足過了三天才發現。」

先生似乎還想補說一句話，這時恰巧開瑟琳跑過來，小弟弟在後追她。一雙大孩子的長長的腿及一對肥胖的短腿在太太面前掠過，她便叫道：

「Katherine站住，地上這樣滑，你還讓小弟弟追你，讓他跌跤玩嗎？」

開瑟琳立住，喃喃地道：「是小弟弟要追我，我沒有……」

「Katherine，你再回我一句嘴，你就得關在黑屋子了！」太太口裡說著話，手裡卻很惋惜地摸弄著手表。開瑟琳忽然看見這是埋在土裡的表，全身不覺木了，立著不動。

幸虧媽媽爹爹走上廊子去，沒有人注意她的樣子，她呆了一會兒，定了神私下想道：「銀兒在這兒，她也要奇怪了吧！」

立了一會兒，忽然覺得冷清清的，她一步一步向廚房前面的籬笆走去。

生日

四月中旬早晨太陽剛出來，小鳥吵聲黏成一片，銀閣寺附近的人家都開了自來水管潺潺地任它流下來洗石階澆花木了。去幼稚園的山道上時有一隊隊小木屐踏著砂子過去，這清脆的可愛聲直送進每個母親心裡，她們嘴裡輕輕地哼著歌調，把袖子重新地卷起，把盆裡花花綠綠的小衣服搓揉著，或把手裡的帚子悠然地在地上畫來畫去。

「媽媽，瞧！」晶子獨自扶著短欄杆看著窗外連續不斷花花綠綠的小人兒在路上走，她高興地叫起來，伸著小手指著道上。

媽正在低頭收拾東西，隨意抬一抬頭望道上微笑說：「人家上幼稚園去了，你什麼時候去？」

「唔？」晶子聽不懂常常這樣發問。

「上幼稚園去。」媽答。

「……上公園去，媽媽去，晶子去。」公園兩字是晶子早就會說的，新近她雖學說四五個字連成一句的話，這回是頂長的句子，媽聽得高興極了，跑過去摟著她問道：「爸爸去不去？」晶子正注意看對面水管不住地流水出來，還沒聽見，隔房的爸爸跑過來叫道：「爸爸也去。」他說著便坐到蒲團上，「媽今天忘了是什麼日子了吧？我們一會兒就上嵐山去好不好？」

媽略停一停笑道：「誰會忘了我們小公主的生日！」這兩整年種種憂愁、麻煩，快活的光陰像輕寒薄暖的東風重複吹過來一樣味兒。

「那麼快來給小公主打扮吧。」

「忙什麼，等她吃過這一頓飯再去不好嗎？東西都擺好，只等端來吃就是了。」媽說著便起身下廚房去。

晶子的家只有爸爸媽媽，爸爸常看書，媽媽常坐在晶子一旁做針線或打編物，爸爸甩下書時，必來抱晶子到窗口扶著欄杆向外望，他告訴她對面一堆一團的東西是「山」「河」「樹」，讓晶子跟著說一遍，又道「山上有樹，河裡有魚，樹上有鳥」。他說完還要晶子學說，晶子跟著學倒也一字一字慢慢地叫出來，不過鳥字聲是那麼怪好玩的，鳥……鳥……好像隔壁老貓叫聲，晶子學時就笑著說不出來。

「喂，晶子，來問一問你……」爸爸一把抱過小女兒來放在膝上，「你說，山上有——什麼？」

「有四。」晶子歪著頭睜著一雙長睫毛的大眼鄭重答道。

爸爸含笑點頭又問道：「河裡有——」

「有驢。」她的小嘴卷成小喇叭樣答道。

「有驢？」爸爸反學她的嬌細聲說一遍，「算你對了吧。樹上有什麼？有——」

「有妙……妙……」晶子學著貓聲，說完便伏在爸爸的懷裡笑，因為說了多次都被爸媽笑到她支不起來，要爬到懷裡去，這一回她是預先伏到懷裡去了。

服侍完晶子吃飯，爹媽收拾了一番，爹爹抱著晶子，媽媽拿著晶子零用物件的布袋走向電車道去。

晶子今天穿了一件剛齊膝蓋淺綠色翻白領袖的小綢洋服，上身套了件雪白毛線織的小背心，沿領口是一圈另外加上去的小黃玫瑰花，天然鬈曲的頭髮上繫了一個淡綠白點的緞帶結子，穿著小白皮鞋，這都是她看見了就要媽媽給穿用而未成功的東西，今天居然都在身上了。她在路上不迭地低下頭來瞧。那白絨背心和白鞋在這小心窩裡都閃出銀光吧！這時她烏溜溜的眼珠子忙極了，左右前後地看。

「喂，老實點，別總轉身子，」爹爹笑拍著晶子道，「你再轉，我抱不動了。」

「讓她下來走幾步吧，到電車站還有一會兒呢。」

爹爹果然把她放下來拉著一隻手在地上走。她讓媽也拉一隻，這樣她可得意了，一路走一路蹺起雙腳打秋千玩。不多一會早把媽媽累得臉通紅了，爹爹也說：

「還是抱著好些。」

她雖然以前也曾坐過兩三次電車，不過那是一歲前後的事，連影子都不曾記得呢。這回她仍感覺實在新鮮，在她早晚上街散步時見過不少奇奇怪怪的人，可沒有車裡這樣多，而且大家擠在一起不走動，有許多人好像都在看她，他們卻也不笑也不說話。

「爹爹！」晶子往爹的懷裡一擠，回頭望一望大家又挨近爹爹站一步。媽明白她的意思，一把抱她起來坐在自己膝上。「看看窗戶外頭的山。」媽指著窗外哄她看。

窗外的東西，房子、樹、山、人和車子都跟著電車跑動。追、追、追——她想起在家裡爹爹拉著手走，媽在後面走來一邊喊。她一聽見這聲音一定要大步大步跑往前的。

「追、追——」她笑著搖著媽的肩膀要立起來跑了。

「坐好吧，寶寶。」

晶子仍然攀著肩搖，一邊想溜下地來，媽無力再抱了，只好板了臉說：「再不聽話，困覺覺去。」說著把她放在膝上重新坐正了。

這時車忽然不動，有許多人去了，換來一班人，那裡面有個穿著花衣戴了一頂花帽子的老媽媽，手裡牽著一隻大貓，坐在晶子對面。不一會兒那大貓坐在地上，兩隻眼不迭地望晶子，她正想向它招手（像她平日對隔壁的小貓一樣）不想那貓忽然張大了嘴伸出很長的舌頭來，微微喘著氣。她立刻拉著媽的手叫道：「貓，貓！」

媽還未答話，正巧有兩個伯伯（像隔壁伯伯樣兒的）走過來擋著那條大貓。他們笑著同爹爹說話，對她招手笑，晶子想說話又不好意思。正好門外有人拿著一籃可愛的蘋果走進來，她便揪媽的衣襟，伸著粗短的小胳臂指著。

車是咯隆咯隆又開始跑了，這像木馬的搖動又像藤車裡推著走的味兒又在媽媽軟軟的膝上，夠多美呀！——晶子的小腦袋漸漸前顛後撲，小嘴張著打呼了。

「到了，寶貝，醒醒。」爹媽同聲叫道。

爹爹抱著晶子擠出人堆，便放下了。許多人，忙碌地一邊說話一邊跟著走，木屐踏著砂道，咯噔咯噔作響，河內的水潺潺地流，柔軟的東風吹著她蓋膝的小裙子，胖胖地凸起來，直像一朵浮在水面將開的睡蓮。

面前是一大片空地，地上有好多鋪了猩紅氈子的床，床上有穿花衣服的人坐著喝茶。上面是樹，掛了一球一球圓得可愛的小燈籠，迎著風搖擺。「媽，給晶子一個！」晶子伸著小手指道。

「不能給，乖！」

「寶寶看見花沒有？來，爹爹抱你看看，」爹說著便抱她起來指著樹上的花又道，「櫻花，櫻花——」

樹頂的花被溫暖的日光晒著散出陣陣微帶粉味的香，花被淡金的朝陽罩著，那玉琢粉搓的花瓣更顯出柔膩光潤的顏色。雲雀與黃鶯不斷地飛來飛去，囀著迷戀的歌喉，一曲又一曲地唱。

晶子覺得身子輕鬆極了，舞著小胳臂輕輕地跟著亂唱，爹爹真有點抱不動，正要放她下來，晶子盡伸手叫道：「爹爹，花，花！」

她意思要伸手去摸一摸樹上的花，不過她沒說明白。爹爹聽說便答：「不要動！」就把她放下了。

爹媽拉著她的手走過那踏著響得好玩的長木橋，他們叫她停步望對岸的櫻花，那一大堆一大堆粉光甜香使她記起昨天爹爹給食一小塊的點心，那多可愛呵，爹只肯給那一點，多可惜！

過了橋他們走到樹底鋪紅氈的床坐下，一個花衣服姐姐笑嘻嘻來問要吃點什麼，媽媽說了兩句話，不一會，就端了一盤子點心和兩碗東西來了。

「寶貝，好好坐著。」爹媽把她坐在一邊，他們提起筷子就吃，晶子不住眼地看，那碗裡的粥噴出透鼻的香。盤子裡圓禿嚕雪亮的點心一個個像媽媽昨天吹的肥皂泡在眼前打轉，怎樣抓住它？這樣抓住它？晶子想了又想，末後忍不住同平日那樣指著點心道：「寶貝不吃，寶貝乖，是不是？」

爹看媽笑了笑。晶子看見又指道：「寶貝不要。」說完抿了抿嘴，咽了一口吐沫。

「怪可憐的，給她一點吃吧。」媽說。

「剛吃過，又吃？」爹說著就抱她下地，「在地上走走。眼不見心不煩。」

在地上走倒是遂了她的心，她跑到近旁那花衣姐姐的小屋子裡瞧瞧架子上擺的各色閃光放亮的瓶子杯子，她尤其愛那花玻璃珠穿的簾子，用手剛剛摸得到，涼，滑禿嚕的！

那姐姐笑著向她招手說：「可愛的小姑娘，來，來！」

晶子望著她笑了笑卻站著不動，這時那姐姐又捧著一大盤點心往外走，走到她身前卻彎下身子把盤送到面前笑說：「拿一個，不要緊。」

這真是多大的機會，晶子緊緊看著盤子，滿面是笑，卻不敢抬手，末了她望了望爹媽，媽媽正說：「寶貝，說謝謝，不要。」

她勉強照這樣說了。那姐姐帶笑端著盤送到另一張床上的人去。真糟，為什麼她不送到爹爹那兒呢？晶子狠狠地看著那盤子。

那姐姐托著空盤子忸忸怩怩地轉回來，笑向晶子道：「你真是一個可愛的孩子，美極了！」說著伸手來拖她，嘴裡道，「來，我給你點好東西，媽媽不會罵的。」

晶子跟她走到裡面，姐姐抱她坐在一張鋪了白單子的桌前，桌上放著一個鮮紅的瓶子，裡面插了一大枝白花。

那姐姐見她不住眼地望著，忽然摘了一球說：「戴在你身上，多美呀！」

晶子以為這又是逗她玩的，不敢伸手接，那姐姐笑道：「媽媽不說，拿著吧。」

「爹爹？」

「爹爹也不說你！」那人笑著把花遞過來，晶子接著笑了笑便往外面跑，舉著花叫道：「爹爹，媽媽，她給的花！」

「寶貝，說謝謝沒有？」媽指那姐姐道，「說謝謝去。」

一會兒那姐姐笑嘻嘻地來向爹爹說「謝謝」，爹媽也不說「再見」，拿起東西就走了。

他們三個走了一會兒，晶子手裡拿著花，要一邊走一邊看，所以沒牽著爹媽的手走。爹爹在前帶路，嘴裡學鳥吹著哨子，媽在後扶著洋傘慢慢地看東西，晶子夾在中間，她在路上有時看見一塊閃亮的碎玻璃，有時看見一張花紙，有時看見一塊圓滑的小白石子都要停步撿起來。

一會兒到了水聲嘩嘩不住流的地方，爹爹便坐下來看表，媽說：「坐下再玩玩。」

他們也讓晶子坐在石上，爹爹從口袋掏出一卷報紙，打開了看，媽也拿了幾張，笑著哄晶子好好地坐一坐再走。

那黑漆漆的紙有什麼好看？晶子望了望就扭過去看對面石頭上的茶棚，紅氈上面又是擺了一盤雪亮滾圓的點心。棚子旁邊是幾顆雪白的花，一陣風吹，樹上撲撲地掉下幾小團白的東西到水裡去，晶子忽然想起伸手去接，不想撲一個空，她的小嘴張了張很可惜地呼了一口氣。

那掉在水上的花，隨著水一朵一朵溜著跑。忽然一陣風起，又是撲撲地吹落，掉在水裡流，流到外邊去，不一會兒就看不見了。唉呀，怎麼也抓不著它！她看著就急喊道：「媽媽，看花，花沒有了。」

媽聽了並不抬頭看一看，只應了一聲：「唔！」

她呆呆地看著一陣一陣風吹花落，一回一回的流水載著花朵跑，跑到外邊就不再回來了。那一棵樹不多一會兒一點花也沒有了，空了！這空了，比她吃牛奶時忽然發現杯內空了是同一的不快。於是她不要再看，正要立起來走，忽然看見有一團潔白可愛的東西放在衣服上，一看正是給水載走的那樣花。她像驟然拾到奇寶那樣雙手捧起來送到鼻子一聞，那微帶甜芋芋的花粉味兒直沁得鼻子發癢，她就把一朵花送到嘴裡去了。

媽媽偶然回過頭來看見晶子的嘴微動在那裡嚼東西的模樣，跑過來喊道：「我的寶貝，你吃什麼了？」

晶子只管閉著口嚼不答話，爹早也跑過來用手扒開她的小嘴，低了頭望，望不出什麼，就用手指掏，掏出來的是一些淡黃淡綠色的東西。

「唉呀，可憐死了。吃了什麼呢？」媽半憂半惱地叫，又抱她起來把身上的花遠遠地甩到水裡去。

「寶貝，是不是吃了那個呢？」爹指著甩去的花問。

晶子笑著點一點頭，忸怩地爬到爹的懷裡。

「不知她吃了多少，有沒有毒，回去經過醫院，我們下去問問醫生吧。」

爹爹點了點頭，把報紙卷起來塞到袋裡，抱起晶子說：「咱們快一點回去，木村大夫也許沒下班呢。」

路上爹媽都不像來時那樣有說有笑的了，他們什麼都不看，只顧急急地走。她是多麼想再聽一聽爹爹方才吹的哨子呵！

走過方才吃點心的地方，晶子望著頭上滿開的花仍然那麼可愛，她拍了拍爹爹的肩膀哄道：「花花美，爹爹，瞧呵！」

倪雲林

一

「可惜我不是吳道子，不然昨天那光景正好畫一幅很神氣的餓鬼圖！」倪雲林坐在階前晒著背，忽然記起昨日給散資財與親故的情景。

這時正是十月底，江南晚秋，晴朗可愛。花壇裡十數株黃英，浴著日光透出清香，幾個粉蝶蜜蜂緊繞著花飛。

粉牆畔三五竿修竹，垂著碧葉伶俜地立著，幽靜宛如絕代佳人。

「清閣倒可掉頭不顧，這院子的花竹，卻未易忘懷！」他悠然顧盼著，想著自己所定的遊蹤，嘴裡卻吟哦著「未能拋得杭州去，一半勾留是此湖」。

「官人，今夜沒有米了。」一個老家僮緩緩走來說。

「倉房裡都沒有了嗎？」倪家米素來都向倉房裡取的。

「再有十個倉房也會拿乾淨的！」老家僮微咳著笑答，他的不自然笑容告訴主人昨日的事迂得可憐。「咳，我活了七十歲也沒有見過昨天那樣的事，平時一個個都是有禮有貌的，原來一斗米量少幾粒都會紅了眼動手動腳……」

雲林知道這老人家要發一發牢騷了，卻不知要嘮叨到幾時，只得打斷他的話：「到隔壁借一兩斗去吧。橫豎他們也不在乎這些。」

老頭兒苦笑了笑，應著懶懶地踱出去。

望到這老人憂鬱不勝的神色，他心裡微感不快，立起來繞院子走了一周，便喊小僮叫看轎。

不多時他上了轎吩咐到城外去。

轎夫知道又要到那空曠地去了。抬起轎子，依著往例，只撿僻靜小路走，一會兒便到城外了。

其實一樣是蔚藍天空，罩在郊外，便自不同。面前一片黃碧渲烘停勻的曠野，嵌上空明清澈的溪流，幾座疏林後有淡施青黛彎彎的遠山黏著。詩人浸在這秋光裡，方才的不快早溶化了。

轎子在一座林子前停下來。雲林便在樹下閒步。林畔一灣碧綠的清溪，倒映著疏點丹黃的枝柯，美極了。

秋日山野調色的富麗，益使他堅信山水不能著色。林下幽靜得令人意消。他恨不能把清閣立刻移到這裡。

「遠山掩映溪紋綠，蘿屋蕭然依古木……」不一會兒他吟詠著這兩句新詩，落葉在腳下沙沙響和。

來回不知走了多少時，抬頭一望，遠山入雲，天半起了朱霞了。此時林外微聽得有人低語：

「我就看不出這個地方有什麼好玩，又沒有山，又沒有水，石頭都沒有一塊生得雅致的。直呆這麼久！」

「就是這些樹也比不上侯府裡的好看呵！他們園子裡的梧桐，松柏夠多好，三伏時坐在樹下像浸在水裡一樣涼。」

「得了，你怎麼知道那樣涼，你又沒有去歇過。」

「隔壁老王說。若不是大官人脾氣怪，我們倆現在也可以在侯府裡歇歇了。今早人家又來請了兩回。」

「三九天坐在樹下，侯府裡也不見得比這裡暖和。」

「你真是死心眼，在侯府歇著，還怕沒有茶喝，沒有點心吃！至少也有椅子坐哪，不用挺得腰酸了。」說到這裡只聽捶腰聲，低低怨道：「莫非來會什麼神仙？太陽都下了，還挨在這黑樹林裡。」

二

到家後在燭光下雲林寫了一幅畫，題了新詩。畫中意境，自覺與人不同，心想怎得王叔明來，看他怎說。

第二天叔明邀來了。壁上新貼的畫，墨暈尚未乾。

「遙山掩映溪紋綠，蘿屋蕭然依古木，籃輿不到五侯家，只在山椒與泉曲。」

叔明把畫上新詩吟哦一遍，點頭道：「別有天地，不差，詩如其畫，畫如其人！」

「誰不是畫如其人的？」雲林笑道。

「我說的是意態蕭然的人，」叔明也笑了，「畫上蕭然並不難，難在蕭然而有物外情。第三句似乎有點來歷，聽說昨天侯府又來請你去，你躲得不知去向。」

「那地方豈是我這懶人去的！」

「我看你任什麼地方都懶得去，惟有出城不懶。」

「出城若沒有轎子坐，說不定也懶得去。」

「我就不佩服詩上這一點，」叔明笑道，「哪見住蘿屋的人，出門還要坐籃輿，豈不是『稻草蓋珍珠』？」

雲林見說，不覺也笑起來，道，「第三句原是胡湊上的。」

「我們這樣人上山去倒是得有籃輿的，不過蘿屋不見得一定可以住。我向來主張舒服的，逛山時不但要轎子，索性連家僮食盒都帶著；遇到幽勝地方，便住下來了方便。」

「帶著大隊人馬，哪裡像逛山，倒像上任去了！」雲林哈哈笑起來。

「若不是這樣，不會舒服的。」

「要舒服，還是蹲在家裡看看花，吃吃酒舒服多了。」說到這裡，他停了停道，「所以我常說不去逛山就罷，要逛就要去些俗人不到的地方，還要獨自去，方才覺得有味。若是還得帶一些家人，趕到大家去的地方，那不如就到城裡娘娘宮，大佛寺玩一趟倒有趣些。」

「若是不帶人去，還要到些幽僻無人的地方，餓了沒得吃，冷了沒地方歇，那在我是什麼趣味也覺不到吧！」

在笑聲中雲林心下說道：「這個人，若不是從小就仗他好舅舅①的薰陶，此時只是個畫師②罷了。」

三

一個月後王叔明又來到清閣上。

閣內寂然無人，書案上筆墨凌亂，窗上湘竹瘦影，婀娜搖曳著。正才過午不多時，他不忍去擾主人清夢，只在閣裡徘徊。

忽見壁上新貼著三幅水墨畫，過去一看，才知是主人的新作。

「來了多時了？」忽聽背後有人這樣叫。

「才一會兒，」叔明笑，「從今懶瓚的寶號可以不要了，已經寫了這些畫！」

「你看還要得嗎？」

「我看荊關也不過如此。」

「荊關是不敢望的。」雲林一向只推崇荊關，不像別的畫家一味尊重古人，他是不信古定勝今的。

茶送上來，叔明一邊吃，又道：「這幾幅壓倒當代一班人了，就是大癡也……」

雲林謙讓不遑地說，「大癡哪裡及你？你卻常把他放在前頭。我總覺得他多少還脫不掉時下縱橫習氣。」

「他的渾厚蘊藉，倒是不可多得的。」

「蘊藉還可說，渾厚未見得吧？」

談笑之間，不覺日斜。叔明瀕行時，重立在畫前著意看了一會兒，指著那幅〈萬壑秋亭圖〉說道：「我最愛這一幅。以前你總是寫些秋林平遠，古木竹石之類。有那蕭然澹簡的意境，有那惜墨如金的筆致，格調自是高了；不過那是毫不費氣力的。那種畫說不出為什麼，我總覺得有點不滿意……」

「那是不滿意我的懶吧。」雲林笑說。

叔明見說也笑了，道，「現在我明白了，從前你是缺一點蘊藉渾厚。現在你是不缺了。這萬壑真寫得出。」說著正欲走出去，忽然返身回來對著畫道：「方才我總覺得今天的畫有點新東西，從前沒見過的，看，原來卻是這個！」

雲林順著他手指看去，卻是個亭子，正欲說話，叔明又道：

「你一向笑話我們愛把亭臺樓閣搬到畫裡去，你是有了扶杖的人都嫌多餘的。這回三張畫裡都有了這個，敢是有什麼新見解了吧？」

「這個連我自己都未覺到！」雲林笑說。他想到日前在山中遇雨狼狽的情況，很是好笑。「這裡沒有個亭子也許顯得空一點。」

「這裡，這裡呢？」叔明指著那兩張的亭子笑問。

「也是有個亭子好吧！」雲林應著笑了。「其實我也沒想到畫這許多亭子。倒是有風雨的時候，沒有亭子真不得了。」

「上回你上山去碰到下雨嗎？」

「豈但碰到雨，差點凍死了。」雲林提起來還覺得身上發冷似的，把手緊緊攏在袖裡，「上山時便下細雨，那米家山水，倒是真迷人，我只顧慢慢走著玩賞，不知走了多少路，聽見惠泉寺已敲晚鐘，那是快天黑時候了。雨是夾著風大起來，雨傘已經遮不住，身上濕透，一邊走一邊抖擻，心想再找不到地方避一避雨，也許就凍死在這山路上了。」

「樹底下，崖石底下都可以避一會兒的？」

「不行，不行！」重提起來還覺得可怕，也可知那天風雨是如何可怕了。「好在走了一會兒，忽有個砍柴的走過，告訴前面有個山亭可以避雨。」

「我問他回了些柴，在亭子裡烤一烤火，衣服才乾了。天是很黑了，簡直看不見路，正在不得主意！家裡恰好派轎子找來了。」

「可見籃輿還是少不得的！」兩朋友一邊說笑走出去了。

四

雲林五湖倦遊回來正是黃梅天氣，終日下著牛毛雨。閣裡殘餘的書畫，都黏滋滋的生一層綠黴，摸一下就得洗一回手。門窗關著黑得不見人，敞著卻又不時吹進街巷臭溝子的氣味。

連日雖然下著雨，清閣上卻不斷地有親戚故舊來探望。他們都是帶著專誠並人事來問候。主人一向怕會客，近來因家中減政，辭了閽人，有客來一直往裡走，碰到面只好會了。主客寒暄三兩言後，常默然相對。有些自以為解事的風雅人，就絮絮地與主人談詩論畫，推崇一番之後，便誠懇地請求墨寶。

今天又來了一群愛好風雅的客人，圍了主人求詩畫。雲林耐煩不過，只得默然笑應著。正在無可奈何時，叔明恰好來了。

叔明見樣，笑道：「我看大家都同我一樣主意，沒收到畫債是不甘心空手走的，好歹揮幾筆吧。」

附近三幾個親友見說齊聲道：「來清閣如入寶山，誰肯空手回去。好歹大筆一揮吧！」

雲林苦笑著默默走進裡閣畫案前，心中紛紜不悅，懶懶地提起筆來。早有書僮把紙鋪好了。

客人聽見主人寫畫去了，一個個躡足含笑走來圍了畫案。雲林連頭都不側一下，只顧向窗欄出神。

一會兒伸紙連寫了三四張竹子，以為可以了債了，誰知面前畫紙卻不絕地鋪上來。眾人口中說著好話，陪著殷勤的笑，捧下筆走開去是神仙也做不出的。

雲林只好毫不思索地一張張畫下來，此時閣內氣味漸濁，知意的書僮，又頻頻向寶鴨內添香。叔明見他朋友臉色青黃不堪，只得上前說道：

「天已要黑，主人也得歇一歇了。」

那些已經拿到畫的客人都答該去了。

作別時客人益發殷勤地恭維，三五個文謅謅的先生還絮絮地談詩畫，有一個年老些的高聲說道：

「此真所謂寫胸中丘壑，作文章所謂一氣呵成，神來之筆也！」

雲林已經疲乏極了，聽著這樣恭維話，更加不耐煩，低低嘆道，「寫什麼胸中丘壑，寫胸中晦氣罷了！」

幾個站得遠些的客人，尚未聽清楚，那老者以為雲林必是答他方才的話，搶前說道：

「你說寫胸中什麼氣？」

叔明早聽清楚他朋友的話，他看了雲林一下，代答道：

「他說，寫胸中逸氣。逸字下得好！」

大家很小心地記著這畫家的話，當下殷勤道別了。

附志

倪瓚（一三〇一年——一三七四年），字元鎮，一字玄瑛，號雲林。江浙行省無錫州（今江蘇省無錫市）人。元代詩人、畫家、書法家，是元代南宗山水畫的代表畫家。

雲林畫，一幅在日本東京審美書院曾影印過，〈萬壑秋亭圖〉，在北平文華殿內，其餘有亭子的幾幅，一在完白山人後裔手裡，餘者或見於《中國名畫集》，或見於董其昌，王麓臺，戴鹿床仿本。

雲林事蹟，見《歷代史畫匯傳》，董其昌《畫旨》，惲南田《甌香館》畫跋，戴鹿床《習苦齋畫絮錄》及孔廣陶《岳雲樓書畫集》，陳師曾的《文人畫》。

注①：趙松雪乃王叔明之舅。
注②：宋元所謂畫師有如今之畫匠。

寫信

（星期日早晨，隔壁張太太笑嘻嘻地抱著孩子走進伍小姐的書房。）

……伍小姐，好早呵！禮拜天還寫字看書，真要考女狀元去了嗎？我等您的禮拜等了不知多久了，今天在床上睜開眼就聽見教堂打鐘，我急道，「阿彌陀佛，可等到禮拜天了！」我從前十天就想求您給寫一封信，看您天天忙著上學，回來又看書寫文章，不敢來攪您，心想慢些回他，也沒要緊，不過，這幾天他又來了兩封信。

……誰，就是他的爹。小姐，您不知道開眼瞎子是多麼苦呢。像您多痛快，有多少話，提筆就寫出來。當初都怪我的媽，我爹倒是死要我上洋學堂念書的，我媽怕上了學堂就變了自由女，上野男人的當，怎樣也不放我去。前天我還埋怨她老人家說，「您瞧，都是你當初不讓我上洋學堂，現在鬧到成個開眼瞎子！看人家伍小姐多痛快，『下筆千言』。再說人家還不是一樣金枝玉葉的保重，哪裡就會變成自由女？」她老人家也後悔了，現時天天送小侄女上學去。

……要寫什麼話呢，想說的話真是太多了。我常想真虧得您記那整千上萬的字，要用哪個，就寫哪個。我們不認得字的，就是想把心裡裝的幾句要緊話，臨時要哪句說哪句都不容易呢？不知為什麼原故我一見了像你們這樣「水亮」似的小姐們，就喜歡得不知說什麼好了。那回我同他爹拌嘴，還對他說：「你別看我一定得死挨在你家裡的，看我明兒就找事做去，我是不怕丟臉的。若在伍小姐家當做針線的比在你這狗窩裡當奶奶強百倍。人家向底下人說話，從來沒有大聲嚷一句，哪像你們這沒見世面的，芝麻大的事做差一點就火了。我還不是你的底下人呢！」您沒瞧見過他爹吧？真是牛性子，一肚子草！若不是他開口就得罪人，還不早就是個營長。周奶奶的大兒子同他一齊進軍營的，人家連團長都已經做了！聽說新近還娶了個千金小姐做二房呢。

……他爹吃營裡飯快十年了，現在還是個倒楣連長。一個月裡不知哪天關到餉，除了關餉那幾個死錢，一點油水也撈不著。每月家裡沒得等他關到餉才有錢寄來。若不是他的錢靠不住幾時寄到，他早就該穿幾件涼涼快快的小洋服了。你瞧，這一件小褂還是去年他的姊姊做了過節的，今年輪到他穿了，總算我會省了，饒這麼著，他爹一見面還抱怨說家裡永遠存不下錢。

……我常說，大人是「殘花敗柳」，破破爛爛穿一穿沒什麼要緊，小孩子是一枝花，人人愛，除了沒爹掙錢的就不該打扮成個小要飯的樣子。小姐，你說是不是？……他爹頂寵他，每回捎東西來家，只有他的，兩個姐姐一樣也摸不著。四妞兒還好，不當回事，三妞兒就常常生氣背地裡哭。我說，「十個手指有長有短，有什麼好比的。」

……共總生了七胎，只落得三個，不在的是三個小子一個丫頭。死一個，他奶奶就怨天怨地地心痛好久，他爹就同我拌一回嘴。你瞧他爹講的好笑不好笑；他那回在那裡唉聲嘆氣地難過好半天，我看不過就說，「什麼事都是命，反正閻王簿上沒孩子的名字，小鬼也不敢來找。」他答道，「你生得容易倒罷了，我養得不易呢！」我聽了也不理他，只有到背後去掉眼淚。人家自己掉下來的肉還不痛嗎？自從有了孩子，哪一晚上我睡過好覺，剛剛閉上眼，不是小二要撒尿就是三妞喊肚子痛，或是小的嚷肚子餓，一晚上不知要爬起多少回伺候這些太子爺呢。就是兩個女的也沒偏沒向的一樣操心。你看，我才剛過三十呢，頭上已經不少白頭發了。……唔──小乖寶，不要動桌上東西，放下。小姐這裡有大棍子打人的。……「告訴奶奶」？哼，奶奶不信你的話了。奶奶愛小姐不愛你了。放下吧，不要弄壞了，真是慣得不成樣兒了。乖——，好寶貝，放下同小姐行個外國禮。好乖乖，再行一個！拍手拍得好，數數幾個手指頭。……好乖！你瞧，也不怪他爹寵他，這些玩藝兒都沒有教過，他都會。他真會哄他爹，上回他爹來家，見了面別提多親熱啦，滿口的叫爹爹，兩個姊姊就不是，見了爹紅著臉飛跑。他爹惱了，往後總沒睬她們。

……我也說女孩子最會害羞的，本來已經不見一兩年了。其實他兩個姊姊倒不見得比弟弟笨，「狗也會看人搖尾巴」，見大家不愛理，自然就不逞能巴結了，他二姊還未滿十一歲，弟弟的小鞋都是她做的。她的三姊，學堂考試，還得了一個墨水匣四枝毛筆的獎賞呢。算來這年頭男女都是一樣，像王大小姐不比兒子強嗎？一個月掙一百塊，一個大子不留下，原封交他媽做家用。王老太是一天比一天講究了，綾羅綢緞四季衣服點著穿，上回去吃酒，又見她穿一套新的，可惜臉上擦多厚的粉蓋不上皺摺了。他奶奶比王老太還大五歲，打扮起來卻比她年紀小好多似的。上回他爹捎了一件緞子衣料回家也沒有說明給誰買的。我說，一定是給奶奶捎的了，兒子第一個想到的一定是他媽，再說她熬多少年才熬到兒子成人，也該穿一穿了。她還不肯要。我立刻叫裁縫來裁了。前天穿了去姑奶奶家吃酒，誰看見都說這個老太太愈上年紀愈漂亮，真是老來嬌。她老人家一照鏡子也說連自己都不相信是她自己了。您信不信，若說吃穿都是命裡註定的。您看王家大小姐不論穿什麼考究衣服，總是晃晃蕩蕩全身不服，您是不管穿什麼都是熨熨貼貼的是樣兒。這可又應了俗話說的「父打扮嬌，夫打扮嬈，自己打扮頂無聊」。

……小姐真會說笑話。他也不打扮我，我頭髮已經快白了！說給人聽，真沒人信，我來他家十二年了，他從來沒有私下替我買過一樣東西，一條手帕兒也沒有過，從前我想起來就有點傷心，現在不了，他天生是個粗心人，怪不了他。這一回捎東西都是我囑咐了又囑咐才記得的。本來「大丈夫四海為家」，他們出去就不會記起家了吧？

……小姐是到過河南的，聽說那裡的風氣很不好，這是我兄弟的朋友講的。那裡的軍官差不多都有女朋友。他們的女朋友，大半都是女學生，其實是什麼女學生，斗大的字不過認得三升，還會嘰哩咕咯瞎撩一兩個洋字嚇一嚇人，那些沒開過眼的軍爺見了就佩服得了不得，天天跟著她們跑了。據說沒有女朋友挾著走路的大家都喊他做「老憨」，那就算不「文明」了。我兄弟說，「什麼女學生女學生的說得好聽，其實還不是婊子裝的。那些軍官大包衣料、大瓶香水地送給她們以後，兩人就好到分不開了。」我兄弟叫我也要提防我們的那個。……這可把我悶死了，河南離這兒不知有幾千萬里路，他那裡唱過多少臺戲，我也聽不到一句呢！前天我同王老太太講心事，她說，「男人心，海底針，摸不著，撈不著的，別太相信了好些。什麼叫做丈夫，只好叫尺夫，離開一尺就不是你的夫了。」

……若說他，本是一個老實人，這我信得過的。不過王老太說，「愈是老實人愈容易做出風流事來。」她老人家教我寫信去提醒他，她說若是沒有這事更好，若有就叫他醒一醒，不要叫人迷住了。小姐，您瞧，寫信時能寫出這意思嗎？上回我找了一位本家老爺寫信，他說，「寫信不比說話，有許多話是能說不能寫的。」

……我也想不出怎說好。她老人家告訴我可以這樣說，近來有個親戚要去河南，我想同他們一道去，看他回信怎說就知道了，話這樣說他會明白嗎？可是又不能說人家叫我這樣說看你怎樣答的。這樣說他會知道人家教給我說的嗎？可是他來信問我為什麼要去，我又怎樣回他，能說我存心冤他嗎？

……我看這真不容易寫呢。還是不要寫吧，啊呀，放午炮了，怎麼我沒有說上幾句話就這時了！過得真快呀！您不要就用飯嗎？

……小姐，您不要客氣。……既這麼說我就說一句您寫一句吧。請您說，信收到了，家裡大小都平安。叫他有便人再給捎件衣料來。……您寫了沒有？這還是不寫好些，恐怕他那裡人多看見了要笑話我問他討衣服呢。

……他說叫我抱孩子照個八寸相片給他寄去。那天我就抱他去照相館一問要三塊錢兩張呢。有這幾塊錢可以替他做件新衣服過節了。可是這話又不能這樣說，恐怕給他的同事看了見笑。再說，小姐，別看我們家裡窮，他爹向來不許我向他提到錢的。他頂恨的是兩口子見面就講錢。他說像大房裡的大娘，他真怕見她，又愛講話，講的又滿都是錢。有一回他去瞧她，見了面提到還未關出餉的話，她連忙就對他說窮道苦，什麼租收不到，什麼稅又要添，叫他莫名其妙的不知說什麼好，回家對奶奶學說，才知道這是他大娘怕他去借錢，所以說許多費話。以後他永遠不肯去看她了。

……您說叫他不要掛念家裡，他奶奶身體好，孩子也乖吧。這些話剛才已經寫過了是不是？……還寫什麼呢，真是話太多了。啊呀，前院老太爺喊開飯了，小姐要去吃飯了吧？他奶奶也要等急了。請您把信封寫了好寄出去。

……兩句話也很夠了。只要他接到信就好。謝謝小姐！乖孩子，下地，再行一個外國禮……

無聊

「天像是給人鬥氣，下了七八天雨還沒夠，一清早又是一個『大黑臉』。瞧吧，還要下呢！」如璧起床時便很生氣地自己咕噥道。

院子裡倒還好，桃李花落完了枝子上卻長了青翠的葉子；只是房子裡到處都有一股又潮又黴的土腥味兒。隨你摸到什麼，都是膩滋滋的。食物櫥裡裝在瓶罐裡的東西，上面都似乎變了色附著一層黴。「放在顯微鏡下，管保你不看出多少花鳥蟲魚呢！」如璧一邊想著早上對義生說的話，一邊不耐煩地把櫥門大敞開，把有些發黴的東西都倒出來，瓶子甩過一邊，指著向張媽道，「你拿出去吧，不要了。」

張媽是如璧家用了十來年的老僕人，她常常不自覺地把主人的家當看作自己的，聞言正色答道，「幹麼擲呢？擲了又要花錢買。等好天晒一晒吧。買來的還不是一樣發過黴的。您沒有瞧見，他們鋪子裡冬菇哪，蝦米哪，哪一樣不發過一點黴。賣給您的時候，拿出來收拾收拾就是好好的東西。」她說著就把桌上的東西一樣一樣撿起裝回瓶子罐子裡，連正眼都不瞟如璧一下，這擲的像是她的東西。

如璧怏怏地走過一邊，沒有話說，對窗立著。天還是嗒喪樣兒。看那重重疊疊的烏雲，像是永遠不會有晴天的了。

「我看過一半天，天晴了，買十擔二十擔煤放著，倒是本應的事。」張媽又開始教訓人了，「不是我愛說話，我瞧您花那麼多錢栽花種樹就不是事。常說前人種果後人收，您保得住永遠不搬家嗎？搬家，這都只好白白地送了人吧咧。這年頭兒，錢……」

如璧怕張媽要滔滔地說下去，不得不止住她，「咱們中國人就是不肯花錢栽花種樹，住過的房子都是烏煙瘴氣的一團糟。人家外國人住過的地方都有個樣兒，你看人家文華書院就像一座花園。」

「您說這個。人家外國人過的是什麼日子！中國亂，他們溜回去就得。」

張媽說的一點不錯，中國人憑什麼同人家比呢？如璧偶然望到張媽臉上得意的神色，不覺心裡倒起了反感，說道，「你們什麼都要管一管，人家花自己的錢買花買樹，你們也要不斷地說來說去。什麼是本應的事，你們看頂好就是吃飽了飯什麼都不做，坐在家裡等天黑。」如璧想到那天她在樓上聽見張媽竊竊與隔壁的女僕議論，一個女人家只守著書房，擋得什麼的話了。她說完便匆匆地上樓。

上到樓來，不知做什麼好，想到自己方才急急地走開像煞有介事一般，不覺好笑。可是想到自己的無聊，又覺得可憐。她氣呼呼地走到衣櫥前打開門，想換一件單衣，換換精神，不想櫥門一開，一陣潮腥氣衝人鼻孔，很不舒服。

她恨恨地把櫥門一摔，嘆口氣道，「老這樣下去，人也要發黴了。」

其實人總有一天乖乖地躺在土裡發黴的，有什麼稀奇呢？就是現在有口氣，能行能坐，身體裡面有的部分也許已經發黴腐壞了。病痛是一年比一年多，這不是頂好的證明嗎？

想到這裡，她覺得這幾天的懊惱生氣更是無聊，可是除了暗地裡生氣落淚，又會怎樣？

無聊，無聊，都是無聊，她一邊念著卻想起不知誰罵人的話來，「什麼頹唐無聊，都是無病呻吟罷了，總而言之，這是懶罷了……」她一向覺得這話很對，常常記起來罵自己，今天卻又用得著了。

對了，懶是可恥的，懶是一種不可原宥的惡習慣。想到這裡，她便走到書桌前拉開抽屜把一月前譯開的書及稿紙拿出來。拉一張椅坐下，一邊研墨一邊沉著心讀那本要譯的書，讀得有點會心處，不覺心裡輕鬆了一些，念過一章，提筆譯了兩行，忽聽得前門一片咚咚聲響，張媽連忙磴磴地走去開門。

「太太在家，您請坐。」張媽帶笑說，聲音是那麼高興，好像忽然遇到親人一般！如璧鬱鬱地擲下筆。有什麼法子，下去吧。

客人果然親切，望見主人，遠遠地便含笑相迎道，「我有好幾回想來看你，總沒得空來。你們都好吧？」

「都好，謝謝。」如璧想了一下才想出一句話來回答，「天總不好，我也沒有出門，也沒去看你們。」

她常常不明白那些太太們從哪兒來的許多話，說出口來，又現成又得體。還有那樣親切的神氣，隨和的笑，都出人意外地來得快，怪不得有些男子說女子是怪物呢。

「像您現在才是自由自在呢，沒有孩子吵，房子裡收拾得多精緻呵！」白太太又開口了。

「哪裡講得上精緻，都是粗東西。」

「我們想收拾也沒法子，你瞧那五個小猴子，什麼時候能停手停腳的。房子裡什麼東西都不能有個準地方，禁得住七手八腳地攪嗎？真是，『一兒一女一枝花，多兒多女多冤家』一些不錯。沒法兒，幸虧他們還怕父親，若不，鬧起來，連房子都拆了。」

如璧想到前六年，白太太就講說要節育，那時只有三個孩子，為什麼又添上兩個呢？白先生是瘦得像隻猴子，實在不能再加增負擔了。

「你的孩子都還算安靜的，兩個大的已經很像大人了。」

「你沒見他們淘氣時候呢？」白太太說到兒女，她的得意文章來了。她重新又講了二寶三寶兩個怎樣調皮，父親怎樣沒法子，四寶五寶怎樣爭認如璧太太做乾娘，這故事如璧似乎聽過至少三次了。

主客對坐直講到把一碟瓜子吃到露底子，張媽忙著獻過三回茶水，客人才抱歉地起身告辭。

看白太太坐在洋車上得意自在的神色，愈發增加她的沉悶，為什麼會那樣得意呢？平白地做什麼來呢？五個小猴子早晚吵一個不安生，長成了人還不知要耗多少心力，還能這樣心平氣和的，真也虧她！看到這樣女人，如璧只有佩服，再也不忍酷求什麼了。

上到樓來，心裡仍沉不住。走到涼臺看看，各家的屋瓦還是如常的一個挨一個穩穩地躺著。梧桐已經開過花結了元寶莢子了。東邊的人家，有女人哭聲，大約夫婦又在相罵了吧？他們時時拌嘴，可也常常並肩攜手出門。年紀都也不小，是都三十邊的人了。

南邊是一個有七八個小孩的大家庭，那個四十左右的母親，每天都搖顫著臃腫的身子，牽著或抱著孩子走出走入。臉是灰黃的腫著，眼睛老像睜不開，衣服總不見換，又是滿了皺摺，胸前一片精亮的，不知是積了多少時的油垢了。她不停地講話卻也不住地叱　孩子呼喚僕役，夜間人家都睡了，只見她一人坐在燈下等丈夫回來，有時還巴巴地到廚房做宵夜給男人吃。這像是個鐵打的人，磨折不壞的。

再過去兩三家是一所小洋樓，裡面住著一對年青夫婦。男人天天清早便坐著包車去辦公，直到晚上六七點方回家來。女人將近十一點收拾停當了，挾了小皮夾坐了包車出門，回來時總是兩三點鐘了，車上必是放著一包一包的東西，衣料包子或鞋盒子吧。有時還有兩三個年青人同來，手裡都滿了東西。同來不久，大家又匆忙地出去，直到半夜，這女人方才同丈夫回來。女人不出門時卻又時常請客，客都是年青人，間也有一兩個時髦女子伴了來，樓上話匣的歌聲樂聲以及人的笑語聲，隔一條街都聽得見。附近的人都莫名其妙地望著，據說這是城裡一個小沙龍，是摩登女人做的最漂亮的事了。

看了這幾家，她想起某名士解釋的家就是枷及家從宀從豕的滑稽字義的不為無理了。

但是一個好好的人，為什麼要給他帶上一個枷？一個好好的人，為什麼要給人像養豬一樣養著？愈想愈無聊，她離開窗前，很重地倒在一張籐椅上。

對了，豬是該無聊的呵，它除了吃飽了就睡，睡足了又吃，還能有什麼希望呢？豬，安安靜靜地在豬圈裡歇歇吧！她心下念著，嘴邊浮出苦笑，一會兒忽然跳起來走到寫字桌前提起方才用開的筆。唉，天呵，樓下又嘭嘭的有人敲門了！

沒有人聲去開門，她只好又跑下去。

門開了，一個工人送回義生一封短簡。他說中午不回來吃飯，明天三伯母請吃飯原來是三伯父的生日，教如璧趕緊買一樣禮明早帶去。信上且說「禮要值錢而又易攜帶的東西方好」。

她看看手上的表已過十一點三刻了，這一個早晨又算白過了。午飯完已是一點，再過一趟江，便兩點了。那多麼煩膩呵，遊魂似的一間間鋪子去飄蕩，想起便使她頭痛。她時常聽見太太小姐們眉飛色舞地講道怎樣買東西，哪一間鋪子貴，哪一間賤，哪家有什麼貨色，哪家缺少，翻來覆去，像唱一隻名曲那樣有興致，且記得卻又那麼絲毫不差，她只有張大眼深致敬意。

如璧到了漢口，已是下午兩點了。天還渦堵著雨意。街道低凹處有一灘一灘的黑泥漿，馬路旁邊的暗溝透出又黴臭又腥膻的怪味兒。行人都似乎患著失眠症，臉上沒有血色，連眼珠子都像是假的。

街上綢緞莊，鐘表行，西藥房，洋貨店，參茸店，等等，差不多都貼著各色各樣的大賤賣廣告。還有兩家綢緞莊，門口紮了燈彩，有兩家洋貨店樓上還有軍樂隊在窗口奏著樂，熱鬧極了。路上走過的人卻像沒有看見，沒有聽見，他們仍舊惘然走他們的路。世上事原來都是矛盾的，把這燈彩同軍樂隊，搬到鄉村去，夠他們怎樣開心欣賞呢！

「恐怕只剩棺材店沒有貼大賤賣的條子吧！」如璧同時想起一些愛買便宜貨，什麼物價都打聽過的太太小姐們，如若棺材店大賤賣的話，不知她們要不要進去打聽打聽。

她一路看著視窗陳列的貨物，卻想不出什麼好。忽然想到三伯母常說的「人要衣裝，佛要金裝」的話來，她便邁進一家門口沒有紮彩的綢緞莊。

一個頭髮光亮，穿著淡灰華絲葛長衫的夥計迎上來，柔聲問要什麼料子。

「看一看再說。」一如璧沿著玻璃櫃一邊走一邊看。

誰說中國人不維新呢？只憑綢緞來說，老年間的梅蘭竹菊，祥雲如意或是什麼松鶴長春等等花色，現在已是完全不見，玫瑰及紫羅蘭都嫌有點西洋古董氣，新的花色居然都是未來派的圖案了。

真是花多眼亂？她繞了櫃子看了一周都選不出一樣合意的料子，看了看表已經快三點了。

忽然在櫃的一角有一束蝦青色的絲縐，花色卻很幽雅，三伯父那樣高大身子穿上這種料子多麼合式呵。

「拿這料子我看看。」她決定之後，向夥計指著說。

夥計聽到顧客的語氣，臉上忽然罩了一層喜色，帶笑說道，「這是前天由上海到的新貨，材料真好，沒有一點人造絲攙雜在裡面。價錢也公道，才一塊五一尺，買的人多得很呢。昨天特稅局長太太來剪了一件，交通銀行的小老闆也剪了兩身。這是道地國貨，現時大家正提倡國貨，穿上這料子，恰恰應時。」夥計見顧客不作聲，便把料子打開披在身上，洋洋地說道，「您瞧，打開更好看，又大方，又貴氣，穿起來同兩三塊錢一尺的雙絲葛一般，誰也沒猜到是一塊來錢的貨。剪一身吧？」

「等等再說，」如璧微微皺了眉，轉身向玻璃櫃中細看。

「這是新生活呢，比方才的更好更便宜了。」夥計從櫃中抽出一匹青灰的素綢出來，道，「這料子只有我們一家有，別家做夢都沒有想到呢。我瞧您也是智識階級的新人物，」說著他很精明地瞟了如璧手上一卷報紙，「您一定也贊成這新生活運動。若不自己用，剪一兩身送把人，也是一個紀念。您瞧，真好不是？」

如璧怕他又要打開，急說道，「我出去看看再說。」

說完話她便走出鋪門，夥計驚疑地望著她。

誰說中國人只重精神文明呢？你看，新生活運動發起沒有一個月，就有新生活布匹給人穿了！如璧惘然在路上想著。送禮東西還是沒著落，可是她再不要進綢緞莊了。

走了半條街，也沒有看見一樣合意的東西。偶然隔著窗看見一兩樣精巧的擺飾物，但是想著進去細瞧了不合意，空手出來，要看夥計幽怨的眼色，就不肯造次了。她有時在小鋪子買東西，聽掌櫃如怨如訴地道著不景氣的淒涼情況，她會忽然買了一件比普通價錢定得高許多的貨物，那天買的銅壺就是如此作成的，可是過後想起這種行為簡直迂得可笑，她會紅了臉偷偷把那隻壺藏起來。買東西真是嘔氣呵！她想起不免又嘆息了。

去到街的盡頭，她仍然沒有看見什麼合意的禮物，其實也可以說她根本沒有看。看過三四間鋪面的玻窗，已經覺得累得很，有一兩次，兩三個行路人看見她停步向窗內望，他們也站住望，這使她更加煩膩。以後她匆匆地走著路。街上物事便像蒙上一層霧，看不清楚，她也不要看清了。

「煩死人了，回去再說吧。再不出來當買辦了！」她一邊自道，一邊走到人力車的前面叫道，「江漢關，一角錢？」

一個年青人拉著一輛很整齊的車跑過來說，「一角錢，我去！」

她坐上去。車夫拉起如飛地跑。他的忙碌得意神氣，仿佛車上坐了個了不得的大人物，路上車夫都嘖嘖的又羨又妒地望著他。

「這不是開玩笑嗎！有什麼事要人家這樣飛跑呢？多麼矛盾可笑，一個閒人叫人拼了命拉著飛跑。無緣無故耗這年青人那樣大力氣，罪過，罪過！」她愈想愈不舒服，身上好像有十個蝨子東釘一片，西釘一片地難過。想到綢緞莊夥計的話，她更加煩悶，難道她自己真像夥計所猜的人一樣嗎？

「給人當作闊人總比給人看作傻子強多了！」她嘆了口氣，想到自己平白地坐了一輛車飛跑，真有點氣。傻子，小丑，愈來愈不堪了！

忽然車子碰了一個穿長袍的人，他提高聲罵道，「瞎了眼嗎？忙什麼！」

如璧無意地回頭望了一下，卻遇到這罵人的正在投過一個輕侮的眼色。

「不錯，忙什麼？」如璧點頭自道，「忙什麼？坐在車上裝忙樣子給人看嗎？」她想起從前在北京東大街上，天天看見一輛洋車拉著一個直著眼穿著奇怪衣服的中年女人。頭一天她出來，大家知道是瘋子就追著看，往後每天出來，大家都不注意了，有人指著問，方有人說可憐是個瘋子了。

「像我這樣坐在車上，多少也同那個瘋子差不多了。」她想到不知哭好是笑好，最後她決定不坐在車上了。

「您買東西嗎？我等一等。」車夫停下問。

「不，我不要坐車了。」

「不要車……」車夫是不願意的聲音。

如璧明白，不等他再說下去，便把一角錢塞到他手裡。車夫懶懶地伸手接著，很疑惑地盯了她一眼。

不知為什麼，她不敢抬眼回看車夫，她只覺得要趕緊走開才好。

她一邊匆忙地走，一邊卻又自問道，「忙什麼？」

異國

昨晚蕙依稀記得被兩個看護溫柔的笑容和一陣花香送進夢鄉去。半夜醒來，身子還覺得有點飄飄的，像駕隻小艇，容漾湖水。

月光這時正穿過雪白的紗幕，房內一切白色的東西，桌椅，屏風，水瓶，水杯等等都給鍍上一層銀色，浮在空蒙的月光裡。地板上幾條長長的木香影兒，似乘著微風，悠悠地篩來蕩去。這分明一切都像浸在水中，這般浮動卻又這般幽靜。

蕙揉了揉眼，記起「水浸樓臺」的詞句，但景物卻是太淒清了。

低垂的簾幕，忽被風掀動，一陣似蘭似梅的花香送過枕畔，她翻轉身把額前短髮掠起，睜眼一看，原來窗臺上擺著一瓶白色的雜花，迎著月光吐豔，那是聖潔的豔麗。

「原來有一瓶這樣美的花，誰拿來的？」她覺得腦袋輕的，燒已退了。

她重複細看那瓶花，有百合，鈴蘭，薔薇，燕菊，藤蘿，原來一色全是白的。花插得修短適中，幽雅脫俗，瓶子是細竹編的罩子，更顯得美了，是哪雙可愛的手弄來的呢？

「像我這樣一個飄泊異國的人，居然有這般清福消受嗎！」她想著忽覺一陣淒涼，影上心頭，身子乏乏的，便閉上眼。

她猜想這些花大約是她的女友太田或小林送來的。她想起她們可親的容顏及討人歡喜的笑聲，雖則她們倆長得不算怎樣美。她常對人說，世界的美女人，日本最多了。因為日本的女人，具有十足的女性美。凡女人特有的好處，如溫柔沉靜，細心周到，愛美愛潔等等都較他國人完全。至於服從謙卑與態度的柔和更非西洋或中國女子可以望其項背了。蕙還清楚地記得一班女同學分別時的流淚，以及偶有小病時熱心看護的情況。往時她因為日本女子的女德這樣齊備，不免疑心這多少不會是真情，可是哪能每個人都裝假，若是假得那樣可愛，不也很好嗎？

本來她這一次的病，只是流行性感冒，來住醫院其實也是因為芳子的苦苦相勸。她含著淚發光的眼及顫動的聲音是多麼動人，呀，這可感的友情。

想到這裡，她不禁又流淚了。近來因為自己時常生病，人變得很易傷感。每回病倒床上，淚汪汪的便記起她的母親。她才過五十，頭髮便已斑白了。她夢寐不忘的骨肉大團圓，還不知何年何日能實現呢！她十幾歲便嫁給父親，熬了十幾年寒苦家計，十隻纖指磨成枯樹枝，好容易父親經濟豐裕了，便弄了兩個年青女人進家來，她不得不忍氣吞聲做賢慧的大太太了。「這日子簡直不是人過的，整個江山都讓給人家，還得裝出快活樣子！」她時常聽見母親對她的姨媽訴說。她的話真有李後主詞意那樣悲惻。她對姨太太從不露一些憎惡顏色，父親面前也未埋怨過什麼人。可是在早晨起床時或午睡後她的眼睛常哭得紅紅的。吃飯時她常常用湯水泡小半碗飯很勉強地吞下去。

「我是想開了的。活一百年也是一死。若不是不放心你們姊妹兩個，誰還坐這個牢！」母親所說的不坐監牢，倒不是像新女子要的離婚或遠走，她指的卻是解脫一切的死。

同時她也想到她志氣高傲的妹妹，她為了想替沒有兒子的母親吐一口氣，遠渡重洋念書去。這孩子，她還未知道世上有許多讀好書依然不能吐氣的人呢！況且中國內憂外患是一年比一年嚴重，政治與社會一樣腐敗，念好了書，怕也沒有什麼用吧！

她自嗟自嘆不知過了多少時，猛然開眼，覺得房內已不像适才那樣亮，窗外黑洞洞的，風已發涼，大約天將曉了。

「胡思亂想的竟辜負這樣好的月色！」她自怨著覺得身子仍舊很疲怠，沒多久，沉沉地睡去了。

朦朧中似乎有一隻溫軟的手輕輕掠她額發，面前一陣白光閃過，蕙睜眼一看，原來是姓吉田的看護。她笑迷迷地拉她手說，「好多了，好多了。」

試過體溫後，吉田去了，另一個看護端著一盤子進來，上面有一玻璃杯牛奶，一碟烤黃的麵包，牛油果醬各一小碗，那朱紅的托盤襯著雪白細緻的器皿，更加美麗，這裡又帶出日本女子的可愛來了。

「你今天可以吃些東西了吧。已經退了燒了。」看護溜轉著她的漆黑眼珠，帶笑柔聲說。放下盤子她就把蕙輕輕扶起，給她披了件白絨布外衣，用三四個軟枕墊在她背後，然後用手攏順她的亂髮，一邊說，「你有幾天沒有好好吃東西，怕沒有氣力多耽擱。我看您還是先將就吃點。休息一下，再梳洗好些。」

她說完便遞過牛奶去。

蕙含笑接過來，低下頭喝。玻璃杯裡映出看護慈藹親切的臉，她覺得熟悉，卻想不出幾時見過。

「你的臉很熟，我好像見過你好幾次了，貴姓呵？」蕙遞過杯子問道。

「是嗎？有好幾個病人都說我的臉很熟，說出來卻又記不起來。我叫上田豐子，是那個筆劃很多的豐字呢。」豐子含笑答。蕙忽然記起她笑起來的神氣，很像她的母親！

「上田姑娘，你笑起來很像我們家裡一個人。」她怕說像老太太，上田不喜歡，所以只說家裡一個人。

「真的嗎？那多麼好，你不用想家了，多看我幾回吧！」上田這回的笑更顯得親切了。

「你如果不嫌厭煩，我可是真要時常來看你呢。我朋友很少，而且都是新認識的。」蕙用感傷調子訴說著，但她沒有紅臉，因為她面前的人，像個母親，自己便覺得是個小孩了。

正在說笑，忽然鄰近禮拜堂的鐘連連響了許多下，窗外鳥聲都似乎肅靜起來。朝陽此時更顯得美麗，木香棚底像有人篩弄金箔，閃著奇異的亮光。花香悠然吹進房來，使人意銷。

蕙靜靜地吃著麵包。豐子忽然走到窗前站著。

直到鐘聲止了，她方轉過身來笑問，「還要什麼吃的不？」

蕙搖頭稱謝，卻問道，「今天是什麼日子？我給病攪糊塗了。」

「復活節。你沒有看見我們大家送你的花後面還有一個花蛋嗎？」她此時笑得美極了，又溫柔又天真，一邊說著，走到花瓶前把花蛋送過來，頑皮地舉到蕙的鼻子尖。

蕙笑著搶過來，舉在手上看，嘖嘖地稱讚：「我半夜裡就看見那瓶花了，喜歡得很。現在又加上這一個寶貝，該怎樣謝你們？」蕙說著眼眶有點濕了。

「這算什麼呢！你也愛花嗎？我天天給你換新的好不好？我頂喜歡插花了。」

「你們插的花真是一種藝術，令人愈看愈愛。」蕙看著瓶子的花，想到日本人家客座中，常有一瓶幽美的花卉擺在那所謂床間的地方。

「我們日本稍為好一點的人家，女兒大了都要教她們學點插花的常識。」豐子說完常識兩字，似乎怕人聽不懂，重說一次Comman Sence，她的英語，也正如一般日本女人說的那樣。像兩三歲小孩咬字不正確的發音。這聲音在日本男子說出來，常令人心煩發急，女子口裡出來，卻加上一種孩氣的愛嬌成分。

「如此，我先謝謝你吧。」

豐子一連三天都是清早便來給蕙換一瓶新採的花。到下午吃茶時或黃昏前後，她便同另外兩個看護來陪蕙談天。說是怕她寂寞想家，給她解悶。

「你幾時回中國去，帶我去玩玩好嗎？」這一天豐子笑問道，蕙還未答，佐藤姑娘便插口道，「李姑娘也帶我去。」

「第一個就得帶我。」山本姑娘撒嬌地叫道。

「為什麼？」豐子問。

「你們都說我像『上海小姐』，」她說著把額髮往上一推，「你看，我再戴上一對珍珠耳環多像呵！」

「我明白了。這個姑娘想嫁一個中國老爺呢。她要戴珍珠耳環。」佐藤笑向山本說。

「瞎說，戴耳環便一定得嫁人嗎？誰告訴你的？」山本的臉飛紅了駁道。

「你問李姑娘是不是這樣規矩。」

「這倒不一定，平常大約新嫁娘都喜歡戴耳環作妝飾品，女學生是不戴的，所以你們便以為戴了耳環的便是出過嫁的人了。」蕙代解圍道。

「這也像我們梳日本髻的意思差不多，年紀大了快出嫁或新嫁娘都喜歡梳日本髻。」豐子說。

「我的父親去過中國，他會念漢文詩。他還去過蘇州的寒山寺呢！」山本姑娘急促地要證明她與中國關係很深，「李姑娘，我沒記錯，寒山寺在蘇州吧？」

「沒錯。不過那只是一個名氣大的古廟，現在已經沒有什麼可看的，不是古時的寒山寺樣子了。」

「聽說現在中國許多好地方都給戰爭與土匪毀壞了。我母親昨晚祈禱時還替中國祈禱和平呢。」豐子說。

「我們今晚夜會，大家都給中國祈禱和平吧。中國打了這多時的仗，可憐呵。」山本姑娘說著，眼眶有點濕潤，似乎要掉淚。

「將來中國太平，我真要請你們到我家住些時，我母親一定喜歡你們——還逛一逛北京。」蕙很誠懇地說。

「北京真是好地方，我姊夫寄來一打名信片，上面是北京風景，唉，金黃色的屋頂，橘紅色的圍牆，白玉石雕刻的欄杆，簡直像古畫上仙人住的地方一般。我姊夫說若是我到北京繼續學油畫，一定很快地成了一個畫家。」佐藤姑娘把一向的心事洩露出來。

「可惜昨天報紙又載著北京要打仗呢！」豐子嘆了一口氣說。

「千萬不要打北京，上帝呵！」山本姑娘嘆氣說完向佐藤笑了笑。

「我們真的今晚就一同祈禱中國太平吧！」豐子說。

「下了聖經班，就在大講堂合起來祈禱豈不好？」佐藤說。

當下這幾個人高興地談了些別的話，臨走時，豐子回身問道，「李姑娘，你今晚要吃什麼飯，讓我告訴他們弄去。醫生說你的感冒已經好了七八成，再過三四日便可出院了。」

「醫生捨得她出院，我們可捨不得她出院。」山本姑娘頑皮地說，「你得多住兩天再走。」

「誰希罕住院呢，廢話！」佐藤嘲笑說。

「我也不願意走，我倒真喜歡再多住幾天同你們玩呢，難得你們都同我這樣要好。」蕙正色說。

「我看李姑娘歡喜西餐多一點吧。今晚菜單上有布丁。哦，你不喜歡那個西米布丁的，我吩咐他們給你做一個小的蘋果排吧。」豐子接著說。蕙笑著點頭，望著她們三人笑嘻嘻地出去。

蕙這幾天浸在友誼的愛撫裡，心裡有說不出的愉快。全身退燒，頭目都清朗起來，她不耐煩在床上多坐，她們走後，便輕輕溜下床，拿過一本詩集，低聲喃喃地念著。窗外棚底的小麻雀也似乎格外知趣，輕輕地唱著飛來飛去。天空藍得同北京一樣可愛，京都屋頂青灰色調的平勻沉靜，令人看了覺得真的到北京了。

將近六時，忽然聽見院前一片喧嘩，人聲嘈雜，來往腳步的急促聲。「號外，號外」看護婦尖聲叫著。

蕙悶聽一會兒，不知究竟發生什麼事，欲等看護進來問一問，多時也不見一個人來。想按鈴招呼，又怕事不關己，不便打聽，但是房外仍不止地嚷嚷，雖然聲音不大，但情形卻異常緊張。

悶不過，她重複跳下床來，走到窗前向外望。太陽雖已下去，天上仍然沒有雲影兒，在棚上兩三隻鳥不動聲色地蹲在枝條上，院內清靜如舊，奇怪呵！

忽然石鋪小徑上有兩個白衣看護走過，那小白帽戴得高高的認得是豐子；蕙急向她招手，她抬頭望一下，卻似乎並未看見的樣子，轉過頭去拐彎去了。

這時隔壁的日本女人大聲說起話來，「真的這樣多的日本人死了？支那人還配殺日本人！……」。

蕙這時一切都清楚了，原是方才的號外帶來這可怕消息。向來民族的仇恨是不息地被一般野心的帝國主義及心窄的愛國主義者操縱製造，有什麼法子呢！正在迷惘時，有個年紀小的看護走過，投過難看與憎惡的眼色到她面上。呀，這不是那個常笑得很可愛的小姑娘嗎？

正六時，聽見鄰室搬送茶飯，病人致謝聲，溫和存問聲，特別清晰。她的飯卻還未見送來。

直到七點半，天黑了，方有小看護送進一盤子裝的西餐。她一聲不響地放在床前的小臺上，始終連眼皮都不抬一抬，像進了一間空屋一樣。

蕙照例致謝，但聲音也只有自己聽見。

日本人做的飯食，本來都不好吃。今天的簡直使人不能下嚥。一碟衝鼻腥的炸魚，一盤鐵硬的牛排，尤其難堪的是菜裡都未調味，鹽碟子也未拿來。一個西米布丁卻像放了一把糖精，甜得令人頭暈作嘔！

她嘗了一口布丁，便連忙推開盤子，和衣倒在床上。

在床上她想來想去的是明日怎樣出院，怎樣回國，一夜裡連醒了好幾次，天還未亮。今夜皎皎的月光雖然依舊穿進窗來，床上的人卻一直面朝著牆，並不理會有什麼月色了。

集外篇

小床與水塔

「我們房東很愛精緻。連一張小床都那麼講究！」媽從房東的儲藏室走出來對姑姑說。

「媽，什麼小床？」良子正在很無聊地玩弄一把姑姑給他買的摺扇，聽了媽媽的話插口說道。

媽向來怕麻煩僕人，況且在這樣熱天興師動眾地從三層樓搬東西下來，看著廚子皺著眉擦汗，於心不忍，只好哄他道：「沒有什麼小床。」

「不，我聽見你說小床來著。」良子已滿四歲，漸漸明白大人們不高興做那件事時常會說瞎話了。

見媽不理，他跑過去爬在她身上叫道，「媽，我要小床。王哥哥都有一張，我也要一張。」

「你睡小床，媽可不能同你睡了，你離得開媽媽嗎？」媽不做聲，姑姑在旁幫忙哄。

「王哥哥也是一個人睡？」孩子似乎想過了再問，他向來是喜歡模仿比他大的孩子的舉動。張家小姐姐提了小竹籃跟媽出門，王哥哥在院子內賣炒栗子，他看在眼裡，都得一一來一下。

「人家早就自己睡了，誰像你這麼大還離不開媽呢。」媽答。

「我也自己睡。」他決定了說。

「真的自己睡？」媽媽確定地再問。

「我也睡王哥哥那樣的小床，媽，你給我拿小床。」

媽媽還在猶疑，這回姑姑幫孩子說話了：「其實天熱了，讓他自己睡倒涼快些。」

媽答應了，一會兒廚子從三樓果然把一捆白鐵杆子搬下來。那怎會是一張床，倒像戲臺上玩杆子用的一樣！

可是，不用怕，媽幫著廚子果然把這些白杆子搭起一張床來了。

「真的是小床……」良子讚嘆著就要往上躺，卻給媽拉開了。

「還沒鋪褥子呢，等一等。」

今天媽的興致特別好，把姥姥家前四五年做滿月送的小紅被窩、花褥子、小枕頭都撿了出來，一樣一樣地往床上擺，這比擺木頭塊還有趣。

見媽把枕頭放好了，他又要在床上躺，媽還止住道：

「還等一等，枕頭上還放一塊花毛巾，髒了好洗。」

毛巾放好了，良子躺在上面。紅的白的鋪滿了一床，身底下軟軟的，一翻身就動盪，好像坐在北海裡的小划子裡那樣好玩。

「媽，這像小划子！」

說著他眯起一雙大眼，支起小胳臂來一搖一搖的，想像在那裡搖船。

「別睡著了，一會兒就要開飯。」

「我們在北海坐小划子，齊大哥就這樣搖。」他很高興地比著給媽看。

「北海還有什麼地方？」媽怕孩子困著，想逗他說話。

「五龍亭，我們坐小划子到那兒吃點心……還有什麼……」

他說完閉了眼，看到五龍亭是一座好看的小房子，裡面擺著一堆小圓桌和小椅子，桌上是一些碗兒碟兒，滿滿地盛著點心，一個小茶房提了個嶄亮的大銅水壺來沏茶。小房子外面是一排一排紅的白的，像小床樣的小划子。唉，真好玩！

「外面還喝茶，看見許多許多小划子，像在黃鶴樓一樣的。」

「在黃鶴樓還看見火輪船。」

「對了，大火輪，小火輪，嗚嗚嗚，嘟、嘟——叫。我喜歡嘟、嘟、嘟——的。媽，我坐過小火輪嗎？」

「你一歲時坐過，你那時還不懂事。」媽說到這裡，看見姑姑走過來，就說，「良子起來吧，不是姑姑答應了你一會兒去看水塔嗎？」

「姑姑，看看我的小床。」

「真抖呵，躺在上面！」姑姑嘖嘖地說，「還有新被窩、新枕頭，多軟和的褥子。」

良子見說著，翻了一個身，床又動盪了一下，他笑著說：「這是小筏子！」

姑姑幫著媽哄著他起了來，三個人一道上大門外學校園散步。經過一座比大樹還高許多的小房子，良子就問是什麼。

「這就是水塔。」姑姑說。

「上頭有一個小房子，」他住了腳仰著頭一邊看，「還有小樓梯，姑姑你看，上頭有人沒有？」

姑姑看他很羨慕的樣子，就問道：「上頭還沒人，把你送上去好不好？」

「睡覺呢？」他忽然又想到小床了。

「把小床也送上去。」

「把飯和牛奶麵包都送上去，你在上頭吃飯睡覺。」媽也湊著說。

「你把繩子搭落下來，我們就把吃的東西放在籃子裡，你一拉，就拿到了。」

姑姑瞧孩子聽得入神，還接下去說，「上頭多風涼呵，看得見火輪船、小划子過江，看得見蛇山，爸爸的學堂。這邊還看見我們的房子，梁哥哥和王姐姐的家。」

「唔——像黃鶴樓一樣！」良子看他媽，有時對人說著合適的話，是這樣拉長了聲說一個唔字。

看得見火輪船、小划子、許許多多的房屋，在他所去過的地方，只有黃鶴樓是這樣有趣。他在新年那天去過一次，以後爸爸總不肯再帶去了。他是怎樣想去再看看那些輪船划子呵！

「姑姑，你送我上去。」他拉著姑姑指那水塔道。

「今天不能上去，明天得去同管水塔的人說好了才能上去呢。」姑姑笑道。

「現在黑了，上面有水老鼠出來咬人的。我們快回家吃飯吧。」媽怕孩子鬧著要上去，所以打岔說。

「媽，水老鼠有多大？」

「大約比那天捉的老鼠還大。可是並不像那老鼠那樣討厭的樣子。」媽怕嚇了孩子，所以自己又補了一句。

「那麼大，咬人可痛呢！」孩子倒覺得有意思，仍舊站著不想走，只顧看那小樓梯，怎能上去咯噔咯噔走一走才好呢。

「走吧，不走，水老鼠怕就要出來了。」

良子仍站著不動，他近來已經不十分相信大人們的話了。往時晚上他不肯睡，老媽總是說野貓來了，或老虎出來尋小孩了，他惴惴地等著，但是一次也沒有看見過。漸漸他想這是同捉迷藏一樣，假裝蹲在那裡招呼人，是哄人來撲個空的。

「今晚有你愛吃的煮雞湯、蛋餃子，咱們快些回去吧。」姑姑哄道。

「我們回去，明天再來。」

說完媽拉起孩子就走，但他摔了媽的手扯住姑姑央求：「姑姑，你明天送上去。」

媽笑著看了姑姑一下，姑姑笑著，答應孩子了。

晚上果然有良子愛吃的煮雞和蛋餃子。今天星期天，飯桌上多了姑姑，熱鬧了許多。她比媽會夾菜，雞湯裡的腎子肝子，她都撈出來給他吃。
吃過飯玩了一會兒，姑姑去了。想起了小床，良子便立刻跑上樓要睡了。媽給他脫了衣服，放他睡在小床裡。

「媽，你也睡下。」良子拍著床說。

「這樣小的床，哪裡放得下我呀。」

「媽，也睡下，」他看見電燈閃了一閃，牆上的黑影動了動，忽然害怕起來，「我要你也睡，媽！」

「這裡我睡不下，孩子！」

「你別走，媽媽。」他見媽不肯睡下，又加了一句。

「打開一半兒門，敞這門口的電燈，這就好了吧。」媽沒法子，調和說。

「再多打開一點兒門。」良子在床上轉動著撒嬌道，「你不來陪我，我就要屋裡亮亮的。」

良子迷迷糊糊地忽然看見自己已經站在水塔上面，上面原來這樣寬闊，誰想到呢。這是一間大廳子，那邊還有好幾個噴水池。噴出來各色各樣顏色的水，像雨後的彩虹一樣美。那一堆是什麼東西？小貓兒，哦，那是水老鼠吧？誰給它們結上這樣花花綠綠的緞帶子？它們還會跳舞。哪！那不是繞著噴水池舞起來了嗎！誰彈琴呀，怎麼琴聲是從水池裡出來的，可有誰坐在水當中彈琴呢？

忽然想到媽媽說過水塔什麼有水老鼠咬人的話，他趕忙找門口要出去。四面看看，這廳子真怪，只有窗戶，沒有門兒。爬在視窗望望，原來外邊是一片大江，煙水茫茫的望不到邊沿。窗底下冷清清的卻灣著一隻白色的小船兒。

「划子！划子！」良子喊了兩聲沒人答應，回頭看見水老鼠都已摔掉領間的緞帶，灰黃的一團毛當中，閃著一雙極其猾詐可怕的小眼睛。他不覺唉呀地叫著，一縱身跳到小船裡。出了一身冷汗，他正蒙朧地縮著身子似乎仍在夢中。媽媽跑來了。

「怎樣子，寶貝！」她湊近著他的耳邊問道。

「掉在划子裡，掉在划子裡……」良子答。

「什麼，寶貝？」

「從水塔上。」說到這裡，良子已經明白方才是在做夢。夢中情景，他沒有言語可以描繪出來，他開始知道那可愛的與可怕的只是夢境了。

良子每回走到水塔底下，都似乎想起什麼事，必要發愣地住一住腳。別人問他做什麼，他又答不出來。媽媽卻怕小孩聽了水塔什麼奇怪故事，嚇出什麼病來。每回出門要經過水塔走的，都得繞著旁的道走過去了。

紅了的冬青

一個晴朗的秋天，湖濱公園的大冬青樹看到對面經了霜的楓樹浸在日光裡，那五色繽紛的葉子，更加美麗了。

「太美了，多看簡直令人眼暈！」冬青嘆口氣自道，過了一會兒卻忍不住說：「出脫得這樣美呢！」

「總是花花綠綠的罷了。」楓淡然答道，「再過些時，刮一場西北風，我就得變成光杆兒，哪裡比得上你一年四季都青青綠綠的。」

「一年四季都是這一套，唉，膩死了！」冬青講著便引動心事，接下道：「你看這幾天多少人來瞻仰你，我這裡連蒼蠅都不曾來一隻。」

「不知為什麼，我倒不願意有多人來。人多了，我滿心亂哄哄的不得勁兒。昨天有人坐在我腳下彈月琴，他彈了多會兒，流了多會兒的淚，我真的想哭。」

冬青聽了默默一會兒才說：「你這話是說來安慰我這失意人的，倒要謝謝你的美意呢。不瞞你說，我昨天聽著那月琴和著歌聲，心裡覺得涼涼的很難過，流了不少眼淚。」
「你好好的為什麼流淚呢？」
「我真厭恨我這樣灰色日子，總這般一天一天的，平凡的，沒有光彩，沒有歡樂地過下去，多麼無味呵。」冬青說著傷心，枝杆都微微哆嗦了，「將來老了，枯朽了，去見上帝，也只好沒臉嗒喪空著手去。」
「我真想不到你會這樣傷心懊惱。你不怕風，不怕雨，一年到底清清靜靜的，還不夠福氣？不怕你笑話，告訴你聽，每次刮大風，我就望著你，抱怨上帝偏心，為什麼我見了風就得剩下光杆子。我的美麗衣服一點不容情地被撕一個爛，吹散到四方去。」楓樹說著聲音也啞了。
「我覺得無論什麼東西，生在世上，總要有意思才算生過。鶯兒只唱幾聲便比麻雀成天地唱有意思多了。一個水花就比一池水好看吧？我常想我只要過著那麼有光彩的日子，只要一天，立刻叫我死都願意。」
「你說的話是真的嗎？」楓忽然得了一點啟示似的問道。
「怎麼不是真話？你有什麼法子給我了這一宗心願嗎？」
「這倒不是做不到的事，只要你我兩家同意，你把你的色素給我，我把我的色素給你，那麼，你到秋天就會變成我的顏色，我也變成了你的。咱若同意，明年開春便交換吧。」

冬青很歡喜地答應了。

第二年春天楓及冬青誠誠懇懇地彼此交換了色素，彼此很得意地生長著。秋天到了，冬青的葉子，變得又黃又紅，很豔麗地向著日光。楓卻依然滿樹青翠，但是它似乎很滿意地說道：

「昨天許多人說看見我這種顏色，似乎離冬天還遠呢。」

冬青默然不答，他覺得一種寂寞襲上心來，撩撥起滿懷哀怨。

「今天這樣暖和，一定有許多人來拜訪你呢。」楓說。

「還是不會有人來的，我知道。我倒不稀罕有多少人來。倒是那個彈月琴唱歌的，望他再來一次。他一開口唱，那些小鳥兒都飛來跟著聲音一起跳，這樣盛會是輕易見不到的。」

他們這樣說著，時時盼望有人來。可是一連晴了幾天，太陽黃得像金橘一般可愛，地上野菊花晒得透香，成群的小粉蝶忙碌地繞著樹腳飛來飛去。坡子上卻不見一個人影。

「楓樹君，我看一切都得碰運氣。」冬青勉強地自開自解道，「去年今日，你的門前是多麼熱鬧，輪到我，卻這般冷清。」

「唉，冬青君，我正要告訴你一個重要的消息！」

「什麼事，難道更有倒楣的事輪到我嗎？」

「你聽了可別著慌呵。昨天公園的董事先生同他朋友在這一邊走過時，指一指道：『好好的冬青都變成這種奇怪顏色，怕不是什麼好徵兆。過兩天叫工人來砍掉它，免得應驗在什麼災禍上。』」

「真的嗎？我的天……」冬青不等答話，已經震顫得出不得聲了。

「我哪好同你開這玩笑？」楓正色道，「我看我們忤了天意都有罪了。說不定還有什麼災害降臨呢。快些懺悔吧，上天赦免肯改過的。」

冬青於是含淚禱告了許久，他現在開始想到他是逆了天意，他願受一切罪罰，只要上帝肯留他的生命在地上。

第二天刮了一日大風，冬青枝杆上丹黃葉子都隨風四散了。第三日太陽出來暖和和地照著大地。冬青看楓樹綠油油的青葉，反映著自己的丫樣的禿枝，不覺悲從中來。他現在怎麼也想不出自己當初為什麼那般厭惡青綠色，為什麼一定要與楓樹交換色素了。他足足地傷心了一日，到晚上他喃喃咽著淚要上帝寬恕他，讓他依舊常青常綠，除此一無所求了。

上帝果然是仁愛的，未到春天，已給冬青披上一件碧綠的袍子了。

一件喜事

早上張媽給鳳兒穿衣服的時候告訴她說：今天得給她換件新衣服。

「穿新衣服，又過年嗎？」鳳兒看到那件粉紅色的閃緞袍子，便感到喜悅，媽媽只許她在過年那天穿過一次。

「今天新姨太太進門，你得給你爸爸磕頭道喜。」張媽低聲說，停了一下又接下道，「你們小孩子還得給媽媽，三娘五娘都道喜，給新姨娘行見面禮。」

鳳兒似乎昨天聽見四姐告訴六姐說過今天有個什麼新姨娘來，家裡要擺酒席請客，五娘哭了一天。她問新姨娘是誰，為什麼五娘要哭，兩個姐姐都像不耐煩答這孩子氣的問話，問了兩遍，四姐才答道：「誰知道是誰，你明天就看見了。」說完她們便支使她出去，她惘然地回頭看見四姐伏在六姐肩上，喳喳地說了又笑，笑了又說。講什麼好玩事情，怪悶人的！

好容易盼到今天，一清早張媽居然便提起這事。張媽脾氣好，向不嗤脫人的，誰都說。鳳兒想到便問：「新姨娘是誰？張媽，我見過沒有？」

「你沒見過，我也沒見過。」

「媽媽相片本上有沒有她的相片？」她記得平常聽說起什麼沒見過的人，媽便翻相片給她看。

「哪會有她的相片，傻孩子！媽媽也就在昨天才知道。」張媽停一下自言自語道，「看不出你爸爸這一回這樣能藏事，好像誰都沒聽說過。」

「張媽，我怎樣給爸爸道喜。是不是像過年一樣？」鳳兒穿好新袍子，想到過年的熱鬧，笑嘻嘻地問道。

張媽拿過梳子來便打開鳳兒的辮子給她梳頭，遲遲應道：「唔，差不多吧！」

「五娘昨兒哭了一天連飯都不吃，你知道不知道？」鳳兒悠然想著昨天的話問道。

「誰告訴你的？」張媽問道。

「四姐告訴六姐，我聽見的。五娘幹麼哭？」

「小孩子別亂說話，媽媽聽見不喜歡的。」張媽正經地說完這句話，辮子也梳完。兩條辮子尾上她都用兩三條大紅絨繩結出一個蝴蝶式，這給鳳兒加增真的像過年的感覺。

張媽跟她換了那雙挖繡雲頭如意的綠花鞋，配上雪白的線襪，鞋頭上一對大紅絨球，走一步顛一顛。

鳳兒很高興地跳跳進進就要往前面廳子去。她說道：「張媽，我就去給媽媽磕頭吧？！」

「不。回來，我告訴你。」張媽輕輕地，不知為什麼，她忽然板起臉孔說話道，「你到堂屋跟大家吃點心去好了，吃過點心看見他們跟爸爸磕頭你就跟著磕。媽媽叫你給誰磕頭你就磕，不要自己瞎來，聽見沒有？乖乖地跟著媽媽，不要多話，惹她生氣。六歲的姑娘，也該懂點事了。」

鳳兒呆呆地立著聽，她是個頂聽話又會看眼色（所以討人疼）的孩子。話聽不懂有時想問一下，瞧瞧大人臉色不對，便悄然地打住了。

張媽見她不動看著她笑道：「可把我鬧糊塗了，穿著這樣漂亮，臉光光的不打扮可寒磣呢。過來，總得擦點粉塗點胭脂才行。」

說著她已拿出一盒水粉一塊胭脂來，拉過鳳兒給她淡淡地拍了些水粉，眉心用梅花的模子印了三個胭脂梅花一直到額頭上，然後才歇手端詳她自語道：「我看我們的姑兒比誰的都不含糊。一張瓜子臉，一雙又長又大的眼，細細的眉毛，真像你媽一樣俏。」

鳳兒見誇又高興起來，自己爬到椅子上扒到那牆上掛的一面鏡子照了又照，鏡裡的小人兒，花花俏俏的，像年畫的小孩子一樣美。

「不早了，快去吃點心吧，晚了媽媽會說的。」張媽笑眯眯地說，看著鳳兒一隻鳥似的飛了出去。

果然不早了，堂屋兩張八仙桌上已經坐滿了人，人人都穿了新衣服，都在笑嘻嘻很高興地說話。

鳳兒走到東面媽媽坐的桌邊，照例地叫了爸爸、姑媽、媽媽、三娘、五娘「早晨」，然後方回到西邊小孩子們的桌上（正好八個人）吃早餐。

真的什麼都像過年，祖先神龕前點了一對大紅蠟燭，正中香爐插了三對高香，檀香爐放滿了香，神桌前鋪了一塊猩紅的拜氈，桌上擺了三杯酒、三雙筷、三碗素供。大約還要供酒席，此時尚未到時候。

「一會兒還要放鞭炮！」鳳兒望到門口臺階旁一根長長的竹竿吊著一大串猩紅的鞭炮，嘖嘖地向七姐稱賞道。

「爸爸還要給我們一人一隻元寶呢！」七姐笑著說。

「瞎說！誰告訴你的？」六姐正色道。

「你不信去問一問好了。」七姐得意地答。

「今天是有封標給我們的。」四姐說。

正巧三娘拿著一碗吃剩的水餃過來問小孩子還吃不吃，她今天穿了粉藍色的素緞袍子，圓白的臉上一團的笑，七姐便拉著她問是不是爸爸說過要給一個孩子一個元寶做封標。

「許是的。爸爸高興的時候什麼不給你們，你們要金元寶，就給金的。」三娘答。

「我們就要金的，」六姐笑眯眯地又說，「可是讓誰去要？」

「鳳兒去。」七姐指著鳳兒道，「你去爸爸一定給。不給金的給銀的也好，只要是元寶就好，不要洋錢。」

鳳兒又怯又喜地不敢打岔，卻頻頻歪頭望著大人的桌上，不一會兒，只見爸爸走向花廳那面去了。孩子們此時也吃過早飯，大家擦嘴走出去院子裡玩。

堂屋門口前面有兩棵海棠，此時正浸在陽光裡開著粉紅色的一球一球的花。旁邊是兩個芍藥花壇，含著花苞，紅的紫的白的都有，在日光中也微微吐出一種香澀的味兒。

媽默默地立在花壇前好一會兒，才笑向姑媽說：「今年的花也特別開得熱鬧。」

「是這樣才好，『家門興旺』。」姑媽托著水煙袋笑吟吟地答道。

五娘今天穿得更美了，那是什麼材料，鳳兒可不知道，只覺得她像一枝紅芍藥花，可是閃著銀白色的光。她的臉相可沒有平日可愛，狠狠地閉著嘴，方才媽媽笑著逗她說話，她都不笑。吃過早飯，一溜煙地跑回自己房裡去了。

碰著今天正是星期天，哥哥姐姐們都沒去上學，他們三三兩兩地陸續跑了出去，七姐等得不耐煩，找出一個空鐘來教鳳兒轉著玩。

白鴿子在翠藍的天空打著圈兒一陣陣地飛過，腳上的小鈴子響得很好聽。媽媽陪姑媽在堂屋說話，爸爸走出書房兩三次，他長長的臉上掛著笑，摸著八字鬚很出神地看著孩子們玩。

爸爸穿著一件大團龍寶藍的綾綢袍子，黑緞瓜皮帽子上有個大紅結子。腳上蹬著一雙黑緞鞋，襯著雪白的線紗襪。他本來生得高大，立在廊前朱紅的粗圓柱子旁，格外顯得合適。見鳳兒望著他，他笑問道：

「怎麼不去畫畫去？」
「媽媽叫我等著給你磕頭。」鳳兒答。
「怎麼新姨娘還不來呢？」七姐笑嘻嘻向爸爸問道。
「你已經不耐煩等了嗎？」爸爸笑著回她。
七姐歪著頭笑，忸怩地道：「我想快點得到一隻小元寶。」
爸爸哈哈地笑向窗內坐的媽媽道：「你看這些小財迷！」
忽然門口嗶嗶剝剝放起鞭炮。王升氣喘喘地跑向堂屋道：「新姨太太到了。」
「快些點著那大串鞭炮吧！」姑媽吩咐道。
在紛亂的炮竹聲中，一群小孩子女僕人擁擠著一個年輕女人走進內院。所有的眼都望著她。她穿著一條粉紅緞子繡花裙，藍緞繡花短上衣，頭上戴著些珍珠花，髮旁插著一大朵紅絨蝙蝠。腳上蹬著花鞋，斯斯文文地低著頭走進堂屋。
七姐拉六姐一旁低聲說：「臉多長！像馬臉，沒有三娘五娘好看。」
「我媽媽可比她美得多。」六姐很懂事似的低聲譏笑說。
「什麼好看！她給我媽做丫環都不配。」五姐快意地低聲說。

鳳兒覺得五姐六姐的話都滿好玩。可是她還沒十分看得清新姨娘怎樣，她急要看個清楚。於是她分開僕人擠到祖先前拜壇邊立著。此時屋內黑壓壓地站滿了人，爸爸媽媽姑媽、三娘五娘都出來了。

新姨娘斯斯文文地向祖先牌位行三跪三叩禮，桌上不知什麼時已擺滿一桌酒席，齊齊整整的一對大紅蠟燭照著，「真像過年……」鳳兒心下想。

拜完了祖先，新姨娘便給爸爸姑媽磕頭，他們立著受了頭便遞過一個紅紙包兒，裡面是什麼，可惜起先沒有問一問姑媽。

接著她給媽媽、三娘、五娘都對磕了一個頭，彼此又交換了一個紅紙包。七姐狠狠地回頭望一望五姐，她心裡大約很可惜媽媽給新姨娘什麼東西。七姐知道媽媽送她什麼東西嗎？正想到這裡，只聽姑媽笑吟吟地高聲道：

「新姨坐下歇一歇吧，讓小孩子來給你行禮。」

媽媽於是過來拖過四姐七姐，三娘來拉別的孩子。讓大的先磕頭，好在新姨拼命拉著三哥四姐不許磕下去，末了只許每人請一個安，她照樣還禮。行過禮後，她身後的女僕便捧出一大盤禮物，一個小孩一件衣料。

「別走，到花廳去，給你們爸爸磕頭道喜去。」媽媽這樣喊，孩子們才知道爸爸不知什麼時候已溜出堂屋了。

當一群孩子擁進花廳時，見五娘坐在紫檀貴妃床上拿著小鏟子弄香爐，頭低低地見人來了也不抬起來看。爸爸笑嘻嘻地向她說話。

「爸爸恭喜！」八個孩子同聲說了這話，便高高低低跪下去磕頭。爸爸站著連聲地笑喊「快起來」。孩子們磕過頭，先是女僕來，後是男僕，男女老少合起來，數一數竟有十三個人，爸爸連聲吩咐「說過就行，不要磕頭」，但都像沒聽見。四姐低聲和六姐笑說：「不磕下去，拿不到封標吧！」

奇怪得很，媽媽竟同三娘也來給爸爸道喜，她們也要磕頭，都給爸爸用力拉著不讓跪下去，末了各人只請了一個安。五娘出其不意地忽然走過來，迎著爸爸撲通一跤便跪下去，爸爸來不及拉住就把她由地上半拖半提地弄起來，安到一張椅上坐。惹得孩子們哈哈大笑，三娘笑得身子軟了，倒在一張沙發上。屋裡滿了笑聲，幸好傭僕行過禮都退出，每人都可以找一座位坐下去。

帳房陸先生穿了件新綢夾袍，斯斯文文地走進來，笑著給爸爸作了一個揖算是道喜。

「把我們前年存起來二兩一錠的小元寶拿出來，一個孩子給一個。」爸爸這句話真響亮，孩子們彼此看著笑。

「我們的呢？」三娘向爸爸問過，便大聲笑起來，接著道，「小的可不要呢。」

爸爸笑著搔頭發，不做聲。

五娘冷笑說：「你想要多大的，今天說還是金口玉言，明天就成廢話連篇了。」

媽媽一直是默默含著笑，此刻方開口道：「虧你們好意思地跟小孩子爭封標！」

「有什麼不好意思的，封標就是錢，錢就是命！」三娘說過咯咯地笑起來。孩子們也大笑，覺得這話說得乾脆。

爸爸笑向陸先生道：「姨太太是一人一張一百塊票子。早點送出來吧。」

大家默默聽完都不做聲。過了一霎，五娘埋怨三娘道：「都是你鬧的，一張紙銀票有什麼好玩？一百、一百的，倒是好兆頭！」

三娘愣一下才笑道：「你說不好玩，送給我花好了。」說完這話便走出去。

哥哥姐姐都連著走出去。五娘拉了媽媽的手要走，爸爸止住她道：「謝謝你給我研點墨，今天得寫好周家的壽屏，明天便來不及了。」

「我們一會兒還要去聽戲，現在我就預備預備，吃過飯就趕去，這麼多人都不支使，現在又添一個，倒專支使我，不怕我養胖了！」五娘說。

「誰叫你研得好。今晚再去聽戲好了。」爸爸說。

「老爺子，今晚的戲碼還不改，他們老唱一樣的戲嗎？白天有《遊園驚夢》，李又辰演小生，好得很。不去太可惜了。在晚上小孩子又不能去。」

爸爸笑著嘆一口氣沒答話。五娘見鳳兒坐在矮腳凳上攤開一堆影印畫本凝神低頭地看，便向她說道：「鳳兒，先回屋換衣服。」鳳兒沒有抬頭，似乎沒聽見有人同她說話。她走近一步道：「小書呆子，快起來，一會兒帶你聽戲去，今天有李吉瑞的《安天會》呢。」

「《安天會》有孫猴子的是不是？」鳳兒此刻方笑著問道。

五娘不答話只點了一下頭，拉起鳳兒的手，一陣風似的溜出花廳。

快活的日子常像閃電一般閃過，這一天飛快地便過完了。鳳兒跟了五娘一整天，到晚上吃過飯，她也不知不覺地跟了她到臥房裡去（五娘還沒有小孩）。她點了紙撚給她抽煙。她洗臉，她給她遞手巾遞胰子。五娘收拾完催鳳兒好幾次回房去睡覺。鳳兒只答不困，其實她在戲園內鑼鼓喧吵的當兒已經睡了一覺了。

「我看五姨太就留鳳小姐做女兒算了，省得我兩頭跑。」張媽來接時笑道。

「她媽媽不捨得，我倒提過兩次來的。」五娘答，又道，「你先回去，我反正會招呼她。一家人在哪間房子睡不一樣。」

鳳兒這時很洽意地留下了，挨在大床上剝橘子吃。她邊吃邊問《遊園驚夢》的故事。她就不明白為什麼那小姐做一個夢便要生病，生了病便要死，翻來覆去問了好幾次。五娘有點乏了，她連連搓眼嘆了一口氣。

「五娘，你為什麼嘆氣？」鳳兒驚奇地問道。

「想心事。」

「什麼叫想心事？」

「你們小孩子不懂得的。」

「我懂得，你講給我聽。」

五娘不做聲又嘆了一口氣說：「我只想死，死了什麼都忘記了。」

「你真的喜歡死！」鳳兒爬前一點兒摟著五娘的脖子，又道，「你別死。」

「喜歡死的人死了，就快活了。」她拿手遮了眼說。

「真的麼？」鳳兒睜大了眼望著問。只見她的尖長的臉在燈下更加青白很像一粒南瓜子，她的眼呆呆地望著燈，嘴唇有些哆嗦。

「鳳兒，我死了你哭不哭？」她咬著唇問。

「我天天到你墳上哭你，你的墳在哪裡呢？」想到灰鴉頭天天去哭媽媽的故事，鳳兒答道。

五娘不做聲。大粒大粒眼淚滴下來，像一串散了線的珠子。

鳳兒呆望著她，一會兒低聲道：「五娘，你怎的哭了？」

六月，武昌。

一個故事

近幾年來，因為自己與幾個朋友辦了幾個文藝刊物，我們四面八方拉稿，拉不到就逼自己，大家看我閒著（不像他們還要教書）就不斷地要我寫小說，這種催眠式的勸告，一種友情的好意，在不知不覺中，我就也常寫點小說了。這一來，倒逼得我對於世事人情發生很深的探討興趣，每當我看見一篇小說印出來，黑字印在白紙上，如若是抒情的自敘體文章也罷了（不幸我常不寫那樣的），若是裡面有一個故事，我看見了常不由得就要長長地嘆一口氣。那時我便想：這故事為什麼要這樣收場，這個人也可以那樣看法，他也不一定會這樣做，怎知他不那樣做呢？蠢呀，為什麼當寫時不曾這樣想呢？

這自己同自己拌嘴真不是味兒。若那一天沒有別的比較有興趣的事佔領我的心，我便要整天地搭喪著臉。但是過了幾天當然也便忘記了。接到朋友們的一兩封加快的或航空快信，裡面常常像有那麼回事似的嚴重地喊著：「救救急吧！」「你一定得寫一篇來！你不寫，誰還給我們寫呢？」話說得那麼有勁，哪能不動心！何況我還要求他們寫文章。

寫吧，至少也該寫一點東西了，天天吃飽飯混什麼！我罵過自己的第二天，便發奮起個大早，收拾完，便坐在書桌前鄭重地對著擺開的一遝稿紙。瀅見我端端正正地坐著，他對自己妻子從來也忘不了他批評家的態度，必定笑著問道：「寫小說嗎？故事想好了沒有？」「老天爺，你別問我好不好！」我的心被問嘆息起來；可是我嘴上常是答著另一種話：「唔，想好了，不知哪一個好。」

「你總得想好了一個才好下筆，一齊想幾個，這哪兒成！」瀅常是這樣好意提點我，我卻並不感激他，我有我的苦處，他沒看到，我也無從解說，只好苦笑。

我知道有不少作家誠如沈從文先生說的「從創作過程中得到一種愉快」，可是，我真可憐，連這一點愉快都常常享受不著。為什麼我就不能享受到呢？我看每一事件都可以由多方面看去，像繪畫的人，繪一個花瓶，因各方光影的變化不同，繪出來便不得一樣，雖然花瓶就只那一個。繪畫人的技術還是第二個問題。腦子靈活的人就會騙自己說，只要畫的好，還管什麼別的呢？遇到死心眼的真理探求者，可要自討苦吃了。

以下是一個兩年前發生的故事，可是幾個人告訴我的幾個樣兒。

一個三月的下午，雖是春天，江上還沒有撩人的暖意，我坐著輪渡到漢口買點東西，遇到一個在城裡教音樂的女朋友，她已結婚且生了子女了，人是非常天真誠懇的。我因想到報上說○○女學校鬧風潮，便問她究竟為的什麼事。以下是她告訴我的一段話：

「這些日子為了那個校長戀愛一個女生的事，我們都沒好好上課。我們倒是天天看見這些人，等我告訴你……這事據說兩年前就發生了。起先是那個女學生寫了一遝信去恭維校長，說怎樣怎樣崇拜愛慕他。校長沒有回信，但是他在學校裡短不了天天見她，還特別為她請求公費，那就是說她是一個很有希望的學生。日子一久了，這女孩子仍不斷地給他寫信，他還沒有回信，可是在學校見了面也不斷說話；直到今年春天，事情才鬧出來。

「怎樣鬧出來，就為了那女學生要回那些信，他扣起幾封沒全給回她，聽說他想要來做憑據。這報上登出來的信是頭兩封信，自然沒有什麼了不得的話。信，誰也不清楚到底寫了多少封，只登出兩封有什麼用？這故事我們天天講著，起先我還不清楚，現在才鬧明白，等我同你講吧。直到今年春天，這女學生忽然向校長把信要回來，大約他們是吵了嘴吧，校長一定要留下幾封，把其餘的退回她，她當然不答應了。一邊要，一邊不肯給，末了她氣極了，就把校長前後騙她的罪狀，寫了一篇長文章，油印出來，送給各班同學看。女學生自然幫女學生，她們就聯合起來打抱不平，要出來驅逐校長，校長看看怕鬧出事來，就把這個女學生交給訓育主任，不許她見客，不許她接電話，差不多關她起來。這樣一來，女學生更鬧得凶了。

「校長倒是又老實又正直。長得並不漂亮，樣子是快五十的人了。不知那個女學生中了什麼魔，會看上他。誰也不會想到這兩個人會鬧出這樣風流事。……人是看不出來的，平常我們女同事看見了校長都怕同他說話。真是怪事。

「那女學生也是個怪人，看去非常老實，給生人說一句話都要臉紅的，她倒會寫情書！長得一點也不美，她還沒到十九歲，其實才滿十七，還很年輕呢。看她這一輩子怎麼過下去，男人真是可怕，害死人。不能要她，為什麼早不讓她死了心呢？

「你說的笑話倒有點真理，如若她生得美一點，校長也許早就抓住她，不會這樣慷慨地把她的情書登在報上了。現在這事還不了結，兩面都有人幫忙，校長已經辭職……學校一團糟。我們大家都可憐那個女學生，她很年輕，她當真的想自己受了騙，說不定要難過一輩子呢。」

說到這裡，我的朋友對我做眼色，那面有個與學校有關係的人走過這邊板凳來坐。故事便停止了。

過了幾天，我偶然遇到一個朋友，談起閒話來，我就又想到了這件故事，禁不住又犯我的老脾氣（因為我知道他有幾個朋友在這女學校教書做事），問他道：

「○○女學校鬧的風潮，到底是怎回事？報上說得糊里糊塗的。」

這個朋友是個很直爽、愛講話的中年人，聽了我問，立刻滿臉的笑，很得意他知道世事的廣博。

「這事別人都不像我知道得詳細。告訴你，這不是一件浪漫史，你們小說家聽了也許要失望的。（目下社會人士，都還以為寫小說的人，一定要抓到戀愛做題目。）這事看來也真是個問題，你看好好的一個校長為了一個女學生寫情書便須辭職，社會上一般人，還說那女學生可憐，好幾個報還幫女學生說話。這年頭這是沒法兒，對女子總是『優待』。

「這是笑話，您別急，等我慢慢地一點兒一點兒說。我有幾個朋友在這學校做事，有一個還是同校長頂熟的，他們都說這女學生胡鬧，校長是好好一個人，老實、正經，真是目不斜視的老夫子……

「您說得也對，那自然，一個正經人不能說他心裡完全沒有愛，戀愛不是罪惡，這我們也懂得。不過這個校長決不是那種胡鬧的人。

「好，我聽你的話，從頭告訴你一遍；這事據說在前年春天已經開頭，女學生給校長寫了一封很恭維可是露著愛慕的長信，校長收到了壓根兒就沒回信。可是儘管不回信，她還是寫，校長是個厚道人，怕說出來使這女學生難堪，他一味假裝不理會，那女學生也不追究。恰巧她家裡來告窮要接她回去，校長見她功課不錯，境遇又不好，就替她弄了一筆公費，仍舊讓她在學校讀下去。因為他覺得她的境遇可憐，他想這樣就可以鼓勵她向上讀書，感化她，使她不胡思亂想了。不想那女孩子不識好歹，盯上了他就不放手。他們天天見面，校長卻向來沒有同她說過一兩句私話。她還不死心，直到今年春天，她拼死拼活地寫信來，校長沒法，把她叫到跟前和和氣氣地勸說一番，把信交還了她。……

「唔——校長扣下頭兩三封，是的。這是他怕將來人說別的閒話，留下兩封最不要緊的拿出來做憑據洗刷洗刷，彼此都有好處。頭兩封信你看到一封登在報上的吧，寫得很不錯，這崇拜大人的心理表現得倒很好。她才十八九歲，他已是個快五十的人了，這件事一看便知是那個年輕女孩子自己發的癡。他這樣年紀，什麼事沒見過，會為一個小孩子忘了自己的前途嗎？況且那女孩子長得並不美！

「她年輕！您說得也對，可是年輕女人多得很，像校長那樣一個正經人會為了這樣女人發癡，我們朋友都敢擔保他不會的。他們天天與校長見面，做了四五年同事，多少也看得出來，這校長真是冤枉，平白地被一個發癡的女孩子害了一世。這以後教育界的事可不能做了。那個女學生，他們說也是一個老實人，不知碰了什麼鬼，會做出這樣事來，不過她的犧牲小，校長的犧牲大，校長一輩子完了，有了學問也沒用處，他的家庭、太太兒女都間接受了這個損失，他們在城裡住不了，要回鄉去。現在的女學生惹不得，害人不淺呢！

「……哈，哈，我並不是幫男人，我是講公道話。這都是那女學校做事的朋友告訴我的真實情形，我是誰也不幫。

「這女學生自己害自己，可說『自作自受』，沒什麼可憐，倒是那個校長，一輩子的事業都斷送了……」

這一天我因為有點小事，心裡也想著這學校的風潮真相，便過〇〇女校，想找裡面一個朋友談一談。她恰巧出去了，卻在會客室內，忽然被一個從前住過我們隔壁的女學生抓住談話，她年紀大約二十左右，人是很可愛，有膽子說話，一看便知是一個新時代的女子。倒是她先開口同我談起她們的風潮，以下是她告訴我的故事：

「我們真糟糕，現在簡直無形停課了。這件事，你來打聽我最好不過了。我們同她同學了兩三年，誰想到像她這樣人竟會上這樣一個老大當。她很可憐，現在已經氣得半瘋，我們問她話，她都答不出來，簡直是神經病人了。

「她真是個好學生，她的操行作業一切都是甲等。平常不言不語的，也不好打扮，下午吃過飯我們常常會回房洗洗弄弄，修飾修飾，她就不曾有過。什麼時候你遇到她總是低頭用功看書。這回校長忽然間說她品性不端，要看管她，我們就動了公憤了。男子到底是欺負女子的；你看，若說她好給他寫信是她的錯，他也不是啞巴，手又不是有毛病，為什麼他不能告訴她不要寫，嘴上不好意思說，手還不好寫嗎？為什麼讓她一封一封寫下去。若是他對她沒有心，他應該早說呵！幹麼扯到兩年長。他天天見她，還同她講話，難道那就不算數？哼，若說校長完全沒有心，為什麼他每次出去旅行，總跟前跟後地走到我們這一組來，他在這一組常常有說有笑地總不肯走，到別一組就截然不同了。都是因為有她在這裡，誰看不出來。若是他怕人說閒話，一點心事沒有，為什麼會這樣？

「他們倒是沒有單另躲起來講過話，我們倒時時注意著他們。不過校長看見有她在面前，講話的時候真起勁，這是我們大家都留心看見的，我們常常地背後說他們。有一回我還親自看見校長忽然地，臉都紅了，半天講不出話來。你說這還不是戀愛是什麼？我不懂校長為什麼一定要賴，他怕娶了學生便打掉他的飯碗就是了。這樣大年紀了，為什麼起先會沒想到？直等到那學生癡心要跟他，他才狠了心一刀兩斷，這還不是害人？我們都在他的學校，我們年紀輕輕的誰懂得這倒楣的戀愛？平常家長把學生送來學校，就是託付學校負責管，現在一校之長都不能負責，還把責任推到學生身上，真是豈有此理！我們現在都猜得到校長是一種什麼鬼心理了。他起先只是想拿這個女學生開一開心，心裡可不當一回事，可是同時又怕被這學生拿到證據，打了飯碗，所以一直不肯回她信，可是一直逗弄她玩，你說這樣男子可怕不可怕？

「是的，他家裡不但有老婆，並有三男一女，兒子大的已在高中三年級了。

他大概還不是捨不得那小腳老婆，多半還捨不得兒子女兒。玩了人家一個夠，說翻臉便翻臉，存心多壞……

「對了，信是她先要回的，她看不值得被人玩弄下去，所以要把信要回來，他若不是心裡有鬼胎，怕人告了他，為什麼要扣留她的幾封信，還單單留下幾封不關痛癢恭維崇拜他的信，他想把錯處都放在女學生身上罷了。……

「說公平話，平日兩個倒都是很老實的人，做事都很有規矩，真看不到。可憐她年輕，校長比她大一倍呢。現在她已經氣得半瘋了。你說男人該殺不該殺？我們都代她抱不平，昨天會議正好派代表到教育廳去……他，這樣人還配叫他做校長，真害死人！……」

我的朋友冷笑著便收了頭，會客室中已經黑了，我起身告辭。

有一天我在一個朋友家閒談，這個朋友是曾經在西洋留過學，現在大學教書，人是無所不談的一個好學者，所以不知不覺又把我引到這件事上了。我問他知道不知道這件事的真相，他說這校長他也認識，女學生倒沒見過，不過他聽到許多可靠的報告，以下是他告訴我的故事：

「咱們中國人真是大驚小怪得慌，居然報紙上大登特登起來。這樣事在外國一天不知要發生多少起，還能算數嗎？據我聽說只是一個年輕女子戀愛沒成功，很平凡的一個故事。

「那天我到城裡，碰見我幾個老朋友，他們都很起勁地告訴我這故事，我仔細聽了聽，到底也沒有什麼出奇。你要聽，我可以再講一遍。

「據說這是前年春天就發生的事。那個校長有一天忽然收到一個女學生的一封信，裡面滿是恭維愛慕的話，他知道這是一個才十七歲的老實女學生寫的，他怕使她不好意思，就沒回信。可是那女學生以後就不斷地給他寫，他都拆開念了，可是仍然沒回。有人說他怕女學生誤會了，所以不回。有人又說他怕在她手上留了把柄。可是我想他不回也有他的道理。你想一個一生沒有嘗過戀愛味兒的男人，年紀又快五十了，偶然有個年輕女子，癡心地愛慕他，他也得意不是？如若他回信，他得表明他的態度，接受不接受都是一個問題。不接受吧，他又不捨得拒絕這一種意外滿足他個人情感的來源。接受，他當然更捨不得他的事業與他的老婆兒女，在這猶疑不決時，當然只好不回信了。依照心理學講，一個人年輕時沒有照例嘗試過的，一到年紀大了都要補償。我們常看見一些五六十歲的暴發戶，男女都打扮得像個妖怪，都是因為年輕時沒有如願地穿戴過。

「對的，我先不該下批評，把這個故事講完給你聽我們再批評。校長沒回信，可是天天在一個學校裡，自然見面是不能避免的了，見了面要能說通了也就沒事了，偏偏兩方面都得裝樣子，這裝樣子倒容易幫助戀愛，擠一擠眼，皺一皺眉，聲音高或低等等都容易增加誤會，你們寫小說的人明白這一套，用不著我講吧。所以這個初出茅廬的女孩子便一直做她桃色的夢做下去了。她沒收到回信，可是一直寫下去。這種態度也是年輕人應有的，一般人小看了她是不該的，古今中外，多少不朽的詩歌戲劇，都是依著這種精神做成功的。

「可惜這雙方的好夢是不會長的。若不然兩個人都不知不覺地各自各地嘗著戀愛的味兒，各得其所，不也很好嗎？現實終是現實，今年春天，不知為什麼，也許是生理關係，這女孩子又長大一歲，決定夢境不能滿足她了。她要他回信，要他表明態度。這一來，他可由夢中醒了，一切現實分明擺在他眼前，他才明白這個夢不容他再做下去，他捨不得他的事業，他的妻兒老小，他只好跳出這個迷人的夢境了。這是他退還她的信的結果。

「她長得並不好看，這是對的。可是她年紀很輕，她對一個中年男子，具有一種青春的魔力，這也是不錯的。她覺得她在這方面佔優勢，所以她一直沒有猶疑對方的愛。現在兩方都由夢境轉到現實，她才發現這男子的夢境原是自私作成的。她知道受了騙；她生氣了。何況校長方面又不肯把所有的書信都退還她，卻偏偏留起幾封不相干的信。她兩年的心血白用了。竟這樣不值一個錢，她氣得很是有道理的。普通人只說，既然兩方面沒有發生肉體關係，這有什麼難過的呢？這是小看了人，一個真要做人的人是對於一切經過都要認真的。

「我也覺得校長的步驟，一點也沒錯。他既然沒有同這個學生發生過關係，他做夢時欣賞的只是一個普通年輕女子，這時把他提到現實世界來，他有權利不承認他的犯罪經過，他本來沒有犯什麼罪。他採取一種精明自衛的手段，像防止這女學生被一般人利用，防止她聽了別人的引誘，做出別的不利於己的事來，這種自衛是該有的。我們不能說他是心有鬼壓迫人。他沒有做錯什麼！

「哈哈，『言重』了，我照例是要幫誰都幫，要不幫誰都不幫，這是我一向對人對事的態度，把一個烈烈轟轟的故事講得這樣平常乏味兒，有點煞風景吧？不過，這倒是事實，你信不信？

「你說得也對，事實挾理論幫忙，事實也就不成其為事實了。……可是，你看看誰說故事時不由著自己的性兒，加油加醋地講下去的，若一點兒作料不加，三句話便講完了這個故事了。那樣故事誰要聽呢？」

我再不好說什麼，故事就是這樣地完了。

八月節

這年秋天，鳳兒跟著媽媽和三個姐姐由故鄉搬到京城的大房子來。鳳兒在故鄉時雖然聽母親說過京城的房子怎樣大，那才是他們的家，因為爸爸住在那裡。她常想像她的爸爸一個人孤零零地住在一所空曠曠的大房子裡，像看祠堂的三阿公住在大祠堂裡一樣，多麼冷清。到了京城她才知道她想的都錯了。原來爸爸之外還有三娘、五娘、六娘，以及七八個哥哥姐姐。老媽、當差、廚子、門房，一大堆人。底下人常常有辭走的，有新來的，出出入入，到底有多少口，住了一個多月，還沒鬧清楚。

房子又大又多，頭一天到時，跟著媽媽姐姐走進來，真有點不辨方向。像祠堂那樣大的房子，一進一進的共有四進，每進前面有一個鋪了大方磚的大院子。院子裡差不多都擺著一對紅綠漆的太平水桶，一對大石榴，一對夾竹桃，院中心還擺一缸生著蓮蓬的荷花，或是金魚。孩子們十個八個的常常聯合在院裡玩「耗子偷油」「瞎子上街」，卻還沒有一次碰倒在盆兒缸兒上，可見夠寬敞的。

第一進房子，鳳兒沒進去過，那是爸爸的會客廳、大飯廳。第二進是三娘帶她的孩子們住的，鳳兒只跟媽媽去過一兩次，她怕看三娘瞅著人哈哈嬌笑的樣子，還有秋菊瞧不起人地撇嘴。第三進是媽媽帶著孩子同五娘住，五娘只有一個女兒，就是同鳳兒很要好的珍兒。最後一進是爸爸的書房客房，六娘住在東廂房，說是專為照應爸爸。那裡鳳兒只進去過兩三次，都是爸爸要見孩子們，叫李升來請去的。爸爸白天會客還要出門辦公事，到天黑又常常有飯局，自己的孩子，輕易沒工夫見見。可是，「爸爸到底是爸爸，一空下來，就想見孩子了。」張媽見來請孩子去便這樣說。爸爸似乎是個脾氣很好的人，什麼時見到都是笑呵呵地問：「上街去了沒有？聽的什麼戲？」

他的書房裡，靠牆擺著的一架一架都是書。鳳兒常常納悶那些書裡都是印些什麼東西，爸爸天天有客，哪有工夫看呢？他看不過來，一定很著急吧。她很想自己一個人走到書房問爸爸要幾本來看看，可是一望到六娘沒血色的長臉，擦著很白的粉，像一堵白牆攔著路。便不能前進了。

花園在頂後面，院子旁有門經過夾道走去。那裡鳳兒每天都得去幾次。吃過中飯，大人們都要歪在床上歇一歇，常常把孩子們趕到後花園去。那裡真是孩子們的「世外桃源」，媽媽給起的名字是不錯的。那兒有可以藏兩三個孩子的空肚子大槐樹，有滴滴答答的大棗樹，有大葡萄架、大金魚缸，真是應有盡有。假山石底下，還有蚱蜢、蟈蟈、蛐蛐，盡孩子去捉。天天去，天天有新玩意兒！

夾道可以通老媽子當差住的小院子，大一廳的是廚房，那是不准孩子們進去的禁地，其餘幾座小院是孩子們的「避世樓」，孩子要吵要鬧，都送到那兒去。

鳳兒是被人認為頂安靜的孩子，她在這大房子裡就像角落裡的一隻小貓，偶然到院子外走走，輕手輕腳地，慢慢地溜出去也像一隻小痲雀。她天生是個柔和性情的孩子，什麼都隨便，也許因為她是媽媽的第四個女兒了，所以自己知趣一點，特別安靜。她媽生她那一早晨，雖然住在四五十人的大房子裡，知道她分娩的只有她隨身服侍的張媽，和一個老當差王升——因為要他去叫接生姥姥。雖然同住在一個家裡，生下來第三天爸爸才知道又添了一個女兒，那還是洗三朝接生姥姥要家裡各人的添盆錢，一定逼著媽媽通知大家。若按媽媽的主意，她是誰也不想讓知道。「做什麼叫人說又是一個……」媽媽在鳳兒三朝那個早上含了一泡眼淚，向張媽要求不要通知人。「又是一個」什麼。她傷心得說不出來了。這都是張媽同阿姐們說閒話時提到，鳳兒聽見的，她說著還只抱怨老天爺不睜眼，媽媽那樣心好的人偏偏叫她「一個又一個」地生女兒，讓別人瞧著稱願開心！

鳳兒到九月三十才滿六歲，媽媽上月才滿廿六歲，可是她已經發了願不再生孩子了。只因為有一次爸爸的朋友介紹了一個很靈驗的王鐵嘴來給家裡各人算命，算到媽媽的命，說她命中註定有七個千金，七個千金的命可都不差，她老運是極好的。並且這命是叫做「七星伴月」。大家於是傳作笑談。三娘因為自己有兩個「傳宗接代」的兒子，抖得很。常常衝著大家藉故取笑媽媽說七星伴月原來還是月裡嫦娥託的身呢。媽媽漲紅著臉卻還只好陪著笑，五娘聽了不服氣來安慰媽媽，媽媽便說：「這都是命，怨人做甚？」可是在生鳳兒之後的第二年，小產了一個六個月的男胎。那回她躺在床上，足足生了三個月的病。還虧五娘心腸好，她天天來看她，代她打理孩子。她病好之後，更信什麼都是「命」。「任什麼英雄好漢，也鬥不過命！」媽媽同五娘講心事時，時常這樣下結論。因此鳳兒雖只是小小年紀，已經很覺得明白什麼是「命」的意思了。

中秋節那天下午，哥哥姐姐們都跟著大人出門，聽戲的聽戲，逛廟的逛廟，只有鳳兒貴兒（三娘的小女兒，兩歲了）在家，因為大節下，外面太擁擠，帶了小姑娘不好走路，所以美其名曰「看家」就把她們倆留下了。鳳兒先是自個兒在院子裡逗了一會兒小白貓玩，又摘了青豆，坐在小凳子上喂蟈蟈。天井裡靜悄悄的一地太陽，照在正廳的朱紅柱子上，那紅顏色，直晃得人眼酸。廊子底下一對桂花，香得衝鼻子，鳳兒坐了一會兒，有點覺得不是味兒，站起來摘了幾朵桂花放在手裡搓揉著玩，手上滑滑的，膩膩的聞了聞也沒有什麼好味兒。忽然想到媽媽臨出門交給張媽的一包糖，就走到窗前，望見張媽同吳媽在補襪子，她喊道：

「張媽，你聽過『八月桂花香，好做桂花糖』的歌沒有？」

張媽把頭搖了搖，慢慢地說道：「一會兒大家回來，可別唱這個歌呵。」

「為什麼呢？」鳳兒近來已會看眉眼，從張媽臉上認真的神色，知道必有緣故，很想張媽講給她聽。但是張媽一會兒仍不言語，便問道：「為什麼四姐她們可以唱呢？」

「小孩子真沒法兒對付，打破砂鍋問到底！」張媽咬斷線頭，向吳媽笑說。

吳媽道：「你愈怕說，他們愈要問。可是有時候還是說明白了好，讓小孩子記住不許說，他們倒是記住的。那回英小姐當著三姨太大聲念什麼桃花詩，什麼『小桃紅，小桃白』的。三姨太以為是四姨太主意叫她女兒當人面叫她名字給她丟臉，氣得很，當天告訴老爺要他評評理。四姨太又是氣，又是惱，好在五姨太去說開了沒鬧出事來。原來桃紅是她在堂子時的名字。桂花又是哪一位的名字呢？我怎麼沒有聽說過。」

「也是她的。她進門的時候大太太替她起的。因為老爺那一年正要來北京趕考，大太太說起名桂花，圖一個吉利。這是月中攀桂中狀元的意思。據說也是合該三姨太得時，真的討了她那年，她生了三少爺，老爺又中了翰林。這一來，三姨太更美啦。她私下只逼著老爺給她置全套朝珠補褂，只差了一條沒給買到正太太穿的大紅裙。可是這樣一來，可把大太太氣得呼呼地有氣出不得。」張媽眯著她的細眼，邊穿針，邊講，穿好了針，她把線用力彈了幾彈。鳳兒明白張媽這樣子一定是替大太太生氣，便插嘴道，「張媽，大太太是好人吧，我見過她沒有？」

「連你七姐都沒見過，你哪會見過？」張媽又接下向吳媽道，「她真是一尊佛爺，什麼都不管，一隻螞蟻都不捨得傷害的善人。死的那年，簡直更見吃齋念佛了。什麼好事她都捨得出錢。可惜她就盼鳳兒媽媽生個小子盼來盼去都不對心。許是命，抱怨不得。你瞧，她行一輩子善，到頭也沒修著一個兒子送終。倒叫三姨太說便宜話還是得借她的兒子打幡。」

「什麼借不借的，人家是正太太！照規矩，像王老太太家那樣，姨太太平常都不能上桌子陪老太太吃飯，生了孩子都得叫大太太做媽媽，自己的親娘反倒叫姨娘。」吳媽在王家服侍過老太太幾年，後來因夥計賭氣出來的。王家是城裡有數的闊人家，所以她講起什麼都很得意地提一提王家是怎樣的。

「人家那樣才像個人家，哪像這裡『三國演義』賽的！」張媽說定又用勁吐了口裡的線頭。

「張媽，我到後園玩玩去？」鳳兒聽見三國，便想到早上同兩個姐姐搭的戲棚子裝說書玩的事，很有意思。

「去就去一會兒吧，可別禍害金魚缸的水，你爸爸看見可不得了。」張媽喜歡拿爸爸嚇唬孩子，誰知小孩子向來沒有被爸爸罵過一句，他們難得遇到爸爸，即遇到了，爸爸也還分不清誰叫鳳兒，誰叫珍兒呢。

鳳兒一溜煙奔到後園裡。戲棚子仍舊好好地支著，那破籐椅子依然擺在裡面，一張臨時用磚砌成的桌子也沒人動過。鳳兒看著很高興，便走進棚子裡坐下來，「陰陰的好舒服呵。」

她正在得意，忽見珍兒很高興地向棚子跑來，一邊叫道：「我當沒有人，原來你倒在這兒呢。」

珍兒新近同鳳兒更要好，她比鳳兒大兩歲，已經上了學堂，比鳳兒懂得事多了。大約因為喜歡鳳兒比誰都聽話，所以常常拉著她一塊兒玩。

「你怎麼沒出門呢？」鳳兒驚喜地問。

「胡媽半路說肚子痛，沒到隆福寺就回來了。回到家倒巧，她的當家帶著她的女兒跟她拜節來了。」珍兒說話時，漆黑的大眼珠像八哥眼那樣一溜一溜地轉得很可愛，說著並把手上一小塊石榴遞給鳳兒吃。

她們倆靠在籐椅上吃石榴，珍兒出主意道：「這裡很像街口的月餅鋪，我們做些月餅，一包一包裝起來，等他們回來賣給他們玩，好不好？」

玩開鋪子是孩子最高興的事了，鳳兒聽見立刻跳起來說：「現在就做。我會做月餅，昨天王升帶我到街口看著他們做了好多月餅呢。珍姐姐，像這樣大的月餅都有，你見過沒有？」鳳兒說著用她一雙小手比了比。

「像這樣大有什麼稀奇。我還見過像圓桌面那樣大的。」珍兒也比了比。

「我不信，你哄我。」

「一點不哄你，真的，在舅媽家見過。她生日那天，人送的。餅上面有各式的花，有蝴蝶，還有閃亮的小珠子，圍了一圈又一圈，極好看呵。」

「我們也做一個有花的月餅好不好？」

「對了，那回舅媽還給了我一包餅上摘來的小珠子，等我找出來放在餅上。你去叫張媽多和點麵。張媽脾氣好，一定聽你話。」珍兒說過便跑了。

張媽果然是好人，居然給鳳兒和了一大碗麵。珍兒的珠子也找出來，兩個人在棚子裡做了好多樣餅：有叫玫瑰的，有叫五仁的，有叫豆沙的，有叫焦鹽的，有叫嵌珠子的西式月餅，各式各樣，大大小小，擺了一大片。做好了餅，兩人又到處字紙簏搜羅裝月餅的盒子與招牌花紙，跑來跑去忙得一刻也不停。到太陽快落的時候，棚子底下居然裝潢得像個月餅攤子。她們姊妹倆端端正正坐在一包一包的月餅前面，很像賣東西的樣子。先是珍兒派鳳兒出去請了張媽吳媽來買月餅，後來又請了廚房大師傅二師傅都去後園看看。看門的老王升也拈著鬍子在棚子內坐了一會兒，抽了幾袋煙，神氣很像個老主顧。棚子底下嘻嘻哈哈地笑成一片。反正上頭人都不在家，平常輕易不到後園來的廚子門房，此刻都樂得來熱鬧熱鬧。

張媽真是個妙人，居然還把她份內分到的一匣月餅，沏了一壺茶，拿出來請客。這更增加月餅攤子真實的感覺。兩個孩子都樂得合不上嘴。大家熱鬧了好一會兒方散了。

珍兒同鳳兒正在收拾鋪面，不想這時三娘房裡的秋菊來了，她大模大樣地繃著臉兒，問為什麼請客不請她。

「你是老幾呀，要請你？」珍兒的嘴向不饒人的，見樣反問她一句。

「哼，請了王升、胡媽都不請我！」秋菊裝著主人的腔調說。

「大爺愛請誰就請誰，誰也管不著。」珍兒裝起來腔調冷笑說。

「好，讓你們美一輩子！」秋菊說過掉頭跑出園門，手上兩對銀鐲子故意摔得叮噹叮咚地響。

「瞧那勁兒，叫人想吐！」珍兒望著她的後影，學她媽的聲調說。

鳳兒看見秋菊發青的臉，已經有點心跳，見她臨走時的怪聲，更加不得主意。平日秋菊是出名會收拾小孩子，尤其是對於沒有人特別偏寵的。鳳兒有時經過前面院子，她常常笑嘻嘻地招手叫她，等她走近前，就隨手掐她一把，或拉歪她的辮子，若鳳兒哪天穿了新鞋，必裝作失神給她踩上一個黑腳印。鳳兒已經上過她三四回當了。

「秋菊好厲害啊！」鳳兒想起昨天她揪她頭髮很痛，不覺嘆一口氣說。

「我不怕她！」珍兒正說著，忽見秋菊帶著兩個小當差一陣風似的走了來。

「五少爺叫我來拆棚子，他要這支棚子的棍子用。」領頭的小劉說著不等答話便動手解繩子。

「這棍子是我們在花窯裡找出來的，不能拆。」珍兒說著聲音哆嗦得厲害，兩眼直望著他們。

「五少爺吩咐拆的，他說，這些棍子都是他的。」秋菊得意地笑道，「你們另外找些棍子再搭一個好了。這還不容易。」

小劉小王兩個小當差不過只有十四五歲，都是巴不得有熱鬧瞧，一會兒已經動手拆完了。

鳳兒也明白秋菊是來報仇的，她也知道五哥是家裡大家捧的孩子，誰也不敢惹他。她聽媽媽囑咐過的，雖氣秋菊，也不敢出聲。但珍兒見鳳兒，嚇軟了一聲不響，只管發愣，像一隻水雞，不由得更加生氣，她跳起腳大聲嚷說：「鳳兒，怕什麼，你也說不許拆！」秋菊似乎沒聽見珍兒的話，反而笑嘻嘻地提起磚石上一包大的月餅逗珍兒道：

「我替你送一包給你爸爸嘗嘗吧……」話沒說完，捆月餅包子的繩子開了，餅子散了一地，都摔碎了。

鳳兒哇的一聲哭起來。珍兒就跺腳要不依秋菊，秋菊是個過了十三歲的人，見罵並不回嘴，只冷冷地說道：「棚子也不是我要拆的，你別指雞罵狗吧。月餅倒是我失手摔的，你只管去告訴你三娘，叫她打我一頓殺一殺氣。」

珍兒氣得臉發青，拉著鳳兒便往前院走，口裡嚷著：「我們告她去，叫三娘打死她。」秋菊只咧著大嘴笑跟著。走到前院，她一溜煙跑進廂房裡。珍兒到了前院倒有點躊躇了，忽地停在院中，不敢往屋裡走。鳳兒心裡跳得慌，只說道：「三娘會不會罵我們？」

「唔，」珍兒不知為什麼也有點怕起來了，忽然三娘由廂房出來，兩手一叉，笑向孩子問道：「要告狀嗎？我同你們申冤。」

珍兒忽然不知說什麼好，愣了一下，吞吞吐吐地說道：「秋菊把我們做的月餅都摔在地上，她還凶巴巴的……」

「那又髒又破的餅子，」三娘還沒答話，秋菊大聲道：「給人都沒人肯要，誰不是玩過就摔掉的。三姨太太還當是我惹了什麼天大的禍呢，原來只為這吃不得嚼不得的餅子！你們別怕沒有餅吃，再過十年八年你們自己長大了，成千成萬的各式各樣的真餅子，都可以換得回來，且吃不完呢。」

秋菊說著笑了。珍兒實在忍不住，但也摸不清秋菊的話是什麼意思，她猜想這一定不是好話。

「你長大了才整千整萬地換真餅子呢，我不換……」珍兒說著不由得嗚嗚地哭起來，鳳兒很委屈地也跟著哭。三娘同秋菊卻哈哈大笑。

這時張媽忽然跑過來，見兩個孩子都哭，慌了手腳，只說道：「媽媽回來了，叫你們快去呢。誰吃飽了飯閒得慌，逗我們的小姑兒哭了？」張媽來時沒瞧見三姨太正立在廂房門口，她說的話是衝秋菊說的。秋菊斜眼瞅著主人笑了一下。

三姨太笑吟吟地說：「別冤枉人，誰敢招惹這些小姑奶奶啊！」

張媽這時才慌起來，原來三姨太也在這裡！她急著抱歉道：「啊喲，真是老糊塗了，怎麼沒有看見您老人家也在這裡呀，我當是秋菊一個人……」

三姨太忽然正色道：「都是秋菊那長不大的丫頭，好心好意地說笑話哄她們開心，倒引得她們哭咧咧的。哪一天我氣了，一定打斷她的腿。鳳兒過來，給你擦擦眼，哭壞了好一雙丹鳳眼，怪可惜的，長大了就不好找婆家，連累我們都沒有好餅子吃了。」她一邊說一邊抽出手帕來替鳳兒擦淚。珍兒明白這是氣她的做作，溜煙提起腳要跑，可是三姨太又大聲笑起來止住道：「珍兒別走，回去告訴你媽媽說別因為這一包假月餅今晚就不來打牌湊腳，四缺一是缺德的。再過個十年八載什麼講究餅子她都有得吃，且吃不完呢。」

鳳兒還不十分明白三姨太的話，珍兒漲紅了臉，一聲不響地跑了。

晚上臨睡覺前，媽媽坐在鳳兒英兒床前喝茶，慢吞吞地說道：「鳳兒要記住，往後不准到前院告狀去。你看媽媽為你們沒受夠氣嗎，還要給媽媽惹事？」媽媽說到這裡忽然聲音啞了，只拿手帕擤鼻涕。鳳兒看見媽媽的眼皮腫得很高，想訴說一番方才告狀的原因都不敢開口，倒是英兒說：「媽媽，秋菊也是太可惡，常常無緣無故的找碴欺負人。我們費了多少力氣在花窯裡找出來的棍子，她硬跑來說那是五哥的，一定要拆了拿走。能怪珍兒鳳兒生氣呢。秋菊真是寵得太不像話了，什麼都打五少爺旗號出來壓制人。五少爺好比皇上！」英兒已經九歲，對於世事已有她的意見了。

媽媽長長地嘆一口氣，說道：「要爭氣先要看一看自己，誰叫你們生來是女孩子，女孩子長大只好說個婆家，換些餅。」

「難道男孩子長大個個都做官，為什麼拉車的挑糞的都是男人？」英兒駁道。

鳳兒現在才有點明白為什麼媽媽哭得眼腫。她很佩服英姐姐的話，也很想安慰媽媽一下，卻不知說什麼好，停了一下，她把頭抬起來笑對媽媽說道：「媽媽，我長大不要換餅子。」

媽媽聽說微微掀起嘴角笑了，英兒也湊趣大聲說：「我也不換餅子，讓秋菊一個人換去好了。」

「秋菊想換餅子也換不來。」媽媽卻說。

「為什麼呢？」鳳兒問。

「她不配！」媽媽答。

「怎樣不配？」鳳兒不明白，可是一望媽媽直了眼，向燈發愣，她便不敢再問下去了。一會兒媽媽站起來催道：

「別說話了，不明白的事多著呢，你們幾時才會明白，快睡吧，明天英兒還要起早上學呢。」媽媽話講完便把洋油燈吹滅，出了臥房。

後來媽媽洗了臉還是到前院同大家打牌等候半夜拜月吃宵夜。鳳兒半夜醒了，聽見前院三娘哈哈得意的笑聲，還有媽媽陪著又低又軟溫和的笑語。她望著銀色的月光，照在房裡一切都像做夢。她不明白為什麼媽媽要到前院，她只覺得要把媽媽喊回來，可是又不敢喊。只是這樣想，好久都睡不著。

阿昭

阿昭是我童年最感興味的一個人，他的姓名籍貫，已經「語焉不詳」了。只記得他是廣東佬，三十來歲；一交五月，就穿一身油亮黑綢衣褲；直穿至八月中旬，以後便是一身黑羽毛紗夾的短衣褲，冬天便穿德國黑假緞衣褲，一年如幾日，未嘗或變。他的姓氏，從來沒人提過，他的名字似乎叫阿昭或阿超的聲音。有時小丫頭叫不清楚，喊歪一點：「糟師傅，老爺叫！」他便急跳起來，把煙捲甩在地上，含怒含笑地提起拳頭示威地說：「小母豬，給你一個五指果吃吧。」他見小丫頭抱頭竄走了，才慢吞吞地喝一杯紅茶，一邊撅嘴說：「大熱天，傳老爹做甚？不知哪個黃瘟想起塞菜了！」

咕嘟完了這樣的幾句話，他才提起那對在香港買的沒後跟的黃皮拖鞋，踢踏踢踏地出了廚房去。

他常常支起一隻腿坐在廚房門口的籐椅上抽香煙，喝紹興酒；起碼的要過夠五支香煙七杯陳酒的癮，才站起來指揮二廚子及小徒弟做菜。我與一個堂哥哥兩個姐姐等得不耐煩，就輕輕跑到廚房院子那裡激他生氣；因為他發起怒來，就七手八腳地做菜，那菜是非常可口的。據我們經驗過的廚子比較起來，他真可稱國手：弄的菜味不濁不清，不鹹不淡，似酸似甜，而又鬆脆鮮潔，美味爽口。明明想只能吃一碗飯的，因菜好卻吃到兩三碗的很有一些人呢。他很有一些名士氣，縱情煙酒不用說了，而且每當酒酣耳熱，他還引吭高歌。他的歌只是廣東人人能唱的「龍丹歌」罷了。

那一年我才六歲，住在北京城，兩個姐姐也和我年歲相仿。那正是味覺發育時期，除了睡覺時間外，其餘的時候沒有不心心意意想到滿足味覺的欲望的。我很記得我們放學回來，第一件要事，是去見爹娘；第二件要事就是跑到廚房問有什麼吃沒有。但阿昭遠遠看見我們影子就高聲說道：

「那群生猴子又來尋吃食了！別來了，今天沒預備點心，你爹爹晚上還請貴客，我要動手做菜呢！」堂兄就答他說：

「別放你的——吧，糟糕師傅——」

阿昭揚揚得意地回答說：

「請你的姑爺和親家老爺太太，他們卻要『我』做菜才來呢！」

大些的姐姐臉變得通紅，就教我們小的不饒他；於是我們如得軍令，一擁前進，一個揪住阿昭的辮子，一個翻他儲藏食物的櫃子，一個去握緊他眼，一個去用大巾縛住他手，叫他賠罪認錯，否則把他預備的菜都倒了。

阿昭明知我們為滿足味覺欲望而來，搗亂是無意的，所以他還仍舊說：

「小姐少爺們，快放手！姑爺親家老爺太太也不是私貨，卻怕人說？奇怪極了！」大些的姐姐就揪緊他的辮子，他還唉呀地喊：

「小姐！放手，你不要姑爺也犯不著揪我辮子，算了我的好吧？」

正在此時，那個小些的姐姐從櫃櫥格子找出一大碗爛鴨掌和新筍尖，又找出一大盤蔗渣熏魚，她得意地從椅子跳下來喊道：

「放手饒他吧，你們快來瞧瞧我找出的好東西！」

我們於是都放了阿昭，拉住那個拿住盤碗的姐姐，一擁而出，跑到亭子裡大吃起來。從亭子裡望阿昭，他正撅著嘴，很不自在地在那裡抽煙。我們卻覺得大樂起來，因為要表現心中快活，大家又信口編了一首歌去逗阿昭；由大的姐姐開口先唱，我們便跟著：

「阿昭昭，運氣真是糟，心愛的好菜給我們嚼。」

阿昭又氣又笑，只是跺腳叫「小活猴！看著吧」。

因為他生氣時，那個酒糟鼻子常會動的，所以我們又唱道：

「阿昭昭，鼻子用酒糟，鼻子且別動，好東西已經到了我們肚子裡了。」

他急起來了，要上亭上來捉我們。我們呀的一聲，帶笑帶喊跑下亭子在園中亂竄。一邊還撕長聲音，學「小上墳」唱的調法逗他：

「阿昭呀阿昭——糟——了，鼻子真可惜，我的大鼻子，糟了糟了，真糟了——」

他急得滿園亂跳，也沒捉住我們中的一個。二廚來喊他幾次老爺催著開飯了。他才照空狠狠地打了幾拳，向我們努一努嘴，提起拖鞋，一步一回頭地走了。

這樣惡作劇，我們兄弟姊妹一日中必作七八次。有一回真把阿昭逗得啞啞哭起來，帳房先生出來看他，問起原因，反罵他是小孩子氣，教訓他一大頓。我們看見阿昭淚痕滿面，鼻子蠕蠕動起來，又唱道：「阿昭呀阿昭——糟了，鼻子——」

第三年，我們全家搬到保定府來，哥哥留在北京。大的兩個姐姐和小些的姐姐都上學校正正經經做學生去了。我在家裡請畫師教畫，自己一個人也無味去廚房裡找阿昭鬧去；可是常常拉著女僕的手到廚房去聽聽阿昭談論。有時阿昭見我忽然變得很老實，反而在食廚內拿出燜好的鴨腳熏魚、筍乾來請我吃。我倒覺不好意思吃，只好搖搖頭裝大方了。

阿昭此時也覺得很無聊。他常對人說，自從小姐少爺們不來鬧我，我不覺得清閒的樂，倒覺得沒了什麼似的不痛快。

他在保定認識的人很少，悶悶時，便以杯酒澆胸中愁悶。有時我專等到姐姐們放學時，拉著小些的姐姐，跑到廚房院子裡看阿昭喝酒。他還是從前光景，穿著一身黑衣褲，坐在籐椅上，支起一隻腿，一邊喝酒，一邊發議論。那竹床上、條凳上、臺階上常常坐滿一些聽差、跑上房、馬夫、支帖、挑水的、花匠等等：都仰起頭睜大眼睛聽他的宏論。內中有些很佩服他，覺得他懂的事，他們都不懂得；他說的話，他們都覺得對的。內中也有一些人，因為喜歡阿昭的紹酒和紅茶的香味，所以去聽他的公開演講。

有一天吃完夜飯，我也去了，不言不語坐在竹床上，只見阿昭手裡拿著香煙，興高采烈，指手畫腳地大聲講話。那時正是九月底的天氣，人人都穿上薄棉衣，阿昭可是只穿夾的，因為他說話出力所以不見冷了。只聽阿昭說：

「這回我跟老爺去天津，聽了很奇怪的新聞來。說給你們聽聽，崽子們，可別把脖子嚇得縮進去伸不出來呀！」

那群聽話的人一齊回答：

「別管我們哪，快說吧！」

阿昭哈哈大笑說：

「倘或你們脖子不會伸出來，老爺高興吃甲魚，也不用勞我駕上菜市找去——哼！這些新聞，你們做夢也做不著吧？」他接著小聲音說：

「可別亂嚷嚷，你們知道那群夾命黨（那時粵人說革命多說夾命）造反，要把大清皇帝推下來，提另叫一個漢人去坐金龍殿呢。——呵，我到天津那一天聽說夾命黨已經把湖北奪了！」

那群聽的人都一齊驚異起來，臉上都改了色。有幾個精幹些的，還裝鎮靜，急急問道：

「什麼是夾命黨？」

有一些也急問：

「湖北離這裡多遠？」

阿昭很著急他們沒有這些常識，發這些愚問：

「夾命黨都不知道嗎？真是昏蟲！你們沒事就躲回家陪老婆說笑，也不打聽打聽國家大事，咳！虧你們還是大爺們！這夾命黨鬧了也不止一天了。去年拋炸彈炸端方那夥小子們，就是。很多的夾命黨都剪了辮了！聽說那天攻入武昌城的，都是穿了白盔甲，扛著紅旗的。」

「這很像戲上的趙子龍呀，嘿！」一個小聽差說。

「別胡說，小順！趙子龍是忠臣，夾命黨配比得上嗎？夾命黨是什麼東西！」一個年老的馬夫連忙止住道。

接著許多人都喳喳地議論，好像夾命黨已經攻進北京。又有人說夾命黨是與梁山泊人馬相仿，又有人說朱洪武後代已經出去了，真命天子快要坐龍庭，把頭髮統統要重新留起，仍然在頭上挽個抓。

談到這裡，便有一個年輕的跑上房問阿昭：

「昭師傅，若是夾命黨成功，我們還要留頭髮梳抓呢，你說對嗎？」

「你這小子有幾個腦袋瓜？好大膽，竟敢說出夾命黨成功不成功的話！咳！這年頭真過不了：皇帝還好好坐在金鑾殿上，底下百姓便胡思亂想；你沒聽古語說過生為大清國人死為大清國鬼嗎？」阿昭很生氣地教訓那年輕的跑上房。

「聽說那夾命黨的元帥是廣東佬呢，你怎不幫他說個三言兩句？」一個中年的馬弁問。

阿昭聽了這個人說這糊塗話很生氣，重聲地答道：

「別混說吧，難道他是廣東佬，我就幫他嗎？你還姓曹呢，你幫曹操嗎？難為你倒活了三四十歲，連這個道理都不通？還有一樣，我們也知道廣東風水壞，地土薄，沒有皇帝從我們那裡出的。這回夾命黨簡直是像長毛那樣胡鬧罷了。哪會成功呢？」

於是大家又嘖嘖連聲稱讚阿昭深明大義。這時女僕來找我去睡覺，我快快地走了回去，一路還和女僕說阿昭方才發的議論，她說：

「阿昭師傅說的真是明白話！古語說的『忠臣不二主，烈女不二夫』，這些大爺們都不懂得，他不害羞！」

從這次以後，廚房裡聽新聞聽演說的人更多了。上至衙門裡支帖、跑堂們，下至掃地夫、倒泔水的都成了阿昭的聽經傳道的大弟子了。那時官軍消息一天比一天壞，革命黨軍很得勢，阿昭去一次天津，必從廣東鋪裡或輪船上打聽些新聞回來，就告訴這衙內聽講員。說到消息不好，天子快要退位，官軍大敗而逃，阿昭的鼻子蠕蠕動著，漸漸更加紅起來，終於一把鼻涕一把眼淚嗚嗚地哭了。有些義氣的衙役馬弁也陪他掉淚。有些年紀大些，沒有臨時眼淚的只點頭自慰說：

「有這些義氣年輕的人。老天爺亦不會滅大清國的！」

因為阿昭也認識些字，所以小廝們常把看完的官報請他念給大家聽；這官報一到阿昭眼前他就發火生氣，憤憤地罵道：

「這時候，還登出這些穿什麼什麼皮的朝服，有什麼用？」

阿昭發怒的結果，把官報撕得粉碎。有些人很佩服他的義憤；支帖、跑堂的卻躲回屋裡，一邊吃新下來的炒栗子，喝茉莉花熏的香茶。一邊還竊竊地議論阿昭的膽量太大，目無官府。

有一天北風初起，紙窗被刮得瑟瑟作響。我才吃過午飯，便看見有七八個小廝，黑壓壓地圍坐在廚房門口板凳上。阿昭很莊重地把兩腿分開坐在籐椅上，也不抽煙，也不喝茶，卻提起兩手，時而拍拍大腿時而指天指地，他的鼻子連受冷帶生氣，愈顯得糟紅大且蠕蠕地動顫。我輕輕地走入廚房院內，照例坐在小竹椅內，仰臉看著阿昭發議論。只聽阿昭高聲道：

「從來說『養兵千日，用在一朝』，做公事的人，平常吃朝廷俸祿，養活家小兒。到這樣緊急的時候，不出來報答皇恩，還拼命地向官府要錢，真是王八羔子——混蛋養的——！」

那群小廝兒住口不講，還瞪大眼等他說。有一個忍不住便問道：

「昭師傅，你說的是誰呀？今天那些軍官很急用催著大人發大批兵餉，大人連點心都沒吃，一直和那個什麼伍六精大人談到現在。」

阿昭聳一聳眉急忙答道：

「就是那個伍六精小子作怪！什麼大人，他娘的——」

「昭師傅，小點聲音吧。伍大人的衛隊就在隔院吃茶，連大人還不敢得罪他呢！」一年紀大些的茶爐說。

阿昭滿頭青筋暴漲起來，胸口氣得起伏不已。他的鼻尖正被太陽照著，愈覺紅亮奪目。忽然啪的一聲大響，把大家嚇了一小跳；爭著眼望著阿昭，只見他已經把切菜刀拿起，又啪的一聲放在桌上，恨恨地高聲說：

「放屁——什麼伍大人六大人的，阿昭若怕他，就是狗娘養的。我不怕這吃朝廷俸祿而又反叛朝廷的人！來！有血性的兄弟們，別讓他在這裡死纏，把這傢伙帶去，叫他認識認識我們粗人也有懂得忠孝節義的！叫他當堂出彩！我和他拼個他死我活，給皇上除個漢賊，老爺也不用為難了。」他說完竟把菜刀高提起來，明晃晃地倒也真足使人驚心落膽。我當時不禁打了個寒噤，只聽見唉了幾聲，三四個年輕些的小廝都站起來跑開了。此時阿昭的眼瞪得更大，鼻子醉得更紅，高聲喊道：

「這群王八崽子們嚇得這樣！哼，你們別想可以去伍小子那裡學是非逞本事，咱老不怕那個！好，去伍小子那裡學舌去。我看他來切我舌頭不？」

他沒說完這段話，不但三個小廝走遠了，餘下的五六個也慢慢站起來，裝洗傢伙的、裝倒水的、裝上廁所的，都偷偷溜開了。阿昭氣得滿臉發青，狠命地把菜刀啪一聲，甩在砧板上，板就裂了。那些放在石板上的碟碗，乒乒乓乓的都碎了，水濺了我一身，那時我正靠砧板立著。

我出其不意地被嚇了一跳，連忙跑前，只喊跟我的女僕名字，她原沒來，我忘了。阿昭也覺出自己粗魯嘆口長氣，跑過來拉著我手，問碰著沒有。我見他撫慰，反抽抽咽咽地哭起來。

第二天早晨，我還掛記著這件事，吃完點心，便跑到廚房去聽新聞。那小院子依然坐了八九個當差的，面上都微微帶笑。阿昭坐在籐椅上，支起一隻腿，托住左腮，歪著頭使勁地抽香煙。眼望著眾人微微作笑，見我來了招呼道：

「好了！又來一個。今天告訴你們好新聞吧。——來，坐在這邊有墊子的椅上。」我坐下，他開口說道：

「昨天我們說的那混帳行子，伍六真給他自己手下的兵殺了。這個兵真可佩服！真是大丈夫！大清國還不當亡呢。」

我說：

「哦，就是那個伍六真給人殺了？今早上爹爹說什麼伍將軍給人殺了，還說是給一個什麼老圓的兵殺的，那個兵立刻就要進京城做大官呢。」

阿昭聽完怔怔地似乎想什麼，接著說道：

「那個伍六真也該死了。殺了他倒是痛快！——哦，原來還是老圓鬧的鬼呀！那行子也不是忠臣——咳——！」

阿昭說完悶悶地重新換支香煙抽著。兩眼望天，似乎有無限心事。大眾也跟著他沉默了一會兒。一個年輕當差不耐煩沉靜問道：

「昭師傅，誰是老圓呀？」

「你們是真混。老不打聽打聽時事。老圓還不知道是誰？——就是現在請出來做軍機大臣那個夾命黨都是他調唆出來的。——他瞞那班旗下混蟲可以哪，瞞昭大爺那可不行！去年他們那一黨在河南聚會打算欺負這孤兒寡母，我都——知道。咳——還說什麼呢？」

阿昭說到這裡，似乎又添一重心事似的，兩眼怔怔地望著天。嘴裡徐徐地噴吐香煙。我們見他不理人就散了。

過幾天，革命黨北伐的消息愈嚷愈高了，於是我們家中婦孺都搬到天津去。阿昭還跟著父親住在保定，我也無從聽新聞了。

轉眼已是民國元年了，阿昭看見五色旗飛揚於天津制臺衙門那一天，大大地不高興。飯也沒有吃，酒也沒有喝，連菜也沒有做，只是坐在屋裡唉聲嘆氣。二廚子來問問買好麼菜，怎樣做，他便大大地申斥了他一頓。再問時，他不分青紅皂白，提起拳頭就要打他。沒人敢和他說話，也沒有人敢勸他。只有小丫頭在窗縫偷望看，告訴我們阿昭在屋內哭了。我和姐姐們又去窗縫偷看他，見他蒙被大睡。我們偷偷地笑著走了。

後來阿昭因事去廣東，就跟了蔡姓，仍做廚師。蔡宅搬到天津，住在我們隔壁，因為蔡老太太喜歡和小姑娘談話的，所以我有機會再見阿昭。

一個七月的午後，蔡老太太請我姐姐和我吃魚粥，我姐姐本有些發燒的，母親也不讓她出門，因為來人阿秋嘴巧能說，就許我們都去了。

阿秋一手攜住我們一個，一邊走一邊說話。我問她今天是誰做魚粥。她答：

「就是你們那個寶貝廚子阿昭做！」

我們兩個都喜得喊道：

「他做，我要吃三碗的！我們好久沒有好魚粥吃了。」

阿秋聽見我們的話露出她的兩個金鑲牙笑了一笑，眼睛也亮了一亮。她的赭黃色的臉也顯出老玫瑰色。接著她說道：

「你爹爹來和我們大人說了好多次叫嚷阿昭回到你們宅裡去，我們老太太到底不許他走。——什麼了不得的手藝？我就不佩服他的！」

姐姐說：

「阿秋姐，你倒沒嘗過他的蔗渣魚和燜筍尖呢，你吃了也要佩服他。」

阿秋微笑也不答話，不覺已來到蔡宅，一進門口，女僕說老太太歇晌未起，阿秋就帶我們到廚房看看阿昭。

人人都說阿昭脾氣改了，黑綢對襟短褂已換了白綢的了，上旁還有小口袋裝表，一條銀晃晃的鏈子露在外邊。頭髮也剪去了，皮鞋也穿上了。他從前吃煙素來不用煙嘴，現在卻也用一根化學製造的了，我們進小院時，他正坐在椅上抽煙，便站起來招呼：

「怎麼只請了兩個小姐來呢？兩位小姐還想吃筍乾嗎？我好好地孝敬舊主人一些。」

我和姐姐弄得很不好意思說話，只是笑著搖頭。阿昭卻連忙入廚房找筍乾去，還是姐姐出聲說：

「我們不想吃——」

因為聲音太小，他沒聽見，只聽阿秋喊道：

「聾子，怎不聽見小姐說話呀？」

阿昭聽見了，連忙回身問小姐說什麼。

阿秋看他微微一笑，見他鼻上有幾顆汗珠，就用她自己的雪白手巾給他說：

「死豬，看你鼻子上的汗！」

阿昭接過來笑著擦了，又連忙搬出一條板凳請阿秋和我們坐。他仍坐在方才那張椅上。阿秋說：

「今天夜飯，你給我做點什麼吃？膠筍買了沒有？」

「買了一條踏沙魚，給上頭弄一塊，其餘的留給你。怎樣做好呢？膠筍沒有買，人家說常會肚子痛的不好吃膠筍──」

「去你的吧，殺頭，哪來那些媽媽例？你忘了買就是哪。」

「我哪會忘了？好些人都說膠筍性質是很寒的，你這樣身子敵不住呢。」

「死肉！怕寒？不會拿它下酒嗎？」

阿秋說完很不高興地看了阿昭一眼，阿昭立刻不安起來。爐上水沸的聲音很高，他站起說：

「等我沏一壺香茶請你們喝了再走。」

阿秋卻止住他道：

「你這些茶碗，不知多少髒男人喝過的。我們不喝。快動手弄魚粥吧，老太太必定已經起來了，我們去吧。」

她站起來手攜我們倆去了。

我們倆吃完夜飯才回家。我和母親說：

「為什麼人人都說阿昭和阿秋姐相好，阿秋還只罵他死豬、死肉呢？」

表姐在旁摻口道：

「你哪知道？他們倆好得似糖黏豆，人人都說阿昭不肯回你們這裡，還為秋姐呢。但是阿秋姐已經有丈夫的，所以不能嫁他。」

舅母瞪了表姐一眼說：

「女孩兒家議論人家這事做甚？」

於是我們都默默認阿昭是愛阿秋了。又都理會兩人到了最要好時，不能提名喚姓，卻要用「死豬、死肉、殺頭」等名詞代替。我們愈去常找阿昭、阿秋，聽他們倆說話，愈承認我們印象不差。有一回表姐和我小姐姐很要好起來，不想彼此呼名字，就也模仿阿秋的法子，彼此叫起「死豬、殺頭」來，頭幾次相叫時，都彼此相視而笑，還很靦腆。後來慣了，竟在母親眼前也這樣稱呼，經母親大大地說了姐姐一頓才止。

後來日子多了，我們也和阿昭、阿秋混熟了。有一天我竟把表姐和姐姐仿他們稱呼的故事，告訴他倆，阿秋臉上飛紅，低頭不語；阿昭卻看著她含笑。我不明白他們什麼緣故，也隨阿昭目光射住阿秋。

「死人頭，看我做甚？」阿秋微抬雙目，向阿昭說道。

「你——你看——連小孩子們都知道了。」

阿秋兩腮很紅，竟不敢抬起頭來，但她還說：

「別嚼舌頭哪！難道你前世死時沒東西壓口不成？」

阿昭仍看她笑了一笑；拉我去看他新買的小鴨子去。

這年的冬天，蔡家搬去廣東，阿昭阿秋都跟主人去了。

此後不得他們的音訊。但至今卻仍在童年的回憶裡，清淺地印著兩個可愛的影子，一個是赧然的赭黃的臉，一個是抖顫不住的糟紅鼻子。

錄一九二四年舊作

中國兒女

一

在北平淪陷後第二個秋天，午後的太陽，仍舊黃澄澄地灑在東城〇〇路上，這時正值〇〇中學校放學，校門口走著近百個學生，內有一個十二歲，皮色白皙，眼睛深大有神，身材細高的孩子，名叫李建國，他是初中二年生，因他品學均列最優，雖是年齡比同班的較小，還是被選做班長。當下他看著同班學生分頭走了，他急走到南面的一條小胡同口找他的妹妹宛英。每天他們約好在散學時一同走回家的。宛英也是〇〇中學的學生，她們女中部大門，另外開在一條小路上，這學校男女不同班上課，校長教職員卻是同樣的。此校辦得還算有成績，功課也算城中最好的。北平淪陷後第一年，校長似乎還是愛國，他用他圓滑的外交手段，代學生拒絕了許多次參加偽組織工作，第二年卻大改舊觀了。

當下宛英叫住建國，一同走路。她是個還未滿十一歲的女孩，由她紅潤的雙腮及烏黑發亮的眸子看來，便知她是個又天真又乖覺的姑娘。她的小嘴，血色鮮紅的，常是微微含笑，同學們都很愛她，給她起了個「洋娃娃」的綽號。

「哥哥，為什麼你們今天放學這樣晚啊？我來看了兩遍了。」

「不用提啦，倒楣！」建國板了臉答了一句。

宛英知道哥哥又犯了「心事」，她也明白他不願在街上發表，所以她默默地在想，他是又為了什麼呢？中國人不要臉，沒出息，幫助小鬼，欺負中國人，或是狗腿子小漢奸巴結小鬼，要別人陪著出醜？哥哥的心事，反正離不開這些倒楣事。她想著深深嘆了口氣。

走到家中，建國忽然唱起義勇軍進行曲來，宛英輕輕地溜進了堂屋。

「我的老爺子！怎的竟唱起這樣歌兒來啦？讓狗腿子聽見，可了不得呢！」張媽由廚房跑來止住道。

她是李家中做了二十年的老家人了。媽媽不在家，她常是這一家的全權代表。

「媽媽在家嗎？」建國問，一邊走進堂屋。

「她才出去。你們為什麼這樣晚才散學呢？」張媽也走進堂屋，忽然發現妹妹沒有回，就問建國。

「誰知道。」建國冷冷地答道。

「我說誰欺負了我們的哥兒，臉上這麼樣青？」張媽望著建國說，又道，「你不會是和妹妹打架吧？她到底年歲小……」

「誰跟妹妹打架呢！你們整天蹲在家裡，天塌下來都只當屋頂塌啦，你知道人家在外邊受的什麼氣！」他的聲音愈說愈抖，黃豆大點的眼淚，撲撲地灑下來。

張媽看這樣子倒愣住了，她不迭地說：「好哥兒，受什麼委屈跟我說說，別窩憋在心裡，窩出病來。」

「原來我們校長也一個十足漢奸，他前幾個月還罵別人呢！」建國大聲說。

「他做漢奸讓他做去，犯得著為他生這樣大氣。你想，狗要吃屎，只好讓他吃去，不用管他。」

「我偏不讓狗吃屎。其實校長不配同狗比，狗比漢奸『德性』多了！」

「狗比漢奸『德性』多了！」宛英嬌疾的聲音忽然由椅背後發出來。

「原來妹妹也回來了，我還擔心呢。快出來陪哥哥一塊兒吃點心，今天的絲糕有大棗子，你愛吃的。」

「今天的絲糕有大棗子，你愛吃的！」宛英學著說。

「得了，好姑娘，快出來吃點心吧，我還要找你媽媽去呢！」

「為什麼還得去找媽媽？」建國問。宛英也由椅子下跳出來喊著肚子餓，坐到飯桌前去。

「剛才西院的張老太太特意來告訴我說，她聽了消息這一半天便要查戶口，叫我們預備點，太太不在家，可怎樣預備呢，所以我想還是找她同家好些。」

「哼，又是查戶口，查一次，他們發一次橫財罷了。哼，總有一天，讓他們發一個痛快……」建國狠狠地大聲道。

張媽由廚房端來棗糕，還有一小鍋玉米心粥，擺上桌子又把筷子分開，盛了粥一邊說道：

「我說『好漢不吃眼前虧』，哥兒說話還是低點聲，幾時你們長了翅膀，離開這個地方才說痛快話吧。」她說著笑哈哈地坐在桌旁看他兄妹吃點心，又道：「妹妹你說，你哥哥今天受了誰的氣啦？等會兒我去找太太好順手學給她聽。」

「聽說校長叫了各班班長去訓話。他要全體同學明天都去天安門開慶祝大會。」

「慶祝什麼啊？」

「慶祝那些蝗蟲軍大捷，還要大家做各樣顏色標語，打著各式各樣旗子去開會，好讓那些蝗蟲高興。他怕大家不會巴結，還特別選了些肉麻鬼話，讓大家照抄。又不放心大家肯不肯做，故意叫班長負責去監督大家做。誰也不甘心做這不要臉的事情，所以班長們聯合辭職，校長不但不准，還申斥他們一頓。」宛英原原本本地說道。

「他不但申斥，還拿憲兵什麼的嚇人呢。他說『若讓憲兵知道就不得了，性命都成問題！』其實誰怕他這些話呢，不要臉……」建國恨恨地插道。

「嘿，憲兵，好的，總有一天是餡餅罷咧。王先生說得好，這樣臭肉餅子，他還懶得嘗呢。」宛英說。

張媽微笑道：「有一天他們的肉剁了餡，我倒要嘗一口，解解恨。」

「那麼你就開了葷了，張媽。」宛英笑了。

「可不是嗎，我恨得吃長齋也忘記了。」張媽笑著立起來道，「我該去找太太了。他們說今天也許要到這一條胡同來查戶口呢。方才王胖子巡官特別來通知，說有什麼東西犯忌諱的要掩蔽掩蔽才好。他走得滿頭滿臉都是汗，臉紅得像關老爺，我讓他喝碗茶再走，他說還有好多家沒有去通知，若是一家一家地停腳喝茶，那麼走到後天也走不完。」

「怎麼，他為什麼要挨家通知，我就不明白。」建國說。

「他說都是中國人，哪有不彼此衛護的呢。他是個好人，所以……」

「好人還跟敵人做事？」建國冷笑。

「這不能怪他，他不做事，一家大小指什麼過日子？又沒有出，又沒有地，銀行也沒有存款，他對我說得好，人到這步田地，要英雄也英雄不起啊！」張媽說著一邊嘆氣，邁出門檻走了。

二

兩兄妹吃完點心，擦抹乾淨桌子，就開始寫先生吩咐寫的大小字，建國仍舊板了面，氣還未消，宛英悠然研著墨，她是早忘了方才的不快了，她說道：

「哥哥，我想胖子多半都是好人吧？這個胖子巡官是好人，那回來的特務也是個大胖子，媽媽說他也是好人。我想是他肚子裡的油太多了，說一句話要哼一下透透氣……」

「其實特務就是漢奸，一定是你聽錯了，媽媽會說漢奸是好人嗎？那傢伙的臉倒像一個大皮球，我恨不能提腳踢他一下。」

「特務也是漢奸呀。媽媽為什麼說他是好人呢？」

「漢奸裡有真的假的兩種，假的心向著中國人，那就是好人，好比朱伯伯，他雖然替小鬼做事，背地裡可是常幫中國人的忙，聽說，在他手裡放出去的中國人，總有上千數。」

「對了，上回王先生差點被捕，聽說也是朱伯伯通消息給他逃了的。」

「這事誰告訴你的？你可不要對同學亂講。」建國正色道。

「你們總把我當做小孩，你猜我就不關心國家大事？我已經十一歲，過兩年還不跟你一樣大？前天晚上你們說的話，我都聽見了，你們還當我睡著了。其實我假裝打呼，真可樂，媽媽還說這孩子真乏了，頭一靠枕頭就打呼了。」

「誰知道你這樣壞！」建國現在方才覺到他的妹妹已經不是那個光會撒嬌會哄人的小妹妹了，她漆黑的雙眸已經不再是閃著天真的光，它是兩泓智慧的水池，她說話的嘴角一張一合，薄薄的上下唇，顯出有果斷的神氣，建國忽然覺得這是一個很熟的表情，想了一下，方想到原來還是母親的樣子。當他明白宛英已經不光是他的妹妹而是他的朋友了，他就說道：

「你看我該怎樣好，校長說明天不參加遊行慶祝的學生都要開除。我同徐廉、王志仁已經商量好明天都告病假不去參加，你猜校長把我們怎樣辦呢？開除，我倒不在乎，只怕媽媽難過。」

「你才交了學費，媽媽要心痛那筆學費的。」

「我真不甘心替漢奸裝幌子，徐廉他們都發了誓說開除就開除，沒那麼沒羞沒臊，參加他們屠殺中國人的慶祝會。」

「誰那麼不要臉……」宛英說到這裡，建國忽聽外面有人打門很急，便放下筆跑出去開門。

一會兒他身後邊跟了一個很和氣的中年人，緩緩走進來。他穿了一身半舊的毛藍布褲褂，小褂上罩了一件滿是油泥的青布夾背心，腰裡拴了根半舊青布帶子，在一旁懸了一根短的旱煙袋，一個土花布做的煙荷包。腳上一雙滿是泥土的青布粗鞋，一雙布襪子用腿帶緊緊地紮裹著，看去是個十足的北方鄉下佬兒。

走進堂屋，他把手中小麻布袋放在桌上，說：「鄉下沒有好東西，這點子送給你們嘗嘗。」

宛英愣了一會，此時聽見說話聲音，方才恍然來者就是他們想念的王先生。「看我多糊塗啊，原來是王先生，我還不認得。」她說著便探頭看麻布袋裡的東西，「我們頂愛吃這小白薯，還有大花生呢。哥哥！王先生提著走路，一定很累吧？」

王先生就坐在飯桌前，臉上笑眯眯地看著他們兄妹道：

「這不算什麼分量，再重一些我也常提著走路。提了這個口袋，才像個真的鄉下人，過城門時，檢查得容易一些。光是你們倆看家嗎？媽媽和張媽呢？」

「媽媽一會兒就回來的，張媽已經去找她。」他們倆見王先生來了，喜歡得如月亮落地，他們有許多話要告訴王先生，要同他商量，在學校中王先生是他們最佩服最心愛的教師，又因王先生是他們父親的好友，從小便認識他們，所以更多一層關係。

建國把王先生讓到大籐椅去坐下，宛英倒了茶，兩兄妹分坐左右矮椅上，笑吟吟地看著王先生。宛英問道：

「王先生，現在那邊的游擊隊，誰是首領，也許就是您吧。」

王先生搖搖頭說道：「我們無所謂首領部下，工作是分開大家一齊做。做的事大家不一定要在什麼地方，我們幾個人只憑良心理智去做，做出事來只要對國家有益，對得起自己，就做去，也管不了別的了。我們那邊的人，哪一類的人都有，拖小辮的土老頭兒、裹小腳的老太太、跛子、瞎子、聾子，都有用。還有各式各樣的手藝人、耍刀槍的人、賣草藥的老道，此外，玩傀儡的、變戲法的、唱大鼓書的、演灤州影戲的也有，要哪樣人才有哪樣，所以每回派出去的，都是馬上有成績。」

「怎麼你們沒有小孩子工作呢？」建國問。

「小孩子倒也有兩三個，有兩個很能幹，許多大人做不通的事，他們都做通了。有些知識差點的，可有點麻煩，譬如帶了孩子，可以遮掩敵人耳目，不過有時遇到心細的敵人，檢查時對答不好，立刻要鬧亂子。」

「王先生，您看我們比他們還不算知識差的吧？」建國問。

「你們當然不會比他們知識差。」

「我現在決定要加入你們那邊工作，王先生。」

王先生驚訝地望著建國，看他白白的圓臉，心下未免疑惑他的吃苦能力，他緩緩道：「你真的決定了嗎？我看你還應當好好地同媽媽商量看看。」

「我真的已經決定了好久了，我要逃出這個養成奴才的學校，我想媽媽也會答應我的。」

王先生見建國興奮的目光中閃著英勇決斷的神氣，他相信他的志氣是與行動吻合的，但是那細嫩的胳膊，發育未成的體格，讓他去過餐風飲露的生活，心下十分不忍，他不覺拉了建國的手道：「你年紀到底小一點。」

「王先生，『有志不在年高』，別看我小，我什麼苦都受得。我就受不了那亡國奴教育。我們三個人已經決定不去做明天慶祝大會的傀儡，也不參加遊行，專等校長開除我們。」

「你們三個人是誰？」

「還有徐廉、王志仁。」

王先生微笑點頭。宛英一直用神聽著建國說話。她一向是崇拜哥哥的，此時更加熱心擁護了，她相信他如加入游擊隊，一定是個小英雄，一定會做出不少驚天動地的大事業來。

他們隨後跟王先生談了不少學校中發生的趣事，有許多事在成人們看來也許只會嘆息感慨的，但在少年人眼中卻只看見有趣一面，同少年人談話，心境永遠是愉悅的光明的，王先生常常這樣想。他今天已覺得這種享受，雖然同時他覺得這少年人的努力，不敢再加以鼓勵，例如他們對漢奸的公開諷刺，對日籍教員的侮辱洩恨，如要變本加厲時，他們將受到不幸的處罰，那不幸也許是與性命有關，都說不定。

兩兄妹圍著王先生說了許多話，結果王先生只好應許他們設法；他說：「我一定替你們想想法子，看你們怎麼樣可以在我們隊裡工作，我想小孩子若受過訓練，他們能力一定等於成人，有時也許比成人還可以多做一點事。」

「抗戰時候，人力物力，都不要浪費掉，小孩子可以做的事，也應該叫他們做。」建國說。

王先生驚異地望著建國，他由哪裡讀到這些議論呢。正要問他，宛英也開口問道：

「王先生，抗戰時應當全民族精神總動員，所以我也決定去做點於國家有用的事，您替哥哥想辦法，可別把我忘記呵。我也是國民一份子，不是嗎？」

王先生此時又驚又喜，喜的是他們小小年紀居然都如此關心國家大事，對於抗戰言論，十分注意，驚的卻是怕敵人由此卻注意了他們，他們的日子以後該是危險得多了。

「好，好，我一定給你們想想法子，只是以後你們說話要十分小心，千萬不要為一時痛快，得罪漢奸走狗，救國不是一天半天可以成功的。」

他說完這話，看表已過五點半，怕城門關了不好出城，立起要走，臨走告訴建國，如有事找他，可以到西山千泉莊柳樹屯張老頭家找他，他並要他們轉告媽媽，據他得報告，特務隊科長近來很注意一些往上海去的人，有人看見要查檢的名單中有他們父親的名字、住址，他聽了特來報告，叫他們小心，並囑咐他們把抗戰有關的書信燒掉。

「不要告訴同學我來過你們家。」他出去時叮嚀道。

宛英說：「王先生，放心吧，在學校中我們比你還清楚哪個是敵人呢。」

三

媽媽回家來看見宛英哭得鼻子眼睛都紅了，手裡抱了一大堆書坐在小椅子上。建國愁眉苦臉地在書架前翻書，地上也有幾大堆書。二人見母親回來，委屈得要哭出來。

建國顫聲說：「媽媽，多倒楣，你看……」以後就沒聲音了。

宛英索性跑到媽媽懷裡趴著，嗚嗚地哭。

媽媽也覺得一陣鼻酸，說不出話來，拍著宛英緩緩地道：

「孩子，哭，擋得了什麼？快告訴我家裡有誰來送消息？」她知道一定有人來警告快燒書報，預備檢查。

「方才王先生來了，」建國拿手帕拭了眼說，「他囑咐我們把凡有抗戰關係的書、報、雜誌或是圖書，都快快撿出來燒掉。他說要告訴您，他得了消息說特務科長很注意爹爹去上海，說在什麼名單上已經有了爹爹的名字。我們怕您回來已經來不及檢查書信，所以預先撿出來，您看看地上的書裡有什麼不必燒的書沒有？妹妹總捨不得，她什麼書都是好的。我說多燒些好，國土都保不住，書算什麼呢？她就哭了。」建國看宛英還在抽咽，他嘆了口氣又道：「到底是女孩子，這時候哭算什麼？」

「你不是女人生的，你總看不起女孩子！」宛英憤憤地說。

「乖寶寶，快別哭吧，把我的心也哭亂了。你記住，我們把小鬼打掉了，我一定好好地買一批書賠你。快去擦擦臉，幫我收拾。」

「真的，媽媽，明年你買一批書賠我，不要忘記啊！」宛英破涕為笑，她見建國向她做鬼臉羞她，便一溜煙跑出去了。

天已黑起來，他們已經把書收拾得差不多，燒毀了一大半，恨得兩兄妹只咬牙。建國告訴母親，說他已決定等校長開除他，他也不去參加那蝗蟲的慶祝會，母親默默地聽著，終於應允了兒子的請求。

「慶祝會當然不能讓你們去參加；不過，真的開除了，倒也可惜。學費才交了一個月，學生若被開除是不必退學費的。現在我們家裡一個進款也沒有，用的只是爹爹留下的幾個錢，這有出無入的錢，用完了怎辦呢？我也不能隨便出去做事，我們是不能同狗腿子合作的，做私立學校的，又沒幾個錢。」

這時建國宛英都也十分明白母親的苦衷，他們想不起說什麼好，看見母親鬢角幾莖新出雪白的頭髮，不禁覺得心痛，他們都想起母親常說的話：「頭都白了，這日子真不是人過的！」

正在苦寂，張媽端菜來開飯，她盛過飯照例立在一邊看他們吃飯，一邊陪大家說話，在這時候，可愛的宛英總不忘記端一張籐椅讓她坐下，張媽常說：「姑娘，讓我來，別折死我吧。」

「方才在路上，」張媽坐下說，「遇到翠花胡同的老王姐，她把我拉到一邊告訴說的，查戶口的時候，有時他們並不檢查書信報紙，他們要的是值錢輕便的東西，什麼手表戒指，自來水筆，小件古玩，都是他們喜好的，千萬別露了他們的眼，一露了就沒有了。王姐的東家這一次檢查戶口，平空失落了三兩萬塊錢的東西。她的東家疑心這幾個小鬼不是真憲兵，他說真憲兵至少也裝裝面子，不像這樣貪得無厭的醜樣子，見什麼都拿。可是他們姑老爹告訴他，檢查戶口原是給憲兵大人發財的機會，這事情在所有鬼子去過的地方都一樣，天津、上海、青島都一樣，沒有什麼說的。你說他不是真憲兵，有什麼憑證，真憲兵頭上也沒刻字。」

「不，真憲兵刻了字的。」宛英笑道。

「刻了什麼字啊？」媽媽問。

「瞧，連太太也給你們糊弄住了！她說的是餡餅呢。」張媽笑道，「老王姐告訴我說，那餡餅最小氣，若是你看見他們拿一件東西賞玩不肯放下，最好就便送與他做紀念，做個順水人情，也許還交了朋友。到你有事時，去求他，他就會多少給你維持維持。若是你不捨得給他，從他手中奪回來，這怨仇可散不了，他遲早得整治你一個夠，你受過罪，把那心愛的東西加倍送他，他也忘記不了那第一次的怨氣。聽說他們那一帶的住戶，有不少人家吃了這虧，他們都是規矩本分人家，東西來得不易，自然不輕易捨得亂送人。有的憲兵，他們老實不客氣，見了心愛值錢的東西，便往袋裡塞，也說帶回去檢查，說這東西有嫌疑，這樣堵了你的嘴問都問不得了。前天在楊六爺家，一個鑲紅寶石手表，就這樣子拿了走，還有餑餑房張四太家的金剛鑽戒指，也這樣拿了走。他說那戒指有些異樣，也許是亂黨信號，他要拿回隊裡研究一下，這一研究，好比石沉大海了。據說那戒指是張四爺在世時花了一萬兩買的，全北京城像這樣的戒指，還找不出兩隻呢！」

「簡直是強盜！」母親又說。

「其實比強盜還凶呢！人家強盜拿了你東西走，就和你斷了關係，他們卻還要時常來問你話。特務員、小狗腿，天天來恐嚇你，這個那個的，沒個完，稍微膽子小的人常嚇成神經病。」

過了九點，兩個孩子都困得睜不開眼，媽媽打發他們去睡了。媽媽同張媽都不敢脫衣服睡，床上都放一件大棉襖預備一聽打門聲，披了衣服就急去開門。據說去晚了憲兵迎頭常是孝敬一頓拳腳。

這一夜全家都沒睡好，連宛英都醒了三四次，建國是初次嘗到失眠苦味，他愈想愈氣，恨不得拿刀去殺幾個人，他直熬到四五時，天已近明，方睡著了。

兩兄妹醒來知道張媽已受命去學校代他們告事假，原來媽媽已經起床兩三個鐘頭了。

天空是又灰又黃，到處是土腥氣味。一會兒天色轉黃，刮起大風，滿天塵土，路上三五尺內，同伴都看不見。

這風土一連刮了三日，天氣也轉奇冷，倭寇官憲，一來有點怕冷，二來有點怕天罰（造惡錢賺得太多了），無形中大家休息了幾天。有的挾了妓女去喝酒胡鬧，有的躲在電影院、咖啡店消磨終日，可是城中許多中國人家，仍舊到了深夜也不敢脫衣服上床睡覺，偶然風吹門響，還得由熱烘烘的被窩中爬起來去開門，撲一個空，方恨恨地咽幾口冷風，縮回床上去罵。

媽媽和張媽第一夜都受了傷風，第二天媽媽便發燒很高，躺在床上動不得。好在建國和宛英都告假在家，他們兩人便幫母親拿這個，尋那個，因為醫生出診太貴，母親不肯尋醫生，所以她足足發了一星期的燒。熱度高時，她不免囈語，嚇得兩兄妹偷偷只落淚，他們以為母親病重了，父親處又無法通信，他們知道父親在去自由中國的途中，過了敵人防線曾來過一次平信，一切不敢明說。兩兄妹背了母親，常常一邊商量，一邊流淚，兩人又相約到了母親面前，還得裝出笑面來，以免增加病人痛苦。這種生活，他們都未嘗試過，建國思路本細，他又極愛他的母親，故此常常想出許多方法來教宛英，宛英素來愛重哥哥，不用說是言聽計從的了。北平城是大得很，查了一周戶口，也沒查完一個東城，這一城的中國人，走出來都似患了貧血病，個個臉色青白，眼有黑暈，中國人見面時問訊，大都苦笑，彼此都心照各家被掠奪的苦楚。偶然也有兩三家走運的，沒有失落什麼，事過後，還得去員警段上，送禮拜謝。有人手上捧了禮物，心中吟道：「小鬼難纏。」以後剝削送禮也許要源源不止呢？

四

正在各家各戶戰戰兢兢伺候日本派出的兵士警士借查戶口之名，搜刮各人積存金銀財寶的當兒，一件更可怕的事發生了。

一天新由東京軍部派來的少壯派兩大佐，牧野與山本，騎著駿馬耀武揚威地繞著莊嚴富麗的北平皇城走，不意忽然跑出一個壯年的中國人對準了他們開了幾槍，一個傷重立刻死於馬下，一個受傷未死，由附近中國員警趕來把他送到日本醫院去。

消息到了東京，軍部十分震怒，真是豈有此理，堂堂的兩個現任皇軍大佐竟會被一個中國百姓打死打傷？當日一個嚴厲電報帶著申斥口氣打到華北軍部，說務必大大嚴懲兇手，以儆冥頑，亦可以保全皇軍威名。這一來，可忙壞了北平特務機關，嚇壞了北平傀儡政府，北平市民無端地墮入十八層地獄了。

兇手究竟逃到哪裡，兇手是怎樣子的呢？軍部特派了人每日來請示這受傷未死的大佐，這時大佐發著高度的燒，躺在溫暖柔軟的病床上，時時說著囈語。請示的人，依著他的囈語，回報軍部長官，於是下令逮捕著各式各樣的人犯，每日被捕者有兩三千人，統統關起來，直到各處監牢都人滿為患，長官方才鬆了口，說捉了新的便放舊的吧。這句話一出，皇軍個個面有喜色，因有敲詐搜錢機會，而北平城中便顯著鬼哭神愁殺氣騰騰的氣象，街上到處是帶刀槍的日本兵士，路上行人稀少，偶然走過一隊人，大多是長繩縛著手腳的中國嫌疑犯，或是窮苦不怕死的年老婦女。

因為有的小孩在街上對皇軍的禮貌不周，常被帶去監禁受罰，許多父母都不讓兒女上學校去了。

建國同宛英一直告假在家，母親守著他們讀書寫字，張媽常從街上帶回各樣新聞，雖是可怕的居多，但也解悶，好在張媽嘴裡帶回的消息，在小主人耳中多少是興趣多於苦惱的。

「真是什麼新鮮事都有！唉！」張媽這天回來把菜籃放下笑呵呵說，兩個孩子這兩日照例守著她打聽街上情形，「今天街上專逮鑲金牙的和臉上有大麻子的。」

「啊呀，你不是很危險了嗎？」宛英問。

「女的不要，聽說昨天一天逮了一兩千鑲金牙的，還嫌不夠數，今天還要逮。抓麻子倒是今天下的命令。」

「為什麼要逮鑲金牙的，是不是他們要那金牙有用處？」宛英問。

「不是，要臉上麻子有什麼用呢？」建國問。

「聽說都是受了傷躺在醫院裡那個『日本』下的命令。他一會兒一個樣兒，昨天一天依了他的話，逮的人可多啦。除了鑲金牙以外，還逮了穿黑衣服騎自行車的，眼睛深的，方臉盤的大漢，監牢都關不下了，北京大學司令部那邊院子裡都塞了兩千多人。噢，樣子真慘，到處聽到哭聲，到處遇到哭紅了眼的老娘們小媳婦，誰不怕，死罪活罪，都沒有準兒！」

「這是亡國奴受的罪！」建國握緊拳頭狠狠地說，「看吧！」

宛英不覺流了淚卻又不捨得不聽，她問道：

「怎樣死罪活罪都沒準呢？他們會都槍斃這些人嗎？」

「聽說『日本』說了，找不著兇手，把這些人都斃了償命，反正是中國人，斃幾千幾萬算什麼，那年他們進南京，一夜常常殺十幾萬。頂可憐是那幾個住皇城根閣子裡的巡官，昨天統統傳了去問口供，打得身上沒有一塊整肉了，這些『日本』真損啊！把他們打到昏過去，就給他們藥聞！醒過來，他們又在傷口上撒大鹽，醃得他們痛死過去，聽說五個巡官已經打死了兩個，一個姓張的，還是北大街老興隆的大舅爺，他年紀原也大一點！五十四了，還會死於非命，老興隆老闆娘哭病了，她娘家只有這個骨肉！」

「那個受傷的『日本』不是被附近閣子裡的員警救起來送到醫院的嗎？為什麼還挨打呢？」媽媽在隔壁聽見不平插嘴問道。

「可不是嗎！他們『日本』有什麼良心！據說老興隆的大舅爺還是頭一個跑

去扶起那傢伙的。方才王巡官在胡同口遇見我，他說得對呀，這年月天變地變，人心大變，善人遭雷劈，惡人坐明堂，若是老興隆大舅爺不救起那傢伙，自己哪至於送了命。」張媽嘆息說著一邊揀出菜來，宛英忽然走近摸著她頸上一條紅頭繩笑道：

「我的張奶奶，這是什麼？上街戴著多漂亮啊。」

「這是我的命根子，好姑娘，你可別弄掉我的。這幾天沒有它，就得逮去坐牢或槍斃。」張媽真是很寶貴的樣子護著心口上掛的一塊紙牌，她又笑道，「今天我沒意地連帶罵了那些懂中國話的『日本』。他們到處檢查，我一邊掏出來一邊說：『有牌子，有牌子的，狗上街得掛牌子，人上街也得掛牌子。』那檢查兵反倒笑了。」

她一邊擇菜，一邊順口描繪方才在街上的所見所聞，忽然她像想起什麼，叫道：「太太，您說這『日本』多損啊，方才在四牌樓看見他們捉走一大串鄉下進來的人，男的女的都有，一串就有五六十人，聽說都是因為沒有帶住居證，又沒有城外鋪保的單子，這樣來路不明，一定是危險分子，都關到司令部餓死他們算啦，說他們不配吃槍子哩。聽說以後還要逮呢，王巡官說鄉下的親戚此時千萬莫進城，頂好捎一口信去，信是要拆開檢查的。」

正在說話，忽然大門嘭嘭地大響，嚇得張媽直伸舌頭，建國趕快跑去開門，一看原來是附近警士老張爺，現已是近六十了，張媽的本家，瘦得像個乾黃瓜的臉上卻灑滿了汗點，張媽聽見聲音連忙迎出去問道：「您快坐下歇會兒吧，瞧您累得一頭大汗，三九天了，還會這樣兒。」

「顧不得累不累了，救人要緊，方才聽了我的把兄弟王志三報告說，『日本』說這條大街上有危險分子，今天夜裡要挨家細查……」

「晚上什麼時候！我們睡著了他們可別來啊！」宛英趕緊問。

「他們哪兒肯告訴你什麼時候，有些人家，他認為可疑的常是半夜從牆上跳進來，昨晚查取燈兒胡同就那樣查的。唉！聽說嚇死一個老太太，她以為真刀明火來打劫呢，一個三四歲的姑娘也嚇得抽了風，今天一口氣回不來了……唉！謝謝您的茶，這一清早我肚子裡就沒有一滴茶水。好，我就坐一坐，謝謝姑娘搬座兒。」這時宛英搬了張方凳給他坐，建國遞給他一杯茶。老張爺坐下舒坦地喝著茶又道，「他們這樣天天逮人，真損啊！人家『日本』幹這缺德事也罷了，偏有咱們一些沒出息弟兄幫著幹，我看不過就說人得要往長遠處看，咱們得想想咱們的祖宗三代，咱們的孩子孫子，別只顧目前熱鬧，人家鬧得不好，提腳便回老家，咱們呢？往哪兒走啊！幾個年輕的小子還朝我冷笑，我心說我活這麼大年紀，還值得同他們愣小子撒謊嗎，若不是王隊長那天在旁只說公道話恭維我，我一定罵他們一頓出口氣，人總得不忘本，他們倒一心一意不忘他的『日本』，忠心哪家子？你瞧我該生氣不該生氣？」老張爺兩杯香片茶落了肚之後，疲勞稍為忘掉了，他立起來說：「老本家，你瞧我今天真行吧！我不信神，不信佛，也不給耶穌傳道，可是我的心擺得正，想得通，該救人我就累死了也是甘心的，今天一早晨，我走了七八十家，叫大家防備防備，免得臨時吃虧，反正人家『日本』殺多少中國人也不心疼，他也不怕人少了地方荒涼，人愈少，他們進來愈容易。」他說著便往外走，「哥兒，你有工夫把東西查驗查驗，掩蔽一下好。聽說他們『日本』兵頂喜歡中國小姑娘，若有什麼話說僵了化不開，讓姑娘出臺說幾句圓和圓和。啊！一句頂要緊的話差點兒忘記告訴，」他停了一步小聲同張媽說，「若是查問你們先生上哪裡去，頂好說回老家去收租。不要說去上海或是什麼大地方。」

老張爺說完慢慢遛出門去，他的到來又帶來女主人不少心焦與煩惱，好在兩個孩子把什麼醜惡事都加上有趣色彩，這使母親振起精神來重新收拾家中一切。

本來有些信件以為可以避免撕毀的，此時為慎重起見，都銷滅了。

晚上這一家人都睡不安枕，連宛英也醒了多少次，到了天亮，大家正要重新補睡，忽聽見前門打門聲很急。

張媽跑去開門，原來是附近員警來報告一會兒檢查兵警就來，他是好意先來報信的。

「嚇死我了，原來這是好意來報信的。過年時又得多送幾斤肉去給他們吧！」張媽進屋後小聲說。

一刻鐘後果然兩個日本憲兵領著十來個中國員警進來了。據說門口還有二十名中國員警看守，形勢看來似乎很嚴重，此時大家叫出院外站立，員警團團圍住，日本兵就入屋搜查，戶口警瞧戶口單點了名，照例問了幾句話，他滿臉不得已抱歉神氣，連宛英都看得出他的可憐地位。進屋的兩個日本兵東翻翻西掀掀，知意的北平警士就只立在門外等候，一會兒日本兵出來了，他們拍拍建國肩頭問是幾歲，又摸摸宛英的頭髮說「好看好看娃娃」，老張爺就樂意叫張媽倒茶拿香煙，讓他們歇一歇再走。

老張爺把他們兩位請到堂屋，由戶籍警官長相陪吃茶煙。那個日本兵一直拉著宛英的手不放，他用他僅有的中國話說：

「我的孩子一樣的，一樣的。」

「你是說在貴國你的女孩子，像她一樣吧？」張媽笑問。

「一樣好看，一樣好看，對的，對的！」憲兵說完哈哈大笑，目不轉睛地看著宛英。

「您一定很想您的小姐，您幾時可以看見她呢？」那個戶籍警諂笑地問。

「啊！」憲兵很是傷感似的噓一口氣，拍拍心口說，「天天想，第一個，我的小姐，第二個，我的太太。」他說完大笑，隨後在他衣袋中掏出一個藍寶石的小手表塞在宛英的手中，笑說：「一點兒禮物，一點兒禮物，你要！我給你。」

宛英望望張媽。她代推道：「太貴重，太花錢了。她不好收。」那憲兵不許她送回，張媽說：「姑兒就收了吧，謝謝人家好意。」

「這兒有我的名字『廣田弘一』，我的中國朋友送給我過新年的，我送給你，你同我的小姐一樣兒。」他笑眯眯地掏出自來水筆寫他的地名住所交與宛英，又說：「你來找我玩，我有很多很多好玩的畫書給你看，你喜歡？」

那一個憲兵一直笑著望著他的同伴，此時他立起來笑說了幾句話，那一個哈哈大笑方立起來，同往外走，宛英被拉著手不放，只好亦送出門，臨走時，廣田拍著宛英的肩頭說：「你很好，今天起我的小姐一樣，來找我玩，教我說北京話，好不好？」

宛英只好點頭笑笑。這一場噩夢竟平淡地一陣風似的吹過了。

不知是因為他們這一家掩藏東西仔細，或是這兩個憲兵對他們格外要好，他們檢查後發現一點東西也沒有遺失，建國的自來水筆，宛英的一雙白玉兔兒均好好地陳列著，附近相識人家沒有一家不失落東西的，主要的都是金珠寶石，古玩字畫，件頭不大的能裝入軍衣袋內，便隨手入袋，若遇大件東西，喜歡就說帶去看看，不久送回，檢查戶口後失落什麼東西，聰明點的人，大致不往外說，因為說了不但要不回來，那毀壞皇軍名譽的罪名，可擔不起呢！

五

因為爸爸走到河南後，過了四十天，還沒有來過一封信，媽媽憂慮他是在防線上被捕，沒能到四川去。她日夕心焦，又加上查戶口的事，連夜失眠，白日飲食變味，這幾日竟只是懨懨的，躺下了。建國兄妹要求媽媽許他們繼續告假，在家伺候，他們實在也不想上這亡國奴教育的學校了。

建國因為沒有聽校長吩咐參加慶祝皇軍大捷的遊行，很怕校長要開除他，這兩天街上稍為平靜些，他卻擔心校長會送開除通知單來，每聽打門聲，他心裡便撲通撲通地亂跳，他叫宛英去開門，宛英不好不去，但是她心裡卻怕校長會親自來查問他們為何告假。媽媽明白他們倆的心事，索性讓他們在家多休息幾天再說。這一天午後宛英怯怯走去開門，門開後卻很高興地喊道：

「哥哥快出來，猜猜是誰來了？」

建國隔簾認得是他的好友徐廉、王志仁，他慌忙迎出來。

徐廉比建國大一歲，是個說得做得，心裡亦有主意的人，個子看來已與成人一樣，但他紅黑的臉上笑起來圓圓的雙頰及充滿天真和淘氣的眸子，卻還顯得是方過兒童時代的少年。他的父母原籍是奉天，九一八事變時，他的母親被日軍侮辱，自殺死了！他的父親就去參加了游擊隊，他的祖母帶了衣服細軟同他逃來北平避難。他在童年便深深覺到日本的壓迫與強暴，在燈下他祖母常揮淚訴說這悲慘的往事。他五六歲時就立志要報仇，祖母卻時時勸他等長大成人再提這些話。

王志仁比建國小半歲，盧溝橋戰事發生前，他父親在北京大學教書，他的叔父、伯父在南京做事，南京陷落後，被敵人由美國教士辦的難民收容所中提出來硬指為中國留下搗亂地方的壯丁，同另外幾千個年壯力強的男子縛在一堆，用煤油燒著火，活活燒死了。這慘事由他逃回北平的伯母哭訴的，他父親聽完後，好幾天不說話，有一晚默默地走了。媽媽在抽屜中找出他的留言，說爬山到西北參加軍事工作，懇求母親撫養兒女成人。母親哭得眼紅紅的，到處尋找也無下落，半年後忽接他由鄂北戰場來信，他說還是在努力他要做的工作，他身體很好，不必掛念。此後便無音信了。母親這兩年常是以淚洗面，家中積儲本沒有多少，過了一年，便須賣東西維持生活了。王志仁還有一個五歲的妹妹，三歲的弟弟，為了他天質純厚，他像個大姐姐那樣侍候弟妹，好使母親看著歡喜。他是個重感情、重義氣的人，他的皮色又紅又白，配上漆黑的大眼珠，鮮紅的小嘴，原是一個很美的孩子，在學校很多同學喜歡他，不過他交朋友，倒是不濫的。

當下建國把兩個好友拉到自己臥室中坐下，徐廉笑說：

「你好多天不去學校，我們都當你爬西山到四川上學去了。你到底怎麼回事，一直告著假？」

「先是媽媽說既不想去，就告假吧，接著又檢查戶口，她老人家怕在街上惹事，就不讓我們上學。你到底去參加慶祝蝗蟲大會沒有？校長有沒有問我？」

「當然去了，校長也沒有問起你。」徐廉得意地笑答。

「為什麼當然去，徐廉，不見你三個星期，你別是受了什麼津貼了吧？」建國說到這裡滿面通紅，他心下有點悲傷，怕有意外的事發生了。

徐廉望著王志仁笑道：「我們兩個已經做了小狗腿，每人一個月拿一百元薪水，現在來調查你來的。你有什麼怕檢查的東西趁早拿出來，有什麼現款、金銀寶物也趁早獻出來，省得我們……」話沒有說完，王志仁把他嘴捂住，正色說：「別說著玩了，馬路上常有真的小狗腿活動，他們若闖進來要分贓，看你怎樣辦？」

徐廉哈哈笑了，他轉身躺到床上，拍著腿說：「我徐廉，哼！手槍指在胸口也不會加入狗腿團體的。李建國，告訴你那天的笑話，校長不是讓我領著我們班的同學到天安門嗎，我應了，特意帶著那幫淘氣的先跑出去，大街小巷地胡竄，一直竄到後門去，在大街上大家敞開地吃花生、栗子、乳酪磨時間。磨到下午兩三點，排隊回校，校長第二天特意到班上問昨天為何不去天安門參加慶祝會，我們全體說找不到地安門，校長氣呼呼地說，誰說地安門，會場原是在天安門啊。我站起來答，天安門地安門聽來都差不多的，難怪我們找錯了。校長沒法同我們胡纏，一個大胖臉，氣得像一副紅豬肝，鼻子、眼，都改了樣兒，那哭笑不得的神氣，一定同愛彌兒捕盜記的強盜被大隊小孩子追趕時差不多。」

建國聽到這裡不覺笑得直不起腰。宛英聽見笑聲，進房來參加他們的談話。笑過了，她問徐廉道：

「你猜校長會不會開除哥哥？」

「他不會，我看餡餅（憲兵變音）不來追問他，他也就馬馬虎虎算了。看校長也賤得可憐，見了一個『日本』不知怎樣好了，只會鞠躬滿嘴說『柔羅洗』①，『柔羅洗』的，我想『日本』若說『你爸爸是豬，你媽媽是狗』，他一定也鞠躬答說『柔羅洗』的。」

「哈！哈哈！真損！」

「你們知道上次初一逼走的那個女『日本』是什麼樣人？」王志仁問。

「東京小料理店的女招待！瞧那個賤眼神兒，看就明白，她那男的一來，我就瞧穿他們『什麼人什麼馬，猴子騎狗』罷咧。」

「她臉上的粉比白麵還要厚，那頭上塗的什麼怪油，熏得我同貽芳差點吐了。貽芳說他哥哥留過東洋，在東京這號女招待他們管她叫野雞。」

「教初三的男『日本』聽說原來是醬油店的小徒弟，你瞧他穿上那一身西服，全身不襯，上課的時候，他東抓抓，西扯扯，一會兒拉拉領帶，一會兒提提褲子。」徐廉邊說邊學，樣子十分酷肖，惹得大家笑起來，他卻一本正經地形容下去，「那天我實在看不過了！我就利用新學的日文問他身上有什麼東西，他愣了一下，臉皮真厚，他一點不生氣，反誇我說的日本話音很對，招得全班都笑了。」

「哼，校長見了這小夥計，鞠九十度的躬！」王志仁說。

「他鞠不到九十度，這小夥計會到『餡餅』那裡告他，他就不得了。聽說天津匯文中學先那會子逮去八個學生，關了三個月，就是因為日文教員告了他的學生！」徐廉說。

「為什麼要告學生？」

「他說學生藐視帝國人，他把一張名單交了『餡餅』，他們就開一輛大卡車來裝學生走。湊巧學生下課後分散各處玩去，只剩幾個不愛玩的，一股腦都逮走了。這一來可把幾個家長急死了，一個個出來求神拜佛，當當、賣賣東西，末後錢花夠了，罪也受夠了，餡餅老爺說他們不過嚇一嚇這群孩子，他們以後對日文教員多點禮貌就行了，這樣輕輕一說，便都釋放了，可憐八個人裡，已有兩個嚇成神經病。一個祖父嚇死了，一個母親急死了，他們放出來的人，每人頭上一窩蝨子，身上長了疥子，簡直不像人了。」

「這簡直是綁票！」建國嘆口氣道，「我說徐廉，像我們這樣不肯做亡國奴的人早晚得受罪，我已經決意加入王先生那邊！」

宛英「噓」一聲，她輕輕走出門外，手向哥哥直揮，一會兒回身來說道，「這樣的話，你要說就說，也不看看外邊有沒有人。古話說『隔牆有耳』，你可不能這樣大意，哥哥！」她正色地說。

說得建國只點頭，又說道：「她這樣小心謹慎是對的。我說宛英，請你去看看媽媽要什麼不要，聽見有人打門，你去開吧。」

宛英遵命出去，徐廉從床上坐起來說：

「我打去年起，天天想走，就是不能加入游擊隊。到四川念書去也強多啦。聽說中國政府待學生很好，連中學生都有貸金。我們只要一條身跑過去就成了。」

王志仁說：「你們可別偷偷走，撇下我！你們走了，我孤鬼似的，一個人更苦了。我也是要走好多回了，就是每次同媽媽提，她就哭幾天，上次她還哭病了……」他說著喉嚨哽咽，不能說下去。徐廉說：「得了，小弟弟，人沒走成，就鼻涕眼淚的說不出話了。我看你暫時且不必走，你的媽媽實在也不能離開你，等我們去到那邊看看什麼情形，再寫信通知你來吧。」

「真正急死人，我正想找王先生去，偏偏城門又關了，徐廉你說怎麼辦？」建國說。

「反正遲早我們得去找他，就是到四川也得找他問路，這種亡國教育我是夠了，再熬下去，連自己都覺得沒有骨頭了。」

「哥哥，你別忘了同王先生說到我，我也要加入的。」宛英忽然走進來說。

「人家也許不收女學生，女學生整天嘰嘰呱呱地講話，做起事來又沒力氣。」建國說。

「你們就是瞧不起女學生，我知道。人家程頌芳、蔣芬的姑姑還不是爬西山到重慶去了，她們沒有力氣？」

「我是說普通女學生，誰瞧不起你們？我是說女學生就麻煩，遇到敵人來追，跑都跑不快，還不能撇下女的跑。」

「得啦，愈說愈顯得女學生不濟啦。哥哥，你瞧著總有一天！」

「我看妹妹也不必太認真，哥哥說話也不該不客氣。當然女學生亦不能一概而論。」徐廉見宛英臉都氣紅了，他分解說。

「男學生就個個有氣力做事？個個說話負責任？哼，我也瞧透了他們，大多數都會『油其頭，粉其面』，嘴裡哼哼著毛毛雨，妹妹我愛你！或是何日君再來的亡國調子，他們看報只會看後面的打油詩！他們懂什麼國家大事嗎？他們下了課，就會追女學生去，那隊騎自行車的男學生，簡直是小土匪，天天不惹哭了一個女學生，他們不甘心！簡直是小漢奸，說土匪還是抬舉他們啦。」宛英一口氣罵下去，聲音都顫抖了。

「你何必這樣生氣，我沒有說你呀！」建國覺得後悔了，他是頂喜歡妹妹的，又說，「你要做書夾子，我替你做好不好？」

正在講話，忽然張媽上街回來了，走入堂屋，她小聲地告訴宛英說她今天看見街上又拉了好幾百鄉下人用長繩牽著在街上走，這些鄉下人個個都是結結實實的年紀輕輕的，連過四十的都沒有，據老興隆老闆說，昨天逮了一批，已經送到天津去了，說是送到關外挖戰壕，他們『日本』不放心本地人做活，怕他們傳了消息出去。可是外頭抓去做工的人，他們也一樣不放心，做完了活兒，常常把他們活埋了滅口。他說這是前幾天一個工人逃回北京時對人說的。

建國與徐廉、王志仁隔簾都聽見了，他們很生氣，忽然建國立起來說：「我看我們得出城告訴王先生再別進城來，不然他一定也會給逮了去，我想明天去，徐廉你去不去？」

六

次日恰好是星期天，建國得了母親允許同徐廉到員警署找到了相熟的員警寫了單子證明出城當日回的字樣，兩人便騎了自行車直出西直門。

西直門的員警若有日本兵在那裡，他們便裝模作樣作威作福地查問，但是「日本」一走了，他們便笑說：「走吧，查什麼！」

徐廉他們把證明單交過去檢查，一個日本兵過來問：「出城什麼事？」徐廉笑答：「自行車競走！」他便揮手叫放行，日本兵給北平人唯一的好印象就是不虐待孩子，他們對兒童大致是體憫憐愛的。這是他們的好習慣還未被兇殘的獸性所掩沒。

他們倆高高興興走出西直門，這時雖是初春，但蔚藍的天空，一望無際，天邊的西山，披著金紫的晨裝，高高羅列踞坐，地上一片平原，疏疏的點綴著幾堆大樹，幾處田家，高粱稈子的籬笆裡時時有碧綠的一畦春韭，柴門外有紅衣小娃娃、黃的牛、黑的狗來往著。再過去有蒼蒼古柏樹林，下有殷紅圍牆繞著，牆裡有很齊整莊嚴的寺院，有大殿，有經樓，淡淡的，遠遠的叢林中還露著一個頂上長滿了小樹，類乎雷峰塔的古塔。

田邊一道小溪，照著溫暖的陽光，薄冰破了，溪水涓涓地流著，道旁柳樹枝上小麻雀三三五五飛來飛去，建國騎在車背上被太陽晒得很溫暖，頭腦被春風吹著，覺得爽快極了。

他們兩人不期然都在低低唱著歌曲，以欣賞風物好久沒有講話。

「這樣好風景，可惜王志仁沒有來！」徐廉說，「那孩子很有藝術天才，他隨手畫點什麼都十分美，他長大也許是個大藝術家，王先生說過他。」

「我想會畫畫的去那邊也很有用，可以畫宣傳畫！」

徐廉趕緊止住說：「建國，你怎的記性這樣壞啊！你的妹妹昨天說什麼來的？」

建國忽然想到就是城外的路上常有特務隊派出的小狗腿，專門聽人家私話。王先生曾告訴他西郊拉洋車的也有些領了特務科的費用，偵察郊外百姓的動作及一切不利於日軍的言語宣傳等。燕京大學附近，就有不少這樣的車夫，他們嘴裡儘管數說日本許多壞話，以便接收你相同的意見，他可以據之去報告特務多領津貼，有兩個拉洋車的把車擺在燕京校門外，一天盡可不拉座，但是他們每天總有錢到海澱街上喝幾兩蓮花白，叫兩三味下酒的菜，每飯必吃白麵烙的餅或餃子。想到這裡建國問道：

「你也聽說過城外有些不要臉的拉車的給人做狗腿子的事吧？王先生說過不少。」

「早就聽說了。我真不明白一個人好好的有手有腳什麼地方不掙碗飯吃，為什麼甘心做狗腿子。」徐廉說。

這時候前面來了兩部洋車，拉著座兒衝過來，拉車的是個老頭兒，見了徐廉他們，忽然停了步，氣喘喘地問道：「先生您打城裡來吧？您過城門口有沒有打針的人？」

「沒有，還沒有到春天打什麼針呢！」徐廉答。

「先生，不是我太過保重身體，我這副老骨頭可禁不起打針了，」拉車的一邊叨嘮道，「您瞧老天爺就愛跟窮人過不去，人愈窮，靠著吃飯的人口愈多！我害不得病，一躺下來，一家九口都得餓死。今年夏天，前辛莊的王老三到城門吃了一針，當時便瞪了眼，吐白沫，沒等抬到家就完了。很完全的一個人，死得多冤，他為人別提多麼忠厚，修橋補路修好行善向來沒有缺過他的大名，到了倒死在街上，沒有一個親人在跟前就伸腿走了——咳！那城門口就是枉死城，光我聽見說的人，少說也有三四十，死在那地方！——」他自言自語地拖著他的話走。徐廉騎車走著說道：「你猜為什麼打針會打死人呢？」

「據說把空氣打進血管裡就要死。有人說打了毒藥進去，我想倒不至於。聽說那些打針的都是隨便找來的，他們根本就不是醫生，別瞧他們穿著雪白的西裝那麼神氣，張先生說有一個就是哈大門洋貨店的小夥計，他在旁邊住了七八年了，天天看見的，燒了灰也認得。」「噢，糟了！」徐廉忽然想起說：「我們忘了告訴那個拉車的過城門要檢查住居證，他若沒帶，千萬不要進城去，我趕回幾步告訴他，這老頭兒怪可憐的。」他說著轉身騎車飛走。

不一會兒便趕上拉車老頭，徐廉高聲說道：「喂，拉車的，我忘了告訴你這些日子進城門查得很嚴，誰都得有住居證，沒有便給帶到司令部。」

「我的老天爺，恰巧我沒帶這傢伙，謝謝您提醒我，您真積德啦，先生！保佑您在學堂連升三級吧。」他說著話就把車把放下，向車上人說道：「先生，我不能拉您進城去了，我沒有住居證，不能進城去。」

「什麼，你不拉嗎？」車上穿西裝的中年人大聲喝起來，由他鼻下一尖撮的小鬍子及那不自然的北京腔，徐廉知道這是一個日本商人，他知道洋車夫常受這類人的欺侮，為了可憐這老頭兒，他駐了車望著他們。

「不是不肯拉，先生，因為我沒有帶住居證不能進城去。」

「什麼！不能進城去？」日本腔又喝了。

「先生，我住居證沒有，不能進城去，明白！」老頭兒急得變了日本腔說，他滿臉不得已的苦笑，一邊點頭說「先生，心蕉心蕉②，我不能拉了。」

「我不明白，我要到北京蔥（城）兒，我要到北京蔥兒！走，快快兒地走！」日本腔似乎不管一切地咆哮著，把手杖敲打車板，一片聲響。

拉車的仍賠笑央求：「先生，你明白不明白？我住居證沒有，我不能進城，我若是去了，日本兵要逮我去司令部，明白不明白？」

「你說日本兵不好？你支那八嘎耶路！我一定要去北京蔥兒，快快地走！」車上人恨恨地說。

老頭兒臉上現出啼笑不得的苦相，一邊自言自語：「你叫我怎辦，說什麼他也不明白，愈說愈擰啦。反正我不去冒那個險，拉到司令部關起來，誰養我那一家大小。拉不拉在我，不拉一半天也餓不死不是？」

「快快地走，走！」車上人像喝牲口一樣的怪聲喝叫，一邊用皮鞋踢車夫的背脊，又吼道，「我叫日本兵來！」

老頭兒愣了一下，但是仍然帶笑苦求：「先生，你看我家裡有八九口人等我掙錢吃飯，我若進城出了事……」

徐廉再也忍受不住，一邊止住拉車的別說廢話，一邊面向日本腔的人說日語道（幸虧他念了三年日語）：

「他說他沒有住居證明書，不能進城去，你聽明白了嗎？」

「原來是這樣。不過也不能相信他的話，支那苦力常是騙人欺人的，可厭啊！」日本腔露出傲慢與鄙夷味兒，那種鬼樣兒，徐廉恨不得一拳捶斃他。

「拉車的，你不拉北京蔥兒，」他改了口氣大聲問，「車錢兒，沒有，車錢兒，沒有。聽見不聽見？」說到錢字那日本商人臉上立刻露出笑意，那卻是使人噁心的笑。

「先生，你的手高抬些，別不給車錢。您可憐可憐我這樣大年紀，拉了您好多路，多少給一點。我家裡有八九口人要吃飯，您扣我一半兒錢給一半兒錢好不好？」

「不到北京蔥兒去，錢，沒有給，沒有給。呃！」那吝嗇鬼挾著獰笑在喊。

老頭兒還在苦苦央求，他只做聽不見，那無賴樣子，徐廉恨不得狠狠地捶他幾拳。他忽然又提起那鯰魚式的大皮鞋狠狠地踢那老頭兒的背脊，老頭兒不敢反抗，忽然一陣大踢，力重了，老頭兒彎腰捧面咳嗽起來，脖子通紅，青筋高高凸出來。徐廉再看不下了。他把自行車倚在一株樹身，向前一把便將日本商人扯著，大聲喝道：

「你再敢踢這老年人，我打死你，下車！」

車上人愣了一下，只好順著徐廉一扯溜下車來。

「走你的，老頭兒，給你兩塊錢，別廢話了，快去。」徐廉掏出兩元遞與拉車的，看看拉車的蹣跚走了，他便跳上自行車。那個日本商人呆呆望了他一下，忽然由衣袋中掏出皮夾，摸出兩元紙幣，說著日本話道：「還你兩元錢，我不過責罰那個支那苦力，因為他們不講信用，常常騙人。你一定明白我這行動，我們日本人高尚的……」

徐廉頭也不回，騎著車飛走原路去。

七

他們經過玉泉山，一路問路，才找到柳樹村，這時日影圓圓的。已到午刻。柳樹村原來是一個百十來戶的村子，村邊圍以雜樹，卻似乎沒有一棵是柳樹。河邊有幾株老樹幹，枝子被砍光了，沒有葉子，也看不出是什麼樹。建國這時覺得心下撲撲直跳，很像考試榜出時知道自己是第幾名卻不好意思看一樣。他紅了臉望了一下徐廉，見他鎮靜自然態度，不免自己覺得態度太幼稚了。

他們下了自行車，扶著車走向村子的坡上去。路上忽然跑出幾條大黃狗，迎人狂吠。他們放慢腳步，等村中的人出來。

「找誰啊？」一個八九歲的村童由樹林跑出來問道。

「來找張爺爺的，我們是王先生叫來的。」徐廉含笑答道。

「那麼您跟我來吧。」村童立刻面生笑容地讓道。

他們走入一條乾淨的沙土路，不一會兒，便走入另一個雜樹林子，地上落葉被人踩著沙沙作響，一時便聽見狗吠聲，連續不斷。吠聲停了，雞又打鳴報午，一陣燃燒高粱稈及豆藤的香夾著烙餅氣味，由前面的黃土茅屋吹出，建國、徐廉忽然都覺得餓起來了。

到了前面茅屋，村童止住道：「你們在這兒等等，我去看看他老人家在不在家。」

他進去了一會兒，一個瘦瘦的、眼神很亮的老人拿著旱煙袋踱出來，帶笑望了他們一下，走向前讓道：「請進去歇歇，您兩位找我吧？我姓張。您兩位貴姓？」

他們坐下報了姓名來歷，老人更顯得和藹可親了，他的小細眼顯得更亮，聲音愈加柔和了，他連說：「說來都不是外人，王先生從小就跟我念書、認字。他，人聰明，有志氣，我早就看出與普通孩子不同。他真是個能人。他是個粗中有細、能文能武的人，不容易！他很記掛你們，天天念叨，若不，我怎能一提姓名便曉得？哦，我說開閒話，忘了你們也該餓了，你們就在這裡吃飯吧。」他說著起身出去。

不一會兒，一個老婆婆端出一大碟黃色的烙餅、一碟生蔥、一碟醬、一碟鹽水蘿蔔、一瓦鍋粥，統統擺在方桌上，張老頭張羅著擺碗筷，他也坐下陪吃。

也許他們兩人走得餓了，也許鄉村飯食特有風味，他們吃得口口香，每人吃了四五張粗麵餅，三碗玉米粥，方才放下筷子。

張老頭很詳細地詢問他們兩人家庭光景，以及學校近況，他們如實說了，講到他們拒絕遊行慶祝的事，老頭連稱好孩子，好孩子！他又說：

「現在城裡許多讀書人都跟街上死狗差不多，又臭又沒志氣，癱在那裡等人家剝皮罷咧。他們完了，幸虧你們這些小夥子有骨頭，站得起來，中國亡不了，他們這群強盜不看長呵！」

今天張老頭也特別高興，一會兒，老婆婆又送來一大瓦壺茶，給他倆各倒一大碗，他自己也端了一碗，安詳地品著。

「這茶葉好得很啊！」建國稱讚著，「是本地出的茶葉嗎？」

「你們喜歡喝嗎？這是很便宜的東西，就是柳葉做的，春天柳樹發芽摘下來烘乾就成，這邊游擊隊就吃這茶，同龍井差不多味道，我看。」

他們正感嘆這簡樸生活的可愛，這時那個村童跑進來輕輕地對張老頭說了幾句話，他答道：「他們既是兩三個人就歡迎他們進村子來，引他們來見我，喊小妞子和她的奶奶來，你和小三兒到楊灣接他們去，別露出慌慌張張的樣子，他們再來幾個也不必怕。」村童唯唯地走了，老頭對徐廉、建國道：「你們就裝作我城裡來的親戚，不要慌，就稱呼我作舅舅吧。看你們力氣都不小，若是有什麼意外，他們要是無理取鬧，我們就幹了他們。你們先到後面遛遛去。若想看看我們怎樣對待這群餓鬼，就躲在後面園子裡也可以。」

張老頭把破風帽拿出戴著，踞坐在火炕上吸著旱煙，小妞兒的奶奶坐在一邊紡棉線，小妞兒搓線。徐廉、建國到後面去了。

一刻鐘後，皮鞋革革聲走入院子來，小三兒大聲喊：「爺爺，有洋先生來了。」

張老頭一邊咳嗽吐痰，扶著拐杖踱了出來。一見是三個穿青黃色嗶嘰制服的日本人，便滿面堆笑，連連點頭作揖地讓道：

「洋先生走累了吧？請進來喝茶歇一歇腳。」

三個日本人很傲慢地輕輕點點頭算是打招呼，一個年輕的似乎因為會說中國話，開口向張老頭道：「你老人家是鬼姓（貴姓的音誤）？」

「哦，姓張，是鬼村的村賬？（是貴村村長的音誤）」他又問。

「哦，村賬老先生，我們……我們想清教清教（請教的音變），請你老先生不要怕，我們日本皇軍是頂頂好，頂頂明白，好人是好人，老百姓是老百姓，油雞隊是油雞隊（游擊隊），我們看看，十分明白的。」

張老頭不迭地鞠躬答應是是，一邊邀請他們進屋坐，口中又招呼老婆婆道：「奶奶快去燒水，要好茶葉，燙燙的開水，要到這屋來泡，要乾淨茶碗，洋先生渴了。」一等他們進屋坐下他又問，吃過飯沒有，他要預備些鄉味請他們，並且說前些日子有兩次洋先生過村子來吃鄉下飯，他們也很喜歡吃。

「飽得很，我們吃了很多夜殘（野餐）。」那個日本人說。

「夜餐？貴國人這樣早便吃夜餐嗎？天還沒黑呢？」他說。

「你不明白夜殘（野餐）？」那個日本人說，「就是出門兒在山上兒隨隨便便吃的意思。」他說著同那兩個人哈哈大笑。正在此時，一個矮小年輕的中國人，匆忙地走進來，進屋後也不招呼主人，卻向三個日本人深深地行禮道歉，一臉卑鄙的笑。

張老頭搬過一張椅子給他坐，並笑問他貴姓。他像是忽然被蟲子叮了一口，立刻翻了臉裝起嚴肅了不得的神氣答道：

「我是皇軍的翻譯官，你們老百姓有什麼話要對他們說，我替你們講，人家皇軍都是高貴的人，寬宏大量的，要問你們什麼話你們老百姓要老老實實地說。你們是有福氣，遇到他們，他們是日本天皇派出來的宣撫隊官員，你明白嗎，老頭兒？」翻譯官說話的語音神氣，都是揣摹一個日本人樣子說的，這是近年華北小漢奸流行的特有風度，老百姓看見了都覺有點噁心頭痛，因為這一等人專會在中國人面前作威作福，收拾同胞以取悅他們的主子，張老頭聽得多了。

「那麼您是翻譯大人了，這樣年輕的就擔任這樣大的差使，真是祖宗積德，家門有幸！」張老頭稱羨道。

「這都是不相干的話。」翻譯聽言滿面得意，卻是更加傲慢了，他向日本人說了幾句話又說，「咱們談點正經話」，他說著一屁股坐近張老頭，「你這村子來過游擊隊沒有？村裡有沒有幫他們工作的人，我看你年紀大，一定明白道理，不會幫那夥年輕小夥子為非作歹的，你得說實話！」

「咳，您要不問我，我也打算訴訴冤。就煩您給我們告一狀吧。」張老頭嘆氣道，「游擊隊就是『游吃隊』，您知道去年他們打這裡過，把咱們家存的糧食、雞、鴨都吃光了，後來幸虧皇軍來，把他們轟走了，我真恨這群混人，我們一個村子都恨他們，我們後來發誓說了，他們再來搶吃的，我們一定把他們的腿都打折了才放他們走。哼，我們還會幫他們做事？他們帶了錢來替我們村子做事，我們都不會收。讓我們的孩子學那壞樣子可真不值呢！」

翻譯向日本人說了，隨作諂笑的樣子，張老頭又說：「請您，翻譯大人，告訴他們以後不必理那批什麼游擊隊，他們都是沒有用的人，一群好吃懶做的小夥子，在西山隨您走。至哪裡，把日本旗子一插，吹吹軍號，就夠了。上一次兩個吹號的皇軍來玩，早晨嗚嗚地吹吹號，聽說嚇得香山的幾個游擊隊直哭，求爹爹、求奶奶地跪著求人別告發他們，他們再不敢來了，您說好笑不好笑？」

這段話日本人聽了翻譯形容，很驕傲地大笑一陣，後來一個日本人對翻譯講了幾句話，翻譯問道：

「老頭兒，你得告訴我這村裡有幾個財主人家。」

「我看——」張老頭沉吟了。他懂得問話人的目的，這些貪得無厭的強盜的心事，他哪會不明白？沉思了一下他方道：「這村子只有兩三家收三幾百擔麥子的人家，好年成也收不到五百塊一年。」

「還有比這個富的吧？」

「看不出哪一家有更大的收成。這裡只是一個窮村子，前清時候西太后到香山進香，經過此地，見村子太窮了，還叫我們免交錢糧，這附近的地滿是沙子、石頭，種不出什麼好東西，不比人家玉泉山的水田油潤，人家可以種好稻子，收成上好大米。沒澇沒旱的，一年四季有收成，咱們就差多了！」

「少講廢話，皇軍大人沒有問的話少講，你活這樣大年紀，也該會看看人的眉眼高低，皇軍大人頂不喜歡人哭窮道苦，你少講些窮話，你得明白我們不是賑濟災民來的！」

張老頭臉上一時變得十分難看，他恨不得揍死這個小漢奸，但是又怕他們身上帶了軍器，幹他們不過，他只好裝出苦笑暫且壓抑心中憤怒。

一個日本人似乎覺出翻譯太過分使老頭難堪，他哇啦哇啦對翻譯講了一段話，翻譯臉紅了一下，但仍賠笑聽著，過一會兒，他復冷笑正色對張老頭道：「到底是人家聰明，人家雖然不懂話也看出你為難的樣子了。你這樣大年紀，真是死心眼，想不開，唔，我看你若是圓滑點兒。把人家哄歡喜了，說不定鎮長縣長，都會落到你頭上，那可比這個村長體面一百倍了！」「我這目不識丁的苦老兒，可不敢指望那樣大的榮華富貴，您別拿窮人開心了！」張老頭裝出受寵若驚的樣子，一臉的笑與謙卑。

「誰拿你們開心取笑，這富貴並不難落到你頭上，只要你會哄他們，他們喜歡了，什麼辦不了？現在北京城裡哪個缺兒不經他們手裡放，中國人敢哼一聲嗎？……」見張老頭像不大懂他的意思，他沉吟了一下再說：

「老頭兒，不是我口直愛說痛快話，像你這樣大年紀還不快點活動活動，弄個縣長什麼的名義，寫在訃文上也威風一下不是？何況真的弄到一個縣長，有多少好處！你們鄉下人的毛病就是這樣，見人就愛哭窮，你也不想一想古話說的『無本不生利』，你想名利不下本錢，行嗎？『真人面前不說假話』，我就恨那些『無病呻吟』哭窮。其實『屋裡有錢，街上有稱』。人家日本早十幾年就派出很多的人，四面八方調查明白哪個村子有多少田地錢糧，哪個村子有多少窮人富戶，都在他們袋子裡有表，中國十八省都有調查表、記錄，所以你看，打仗以來，人家到哪一個城，那一個城得投降。他們叫誰派多少銀錢、多少糧草，便得立刻雙手獻上去。誰敢慢獻一步呢！你們這個小村子，他們本來瞧不上眼，今天他們高興走來了，真是你們的運氣，你瞧你們這麼粗心大意，香煙都不去買一包，冷冷清清的成什麼樣子？」翻譯板了面孔發作了一番，覺得還未到題，又補一句道：「你得明白我這不是申斥你，我是好意告訴你，你得想法點綴點綴這幾位洋大人，快點想法子，你知道無本不但不會生利，並要招禍呢！」

張老頭一直聚精會神地聽著，他的小眼裡閃著疲倦的光，聽到末後的幾句話，他似乎恍然大悟，他也有主意了，他賠笑說：「您的好意我很明白。等我躺到棺材裡，我也忘不了您的恩典，他們皇軍大人辛辛苦苦下來一番，我們當然得孝敬孝敬。『盡個禮也得盡開心』才對。只是眼下我一個人，『耗子尾巴擠不出多少油』，拿出來也寒磣，想請你代我們美言一下，請他們幾位在村子吃一回粗飯，我們宰幾隻雞，再宰一頭豬，找幾個人調理一下，獻出來表示我們的一點心意！」

「老頭兒，人家會吃你們這樣的飯嗎？你看人家天天有的是雞鴨魚肉、山珍海味。『打開天窗說亮話』，我看你們趕快去找村裡富戶們湊一些錢來，孝敬他們是正經話。少了，不像樣，可不行咧。」翻譯不耐煩地說了。

張老頭仍舊賠笑地問道，「那麼您說多少錢才像個樣子？」

「你們這樣一個大村子，起碼也得十萬塊才過得去。」

「您說多少萬？」老頭兒大吃一驚問道。

「十萬！這事還得我在他們面前替你們說好了方能答應呢。這數目還是小的了。你知道人家一次的輸贏，就是一兩萬，十萬算什麼！」翻譯冷笑說著，見張老頭不動身，他卻代出主意道：「你就去預備吧。沒錯，這真是個小的數目了。還幸虧是我同他們同來，若是那個姓李的翻譯來，他一張口就是四五十萬，整數之外還要有旁資，若不然他給你使絆，替他們出主意，折騰人，叫你受不了，他瞧著開心。他是東北人，長相口音都不像咱們北京人，誰遇到他們都得提心吊膽。咱們既然都是北京人，所以我特別關照你，你得明白才好，我看你一邊去預備飯，一邊去找他們富家，告訴他們有錢的快點送來，別瞎想混惑過去，這點點錢早晚免不了的。」翻譯一口氣講完這段話，覺得意猶未盡，又說，「你們得想開兒點，別只顧要錢不要命，鄉下人就愛犯這毛病……我帶他們到村裡遛一遛再回來聽話，限兩個鐘頭辦好這事，現在已經兩點五十，我們五點前來吧。我今天在他們面前特別保薦你去辦這種大事，將來你有好處，還別忘了我呢。」

他說完立起身來對那幾個日本人說了幾句話，他們哈哈笑了一陣，提了手杖，戴了帽子昂著頭往外走。
張老頭恭恭敬敬送到門外，他們連頭也不回一下，便走了。回到堂屋來，早見建國和徐廉都出來等著。他們臉上很是氣憤，張老頭卻幽然地把旱煙袋拿過來，微笑問道：「你們想來都聽見方才的談話了吧，你們說這事該怎麼辦？」
「幹了他們！」徐廉居然用起張老頭方才說的語句了。
「幹了他們，不怕他們派兵來嗎？」建國說。
張老頭點頭呼呼地吸過一袋煙說道：「你們倆說得都對，都有道理，那個翻譯不是東西，他是萬萬留不得的，留下來還要害不少人呢，今天一路都是他出主意，那幾個日本人還不夠壞，不過幹一個是不行的，要幹就得徹底，斬草除根，小三兒，來，你就快跑去喊三伯伯五叔叔立刻來。」
張老頭走到小三兒奶奶眼前低聲說了幾句話。奶奶立刻也走了。
「您有什麼事照管吩咐我做，建國個子小些，力氣不夠，我是二三百斤的東西都能動手的。」徐廉說，「我個子不大，膽子卻不小，我晚上跟過他們去逛新埋的墳地，偷過被他們槍斃的屍首。」
「別忙，我都有事派你們做，看你們第一天來到便立一功，你們先生可欣喜透了。」
過了一會兒，三伯伯五叔叔都來了，他們一看便知是一些壯健能武藝的人。
張老頭問：
「你們看見那幾條狼了吧？小三兒他們跟在後面沒有？」
「看見小三兒他們五六個孩子帶著走的。」
「村外沒有他們的汽車或別的什麼車子吧？」
「沒有，我們早就打發人到村子四面查看，聽過路人說，他們的汽車停在玉泉山。」
「這麼就幹了他們，他們是自己來送死，還想敲十萬塊錢呢，這錢他們跟天皇討去吧……只怕他們身上都有槍，這就得費點手腳算計一下，這幾隻小狼，犯不著糟蹋子彈，反正他們是要回來送命的，你們多預備點手腳，一個個活逮過來，活埋他們，給咱們蘭旗老鄰們報仇，這天天吃山珍海味的腸子腿子，一定比肥田粉都好！」
「留下那個翻譯，要細審審他，再許他死。」徐廉說。
「對的，那三口斷了氣就把他們剝光了，挖個深坑埋了算了，這一口漢奸最可惡，叫他嘗些苦頭再死，順便考問一些那邊情形，也是好的。他們也是該走運了，誰叫他們不斷地跑來送軍火送死。豬已殺了沒有？」

「當他們面殺的，還另外殺了一隻小羊，叫他們相信我們請客的誠意，他們走出去沒多麼遠就看見宰豬，他們就站在旁邊看了一會兒。」

「宰了也好，我們今晚得好好地吃一頓飯，大家好久沒吃肉了。」隨後張老頭與三伯伯低聲說了一段話，建國只聽見幾個字，什麼挖深坑，預備好上次一樣繩子，千萬別漏掉一個打手、槍手等等，三伯伯聽完點頭就走。五叔叔也在同張老頭低聲地講了一會兒話，他也點頭去了。徐廉以羨敬的目光送走了他們，見還不派他的事，他有點忍不住了，說道：

「張爺爺，我跟他們去見識見識行不行？」

「不行，你看你自己穿的什麼衣服。」張老頭說完，見徐廉紅臉了，又說，「好孩子別著急，你們到套間屋子去換上一身莊稼人衣服，只可遠遠地看著他們，你們萬萬不可走近了，他們也許看得出你們城裡人的白嫩臉，套間屋裡有衣服，門後頭有大小扁擔，你們倆掂一掂輕重，一人挑一根，手裡有傢伙，才放心放你們去。」

他們換好衣服，高高興興地拿了扁擔，就要出去，張老頭重新吩咐他們先到三伯伯那裡學些口號，練幾套得用的把式，那麼上前去幫忙，便不會幫倒忙了。

到了夜間，張老頭的打麥場上燒著一堆麥秸稈，熊熊的火光照到周圍圍坐的十來個人臉上，無老無少，這時臉上都有著一樣的熱情、正義與興奮。他們正在用好晚飯，此時泡了一大壺茶一大壺白酒，各人面前有一大碗，地上擺有兩三個柳條筐子，內裝花生、栗子、柿子、白梨之類，隨人抓來就茶下酒，時已過二更，下弦月還未出，天是烏黑的。

「諸位聽我報告我們這兩位小朋友的今天最大的工作。」王先生高聲說道，「今天若是沒有他們倆把那個逃脫的日本逮住，現在我們這個村子也許要被他們燒光殺光了，那次通州的報仇，多慘呵！」

「那個逮回來的日本人，個子很高大，一腿子毛，跑得真快，除了他們倆，誰能跑得過他。來，讓我們大家喝一大碗，慶賀這兩位小朋友。」

張老頭笑呵呵地端起碗來。他又補一句：「小朋友，你們不愛喝酒，喝茶也一樣！」

徐廉同建國今夜宛如做了一個夢，這是多少時在床上夢中幻想最快意的一幕了。他們最恨的敵人完全被打死，他們最敬愛的先生就在眼前，他們最羨慕的工作已經讓他們加入了。徐廉很高興在那裡學喝酒，同大家談話，建國靠王先生坐著，臉上微笑著，心中卻在想到母親妹妹今晚該如何掛念他沒有回家去。

「想不到這穿軍衣的日本也是那麼一個乏貨，頭一個從坑裡提上來，就會磕頭求饒，他把腦袋只往地上碰，我起先還怕他是要自殺呢！」一個人說。

「嘿，以後我們可別再給他們的手槍嚇唬了，那兩個傢伙的手槍原來都是沒有子彈的，那開關早就不中用的了。他們居然還敢帶出來用，這未免太瞧不起中國人！」

「那個翻譯，我簡直嫌他髒了我的刀，他那賤相，原來對什麼人都一樣，方才跪在地上，簡直纏了我們好半天，爺爺奶奶什麼都許到了。」

「本來那種賤貨比不上一隻狗。」

「他比狗有價值多了。」另一個人笑說。

「為什麼？」

「他口袋裡兩個金表，一串十幾個金戒指該值多少錢啊！」

大家大笑一陣。

「這不知敲了多少人家的竹杠才弄了這一批金貨色了！這傢伙真該死，今天眼見他一路教那幾個『日本』，他們沒有他，還不至於這樣壞，也不至於死得這樣慘。」一個年紀大點的人嘆息說。

「反正以後他們來一個死一個，來兩個，死一雙，我們不能讓他們得意回去。」王先生說。

「對！」大家又舉起碗來喝。

下弦月出來時，清光照在廣場上，麥垛一堆堆的周圍立著，神氣像著了鎧甲的大將，微風吹過使人還嗅到麥稈香及方才燒過的玉米香、酒香、茶香。

王先生負手在廣場上走來走去，清光照在他臉上，更顯出他的明智中有穩靜的偉大存在。

他在計畫著明天的事。

八

天黑了，媽媽不見建國回家，就派張媽去徐廉家、去學校打聽，兩處都說不見，徐家老太太也正著急徐廉沒有回家來，正要來李家打聽。張媽回來一說，媽媽不禁焦慮起來。她不止地說：

「他不會出了事吧？他不會出了事吧？……」

宛英是應許了哥哥不同母親說的，他說他當天便可以回來，免得母親難過了。王先生那邊也不過同玉泉山差不多遠，哥哥騎車很快，一天內三個玉泉山都可以來回。現在天也黑了，他還沒回，究竟怎麼回事？

牆上的鐘打了八點，她們母女還未吃夜飯。張媽口裡說著寬慰的話，她心裡也七上八下地不安。「這年月誰能保證不出事，躺到棺材裡，才能說全屍呢！」這是老張爺巡官常說的一句話，實在有理，這一兩年內，有多少熟人死在日本手裡啊！她愈想愈怕，但是她強作鎮定地對女主人說道：「我看您娘兒倆先吃，等開過飯，我把火封上再出去打聽打聽。省得太太今晚又睡不著了。瞧，您的病剛好，又得操心！」

她們也叫張媽盛飯吃了。平時晚飯，母子有說有笑的，孩子雖然都過了十歲，但他們還是母親的小寶貝，他們對母親向來同朋友一樣，什麼事也不瞞她，她也真懂得孩子的心理。但是今晚媽媽一直板了臉，不說不笑的，常常出神望著一邊，偶然看宛英一下，那眼神卻似乎非常尖利，像一把小快刀，直戳進宛英心裡，使她十分難過。天呀，哥哥萬一有個好歹，怎辦呢！她如此想著，眼淚就要流出來。忽然聽見母親向她說道：「宛英，你真的不知道哥哥同徐廉到什麼地方去了嗎？」

宛英臉色發青，心下痛如刀絞，她想說話，但是心跳得慌，嘴唇只發抖，她不能對母親撒謊，但是又不能違背了對建國的誓言，現在媽媽問話口氣已經顯出不信任了。張媽也插口道：

「他們兄妹倆向來誰也沒有瞞過誰，怎麼這一次竟連妹妹都不說一句？」張媽說完向宛英似笑非笑地望著。

宛英此時漲紅了臉，說出來對不住哥哥；不說，不忍看母親急得那樣。她年紀究竟過小，沒經過這樣矛盾思想，左右都不對，做人真難。現在張媽盡望著她，她禁不住把嘴一扁，放下筷子，伏在桌上嗚嗚哭起來。

她這一哭，兩個大人都猜出她是知道建國下落的了。媽媽放下了碗筷安慰她道：「不要哭，你一哭，我更心亂了。好孩子，快點告訴我哥哥究竟到哪裡去了。」

「我答應了他不告訴別人的。」宛英抽咽應道。

「不要緊，說吧，哥哥怪你，我會替你分辯，萬一他出了事，你不早說出來更不好了。你早說出來可以早想辦法。」母親委婉地說。

宛英此時只好說出哥哥與徐廉的計畫。母親聽了可急得發愣了，她知道日本兵現在正十分注意西山那方面的活動，他們對待有嫌疑的中國人向來是極端殘忍的。他們為了疑心一個村子收藏了游擊隊，他們曾經活埋這一村子的人，像三旗北面小村的事才發生不久。他們也曾派轟炸機去北山附近低飛轟炸整個村鎮。王先生那個地方雖不為他們注意，但是究竟在附近，難免有池魚之災。他父親又不在家，一個女流怎好到處打聽，但是不趕快想辦法，說不定……

「天啊，建國會不會給……」母親嗚咽地說了這幾字，掏出手帕來擦眼淚，再也說不出別的話了。

還是張媽心定些，她出主意道：「我看還是到西直門臉兒，打聽打聽巡官們，也許他們知道城外有什麼消息。」

母親覺得張媽的辦法還切實際。事不宜遲，她說她要自己立刻去走一走，說完匆匆披了大衣，拿著錢袋吩咐了兩句話就出門去了。

宛英在房內勉強看書，無奈心總沉不下。賣羊頭肉的聲音過後，就是玉面餑餑的過，遠遠的還有水蘿蔔喊聲，為什麼他們在今夜裡都顯得那麼淒涼，叫人聽了只想哭一頓才舒服。

「怎的？好孩子，眼紅紅的，你哭來著？」張媽在廚房收拾完，走過來陪她問道。

宛英止不住拿手帕揩眼，一邊咽哽說：「我怕哥哥不會回來了。」

張媽忍不住也揩眼，見她如此說，勉強地說：「不會的，本來正在戒嚴時候，出什麼城。」停了一會兒她催促宛英去睡，「你去睡吧，媽媽回來，我等門。她回來我一定叫醒你，你脫了衣服睡吧。」

宛英先不肯睡，但過一會兒，頭昏昏的，眼也睜不開，竟伏在桌上睡著了。夢中見到建國咧著嘴笑，手舉著青天白日旗帶著一群孩子走去開會。她不知為什麼，也狂笑地跟著走，忽然有人用力推她，醒來卻見張媽很著急地喊她。她說：「不得了，胡同口那日本人家著火了呢，說不定還會燒過來，只差兩家呢，快穿衣服，到外邊躲一躲吧。」

胡亂地穿好衣服。她機警地替媽媽哥哥收拾幾件要穿的衣服，還把裝錢的小皮箱提到院中，她們倆惶急之外又加上院中冷風徹骨。她們只覺兩腿簌簌發抖站不住。西面的天，正是一片殷紅，空氣中充滿燒焦怪臭及煙火味。

街上一片嘈雜。人嘶喊聲、汽車聲、大卡車聲、警笛聲，鬧成一片，東面玻璃窗戶，照得血紅。西北風這時更大張威勢，呼呼嗚嗚的好像要把火焰搬到全城方始甘心。

張媽提著兩個包袱，望著宛英，口中只說：「老佛爺，可憐可憐我們吧！」忽然大門嘭嘭不迭地捶著響，張媽急去開了，一個員警探頭進來說：「你們不許離開自己房子，憲兵有命令。聽見沒有？」

「火勢燒過來呢？」張媽問。

「火燒過來也不許走開，他們說了。」員警不肯再答話，匆忙地跑到另一家下命令了。

張媽同宛英氣得更加發抖，宛英還覺得渾身發燒，連說：

「張媽，我要出去，我要出去，我去找媽媽……」

張媽還未答話，又一個　捶門聲，門開了，另一個員警探頭進來說：「你們千萬可別到街上去，他們憲兵下了命令，說在街上遇到中國人，不論男女老少，一概當場槍斃。」

「要是火燒過來呢，老天爺？」張媽急問。

「火燒過來還是不許走，他們說了。今天晚上的火，實在是太邪性了，前門外也大火，火車又出了事，現在燒的人家又是他們的人，所以他們一定要大大地查個明白。」

「我說，您也是中國人，您看，我們難道就乖乖地讓火燒死在這屋子裡嗎？」

「可是到街上避火更危險，我看在家裡倒不一定會燒死。得了，快關門！若是他們心軟了，我揣空來通知你們。」他說完急急掩上門去了。

宛英此刻被張媽緊緊拉著手坐著，她渾身滾燙，手足簌簌只打抖，她恨不得逮住一個日本人，咬他幾口，她吵著要出門去，所以張媽死命拉著她。她口中不迭地說：「反正都是死，反正……都是死！」

好容易東面的玻璃窗漸漸減了紅色，火煙臭氣熏得人頭昏噁心，宛英哇的一聲嘔了一大堆，接著她滿頭冒出黃豆大的汗珠。張媽把她扶進房裡躺著，她怕宛英吹了風更不好。

宛英喝了張媽遞給她的熱茶，擦了一些萬金油在腦門上，覺得神志清楚些，但想到母親為何還不回來，會不會在街上出了事，想著便覺心痛如絞。她同張媽商量說：「等一會兒火熄了，我上街去找一找媽媽吧？媽媽會不會……」她說不下去了。

「我看她一定是被戒嚴擋在半路了。她也許躲在附近人家等解嚴才回來。」

「可是我怕……」她話沒說完外邊又有人打門，張媽趕忙走出去，只聽她在院中低聲講話，有一會兒，聽她關了大門才走進來。

「原來是老張爺巡官來了，他說今晚外邊到處戒嚴，風聲很不好，湊巧這條胡同，一個日本人家又著了火，所以更加急了。我說怪不得太太回不來了。張爺說這兩三天千萬不要出門，他們日本人，像犯了病的瘋狗，到處找人咬，不知為什麼。」

「媽媽和哥哥會不會給他們咬了？」

「不會的，媽媽是多麼聰明的人，她會避開他們的。」

「哥哥呢？」

「他也不笨，他一定也會躲得遠遠的。」張媽見宛英沒話，便自言自語地說，「咳，就憑方才的火來說，值得那麼大驚小怪的派出多少兵，多少巡警嗎？看來他們一定是半瘋，若不，就是犯了邪氣。咳！方才著火，你猜為的什麼，姑娘？」

「是中國人放的吧？」宛英答。

「哼，哪裡是！原來那家著火的日本人是開白麵房子的，平常買賣做得很大，錢弄得太多了，給他們兵部特務打聽出來就要求分些贓，他不肯，他以為上邊的已經花費不少，好容易弄好了，就不肯敷衍下面，誰想下面的一定不答應。今晚有人來送信說憲兵就來查抄他們，就自己放了一把火燒了白麵房子。方才氣味格外臭原來就是燒的白麵。頂可樂的是房子著了火，大門卻緊緊關著。消防隊死命打門就沒有人開，末了還是拿斧子劈開大門進去的。」

「他們人上哪裡去了呢，不怕燒死在裡面嗎？」

「哼，大門劈開後，人都逃光了，憲兵來到，可生了大氣，他們立刻下命令挨家查，他們說，就是逃回東京，也要逮住他。」

「為什麼這樣恨他呢？」

「還不是為的錢！他們自己鬧鬧倒也罷了，害得四鄰倒楣，前面王家熏死了三個孩子，一個老太太。」張媽說完，嘆了一口長氣，自己覺得有些困乏，躺伏在椅背上，蒙矓地睡去。

宛英眼前也一片模糊了，一霎時可怕的火光，與人聲車聲摻雜著；一霎時街上跑著成群的瘋狗，尾巴耷拉垂著，血紅的眼，直望著人趕來，它們跑來要咬她了，她大驚大喊，醒來渾身冷汗。電燈仍舊亮著，張媽在椅上打呼睡著了。她輕輕起來披了棉衣喊張媽上床去睡，張媽不肯，她便出去把她的棉被替她抱過來，給她蓋上。

窗外邊仍然漆黑一片，東面天邊的雲似乎漸漸淡了，有點發白，白中有點發黃，堂屋的鐘正打了五點，宛英自語道：

「天要亮了，我可以找媽媽去了。」

九

宛英上床後好容易合了眼睡了一下，醒來卻見太陽滿窗，街上已有車馬聲小販叫賣聲，一切都如平日，她倦乏地伸一伸懶腰，神志稍為清醒，忽然想到母親究竟為什麼不回來，哥哥也沒有消息，她立刻從床上跳起來，顫聲問張媽道：「媽媽回來沒有？」

「沒有，我一會兒就上街找她去，她一定是被戒嚴留在半路了。」

張媽一定看她吃過早飯，她才放心出門去。

時間常似乎和愁苦人作對，煩惱焦急時候，想它快些過去可是偏偏過得特別慢，這一早上，宛英自己一人在家走出走入地看鐘聽門，心裡空得發慌，連哭都哭不出，難過極了。

到了午後兩點半，她也不知道餓，這在平時早該吵著要吃點心了。這時張媽還未回家，她不免又發生種種猜測，張媽會不會也被小鬼逮走呢？這街上現在似乎有魔鬼在那裡安排了天羅地網，誰碰上去便會遭殃，但是她也得去街上找尋他們，如果張媽今天不回來。想到這裡，她身上忽然覺得又冷又熱，似乎發瘧疾一樣不好過。呀，那回生病躺在床上，媽媽、哥哥、張媽輪流看守她，要吃什麼，媽媽就趕快做，哥哥下了課就殷勤地坐在一邊講故事。咳，現在他們呢？

到了四點鐘，張媽回來，進門看見宛英眼睛哭得很腫，心下很難過，她不禁拉著宛英的手說：「我到西直門跑了七八家，他們都說沒聽說街上出事，像太太這樣仔細明白的人，決不會惹禍出事的，你放心吧。」她的嗓子乾啞，面色通紅，走路有點吃力，但是她仍不忘她的職務，一邊走到廚房一邊問：「你炒了剩飯吃沒有？……瞧這飯一點沒有動窩兒，已經四點了，別餓出毛病來，我剛才在路上實在覺得沒力氣，站在馬路口喝了一碗豆汁。好孩子，你得吃點，我們就吃剩飯吧。」

宛英跟她走入廚房，聽張媽說話，知道母親還沒有下落，不由得抽咽地又哭起來，一邊說：「我吃不下……我自己出門找找媽去……」

「孩子，哭擋不了事，我看——你得先吃飯，吃過飯去你姑丈家，求姑丈給打聽打聽。」

「他們漢奸家，我不去。」

「傻孩子，現在咱們正用得著他們，管他旱奸濕奸？你姑媽到底是你們至親，她不能不幫幫忙的。聽說你姑丈現在做了什麼新米會會長，更有勢力了。現在北京城除了他們，什麼人能對日本說話呢？咳，這年月做哪一行都要會玩花樣，做漢奸就乖乖地去孝順他們『日本』完了，還又興什麼花樣出來，開什麼新米會舊米會，我想日本沒有他們這一班孝子給出主意，也就不至於鬧到現在這樣糟糕，你瞧！買米都得有一定分量，還不是這批新米會漢奸出的主意？聽說現在又定出新規矩，不是新米會裡的人，就不許買新米，只許你買蟲蛀過的米吃。這話許是的，你姑丈家買米買麵都是官價，又新又好，所以想吃新米的人，就得趕快進他的會。從前他得說許多廢話勸人入會，現在不但不用勸人家想進會的，還得給他老人家送禮，才給一個會員證兒。這是他們的王升那天告訴我的。他說他也進了會，從今以後他不用愁米麵漲價了，哼，他還說拿了那個會員證兒回家嚇嚇鄰居也是好的。」張媽感慨地說了一大堆話。

「沒出息的小狗腿！」宛英憤憤地罵了一句。

胡亂吃了半碗飯後，由張媽給她雇了一輛熟洋車，說明西城箭杆胡同來回。拉車的倒好說話，說既是這裡小姐出門，多走兩處沒有關係。

姑媽的樣子很像漫畫裡王先生的胖太太，不過她臉上表情比較更平板與順從。見了人顯得怪親熱的，她一迭聲張羅拿吃的，拿喝的，好像世上除了吃喝再沒有比較更重要的事了。她見宛英來，就把她安置在堂屋穩穩地坐下，宛英把這兩天的事原本都告訴她，她就吩咐傭人去隔壁請老爺回來一會兒，自己便匆忙地下廚弄吃的去了。她對宛英說：「我看這件事，最好同姑丈商量商量，他老人家一定會給你想法子。放心吧，你姑丈一定有辦法，只要他一句話，北京的官兒沒有一個不聽他的，就是他們日本人，也得順著他。他一定有辦法，好姑娘，別急壞了，臉青青的，多可憐啊，也該好好的吃一頓飯滋補一下，別餓出了毛病來。」

這段話宛英聽了不順耳，只好唯唯地答應著，一邊已偷偷拭她的淚，一邊望見姑母慢吞吞的胖身子移到廚房，她心下不禁自問：「她會是爸爸的姐姐嗎？」

吃過姑母吩咐做的點心，姑丈方回家來，原來他老人家回來是為的抽兩口鴉片煙過癮，隔壁王家今天請牌客，還有日本人，不敢把煙具送過去。姑丈到家後才把宛英請到他書房去。

「哦，原來宛英也來啦，什麼風吹你來的。你們好像忘記你們姑媽姑丈了，多少時也不來這裡看看！你看現在表哥上日本留學，表姐又出嫁，我們老兩口子簡直冷清得很，你們那可熱鬧，媽媽沒來嗎？」他在煙炕上一邊打煙泡一邊說。

姑媽代宛英把這兩天的事說出，她明白丈夫的脾氣是喜歡人恭維的，必定得把他抬得比日本人還高，那才夠味了，所以她末後還說：「宛英說這件事看來只有姑丈可以幫幫忙，姑丈一句話，比日本人的還有用。我就說北京城裡只有你姑丈一個人委屈，他替中國做了多少事，救了上千上萬的好人，結果不落一句好話。還虧人家日本有眼光，他們始終崇拜你姑丈，任從姑丈怎樣逆著他們的意思做，他們沒有駁回過一次，這真是英雄識英雄，好漢愛好漢。」

姑丈很自負地瞟胖太太一眼，宛英只覺得噁心。幸好姑丈沒有看出，他滿臉還是得意的笑，他吸足一口煙，忽地坐起來，劃一根洋火點著一根煙捲狠狠吸著，似乎深思的神氣，忽然吐出一口煙，方說出話來：「等我替你想想法子，打聽媽媽下落是要緊。我就不明白，為什麼建國也沒回家，他到底去什麼地方了？現在青年人都喜歡出風頭冒險，他也許給壞朋友拖到西山打游擊去了吧？」他見宛英不答，又加上道，「游擊隊其實是游吃隊，現在多少青年人去了幾個月回來都後悔，第一，他們說打游擊簡直是騙人，那些人簡直是小土匪，騙吃騙喝，到處閒逛，沒有日本兵的地方，他們就作威作福宣傳抗日，等到人家日本人要來，他們便逃之夭夭。第二，他們隊裡男的女的都不分，年輕輕的混在一起整天鬧戀愛，三角、四角、五角、六角戀愛都有，聽說那個叫什麼丁東的女作家，年紀一大把了，還天天鬧戀愛，你們年輕人，千萬不要聽他們宣傳上了當，沒人替得的。」

宛英摸不著姑丈到底要講什麼話，她有點不耐煩聽了，天已不早，不得已鼓起勇氣問道：「那麼姑丈到底有什麼辦法替我打聽媽媽下落呢？」

姑丈見問冷笑一聲，又狠狠地吸幾口煙方說：「到底有什麼辦法？問的人容易，答的人可不容易立刻給你圓滿答覆，好在地面上的日本人都是我的老朋友。那些中國的大官兒也沒一個不和我有交情。只要調查出媽媽的下落，什麼地方我都可以鑽進去把她請出來，只要有下落，便有辦法。可惜今晚我還有三處飯局，兩處還是日本人的，不好不去應酬，要不然我今天就去特務科去問去。」說到這裡，他又眯了眼半笑向姑母下命令道：「你得給我找出那個康熙年的水盂和那個瑪瑙小鼻煙壺，山田喜歡收集瓷器，佐藤喜歡收集奇奇怪怪的鼻煙壺，上回我許了他們的，今天都得還債了……唔，你還得把支票本找出來，另外拿一兩千元的鈔票，大約今晚他們得留我打牌。」

「我看你今晚推了他們吧，跟他們打牌，你總是輸，一回賠幾千，一個月算起來就夠瞧的。我們的現款也……」姑媽的話被姑丈打斷了：「太太，他們喜歡的就是贏錢，你要敷衍他們讓他們心裡高興，當然只有輸給他，人家要應酬日本，連自己結髮之妻都裝裹好了送上去。機關裡那些女職員，打扮得多麼俏，她們還不是為了自己丈夫或父親兄弟的飯碗，我這樣輸個萬兒八千，你就心痛，我還沒有把你們母女送過一回呢。」

「我沒有那麼賤，陪日本男人玩。」姑母冷笑，似乎有點憤然。

「可是，當然人家也不是沒有眼睛……」

姑母知道是指她老醜的意思，她立刻站起來走出去。

他似乎並不著急，另拿了一支煙捲點了，向宛英說道：

「你看姑媽還是年輕時脾氣，老夫老妻開開玩笑算什麼。去把她叫回來，咱們正經事還沒說到題呢。」

宛英把姑母叫回來，她早已把丈夫要的兩件瓷器捧來了，她正色說：「你這次肯這樣下本錢巴結那兩個日本，定有什麼好處，這一回你可得有良心，有好處別瞞了我。那天東城看的那所房子可以下定，就快下定了。」

「叫你拿的現錢呢？你總是心疼錢，沒有本怎會生利？若想釣大魚就得用大食不是嗎？」

「這包不是現錢嗎？我就是你肚裡蛔蟲，你什麼想頭我猜不到！」姑母回頭覺到宛英苦悶神氣，便安慰她說：「等我逼姑丈趕快打聽去，他一定有辦法，你別急。我看你今晚不用回家吧，張媽替你們看家是可靠的。晚上陪我吃飯談談，你放寬心不要緊的。」

姑丈這時揣了錢包及古玩出外洗臉去了。

宛英猜不著他們到底有什麼辦法，她覺得這兩個長親似乎不是誠意，他們的話，使她聽了噁心，她決然立起告辭道：「我還是回家吧，媽媽也許已經回家了，洋車也講了來回價了。」

姑母似乎也不大要挽留，她叮囑道：「宛英你也快十二歲了，爸爸媽媽的首飾古玩，你該留心查考查考，別專依賴張媽，她到底是外姓人，『知人知面不知心』。媽媽回來了，當然頂好，若還沒回來，有什麼事，你只管來告訴我，我會替你出主意。古玩這年頭也很值錢，他們日本能出大價錢收買。你先回去也好，明天你還來聽話好了，姑丈在日本方面有面子，不用擔心。」

上洋車時，姑母把一小蒲包點心塞在腳下，叫帶回去吃。

回到家中，宛英一五一十學與張媽聽，她聽了只嘆氣，末後她只好說：「既然你姑丈答應了你打聽去，大約不會沒辦法的。現在只好等著吧。」

次日清早宛英又雇了來回車去到姑媽家，姑丈還未起床，姑媽留她坐下吃瓜子等候，直到中午，姑丈方起床，見了宛英好像忽然想起昨天的事，他向姑媽說：「我現在記性真壞，昨天明明覺得有話同特務科長說，但是怎樣也想不起來，也是他們鬧酒鬧得太厲害了，中國日本合一起有三十多人，還加上藝妓，每人要同我乾杯。」

「怎麼現在又興叫藝妓了？她們不是論鐘點算錢嗎？吃一頓酒要多少錢啊？」姑母說，她在旅順住過幾年，所以她明白。

「怕什麼，人家『日本』有的是錢，再說，吃過酒，哪個中國人敢不搶著去付帳。山田很愛我送他的墨水盂，他託我以後做他的『買辦』，見好瓷器就替他收下來，他的叔父頂喜歡中國瓷器，他說近來首相都得常常請教他叔父，他是這裡興亞院的創辦人之一，是真有勢力的，看他這條路，我得下點工夫點綴點綴。」

接著他們夫婦倆拉著宛英問她家中各種各色瓷器，宛英平常不注意那些東西，況且現在滿腹愁苦，加之連夜失眠精神十分恍惚，因為要求姑丈給打聽母親下落，又不敢貿然就走，但她坐在那裡，覺得十分難過，問她的話，也只含糊答應。好容易陪他們吃過中飯，姑丈似乎有點不高興，他說道：「你爸爸在這裡時，天天只會同那群吃豆腐的先生們講空話，許多事都不同我們談，現在他走了，甩下妻子兒女，卻要我們替他負責任招呼？你媽媽倒是明白人，可惜她到底是個女的，不大中用。現在我們要幫你的忙，還是看你媽媽面上。可是你得明白告訴我，建國有沒有加入游擊隊，他的朋友有沒有那路人，你知道親戚是親戚，不能糊里糊塗的，跟著你們坐監牢的。」

眼淚直迸出宛英眼眶外了，她勉強搖了一下頭忍著聲，拿手帕拭了眼，隨即站起來說要去了，她不願意再聽這老漢奸的聲音，她也不願答他的話。

姑母見她狼狽情形，也不好再留她。可是姑丈臨走時，再找補一句說：「明天早上你不用來了，有消息我派人到你家去。你在家好好看家，若害怕就來這裡住，你姑丈有的是好米好麵，你只管來住，不要嘀咕。我今天也許又可以見到特務科長，我看機會拜託他一下，只要他點了頭，什麼都沒問題。你沒有事在家溫習日文，看你表哥，他一畢業就派出去留學了。」

出門時姑母告訴她昨夜姑丈又輸了七千元，所以今天脾氣不大好。

十

宛英次日清早便又跑去姑母家聽信。姑丈照例未起床，姑母把她拉到廂房低低地談話。她說昨晚姑丈又陪日本上司喝得醉醺醺的，回家來只說了幾句話，他說已經託了日本憲兵司令部的朋友去查，但是現在一時不會就有消息，因為這不是一個人或一部分機關的事，如若急於查她出來，一定還得打點些錢去送禮。宛英急於見母，就告訴她如果母親可以放出來，把全副家當都給他們，也不要緊，姑母聽了這一句話，方始轉容相看，她心裡又在替丈夫打主意了。她面上也變得很高興，拉著宛英的手嘆道：

「真是孝順女兒，你媽媽不枉疼你一場！我們這回一定幫你忙幫到底，一會兒，同你姑丈說清楚了，催他今天快去運動運動，『有錢可使鬼推磨子』，只要有錢，不怕找不到媽媽。我說，孩子，你看見過你媽媽在銀行存了多少錢呢？你把摺子找出來看看，若不夠現錢，還得找姑丈幫你忙，賣掉一些古玩瓷器湊數吧。」

宛英呆呆地望著姑母，見她細眼中忽然顯出光亮，她以為這事多少有希望了。她想只要母親可以放出來，她自己小皮箱中所有的小巧玩藝，她積蓄了七八年的寶物，都送了人也沒關係，何況還是一些擺飾品的古玩呢，她見姑母高興，趁便問道：「我看這回事只要多花錢就可以找到媽媽是不是呢？」

「對了，真聰明的孩子，你真看得透徹，姑丈還發愁你們不會明白這道理呢，他怕將來你媽媽脫了災難，就思想她的錢財了，她也許會怪姑丈不會辦事呢。現在你既然明白了，將來媽媽放出來，若怪，只好怪你，我們就不聽埋怨了。你聽，是不是姑丈醒來的聲音，對了，是他吐痰呢。我這就過去同他說，叫他今天趕快再找憲兵說說情，你回家趕快預備錢，我就同你回家看看，你年紀小，也許什麼值錢什麼不值錢都摸不清呢！可是我今天下午的應酬，只好取消了，王局長的太太今天請了兩桌牌，請我一定去湊腳。」她說著便站了起來，臉下顯出非常慷慨的神氣，她想宛英說一半句感激的話，可是她究竟年紀幼小，還不會察言觀色，這使她不能不自己補充幾句了。她一邊要出門，一邊立住說：「宛英，我今天為你，真是大大地犧牲了自己，本來王太太那面的牌局，人家巴結都巴結不上，我今天為了你，竟肯犧牲這個機會，這人情可真不小，你要知道方好。你知道這個王太太現在北京城比川島芳子還紅，川島是過了時的殘花敗柳了，她現在正是一朵鮮活的牡丹花！機關長的汽車，天天停在她門口，聽說誰想見機關長得先去走通她的門路，才沒有問題呢。」

「機關長是誰啊？」宛英問。

「真是小孩子，機關長是誰都要問，自然是特務機關長啦。他不但在北京有挺大勢力，就在日本人裡，他的勢力也夠大的。哼，只要他一句話，他要天上的月亮，大傢伙兒也都得想法找梯子替他拿。哼，王太太的宅子裡天天不用提有多少人去送禮，上供！他們都說，機關長那天喝醉了酒說了真心話，他說天底下他只怕兩個人，男的是他們的天皇，女的是王太太，這話一傳開，王太太名聲更大了。」

為了好奇起見，宛英問道：「她好看嗎？」

「我看不出什麼好看，長長的臉，細細的眼，他們說她像日本一個出名美的王妃。她上臺唱過戲，一定會打扮吧！」姑母到這裡似乎有點感慨，也許因為她自己是不能打扮的了。說完她出了廂房。

姑母今天特別熱心，匆匆把頭髮梳掠一下，便同宛英回家找尋古玩瓷器，她開了媽媽臥房的大衣櫃及衣箱，足足翻了一小網籃，讓張媽用報紙好好地包裹好，然後上了坐來的洋車揚長去了，宛英及張媽一直殷勤地留她吃中飯，她說：「救人要緊，飯是天天有得吃的，忙什麼！」這話使宛英聽了感激得流出淚來。

張媽不知為什麼也就流了淚，她一邊擦一邊說：「莫非老菩薩感動了他老兩口子，今天忽然這樣熱心了呢！」

一連三天早上，宛英跑去向姑母問消息，她只推說姑丈說未得回音，瓷器已經分著送了幾處的禮了，大約一日半日必有回信吧。問姑丈，他總是不在家，問多了，姑母就發牢騷地說：「他哪天是會安安分分蹲在家裡過半天的呢，一會兒張七爺家，一會兒山本家，哪裡一坐下來便是一整天。天天說有事，可是人家太太小姐們叫他辦點事，他就不忙了，咳，你姑媽這幾年人也老了，精神也差了，管不了他，這次他肯為你跑了幾次，已經給我天大的人情，他口口聲聲都說你們娘家出的事，該你活動活動，親力親為才是，為什麼整天催我呢？」

宛英這幾天本來因奔走憂愁，弄得飲食失時，神思恍惚，姑母的話，她一點摸不著邊兒，天天回家學與張媽聽。張媽到底年紀大了，世故也深了，她有什麼不明白的呢，只是不忍使宛英失望，她只好也哄著宛英耐心等待，她心裡卻焦急非常。

第四日早上宛英又去找姑母，她似乎被宛英問得不耐煩了，她說道：「姑丈說西直門那一次逮的人都關在憲兵司令部，男女都有，姑丈託了朋友去說情，他們說得一個一個審問清楚，等東京來電報方能說放不放呢。這時誰都不能做主。」

「能夠去看一看嗎？姑媽，我要看看媽媽去，她……」宛英哽咽著說不出話了。

「說是不許看，人家花了十萬塊運動，都見不到一回。西豐順的小老闆也關起來了，他父親肯花大錢也找不到門路，急得要死！」

宛英哭了一會兒，抬頭忽見姑母木木地坐在一邊，自覺無味，她就告辭要回家，姑母說：「孩子，你別怪姑丈姑媽不能幫忙，這幾天我們倆可為你跑得夠了。」

回到家中，張媽預備好午飯叫她吃，她吃不下，只覺頭昏腦漲，她幾次想拿了菜刀跑上街去殺死幾個敵人泄洩憤，卻被張媽苦苦拉著，她勸道：「好孩子！聽張媽話吧。媽媽不會有危險的，別聽你姑丈姑媽嚇唬。我敢說媽媽不至於有什麼罪，過三幾天還是得放出來的。他們漢奸專仗嚇唬好人撈點油水。哼，別瞧你姑丈在家那麼神氣，把姑媽支使得頭昏腳痛，他到外面見了日本，簡直是小鬼見閻王，聽說人家打牌他站在後面像小當差一樣遞茶遞煙，人家日本人怕危險不敢去的地方就派他去呢。也活該這一年北京城裡多少漢奸『死於非命』，新民報那個張什麼，活著天天坐了講究汽車東拜客西拜客的，此刻他的太太孩子吃窩窩頭都不容易。去親戚家借錢吧，人家都會說俏皮話，叫她跟日本人借去，可是她要見『日本』比見閻王爺還難，那天她在門口買菜，嘮嘮叨叨地同許老太太訴苦，我親耳聽見的。」

「哼，活該，將來姑媽也會這樣的，我敢說。」宛英憤憤地說。

「咳，」張媽嘆了一口氣說，「我看以後你要小心，不要再同姑媽他們說實話，千萬不要再領她來翻媽媽的箱子，那天我就明明看見她翻到媽媽一個翡翠戒指，她趁你看不見放在她的口袋去了。哪知我在簾縫裡看得清清楚楚呢。」

「真的嗎？」

「你張媽倒不會像他們那個又沒良心的老傢伙『乘人之危』對自己親侄女還這樣不顧臉，若是外人呢？看來王升說的話不錯，他們正在鬧虧空，別瞧他們會哄『日本』，還不是靠手段呢，他們給『日本』送禮，多少錢不在乎，陪『日本』玩，多少錢都捨得花。有一次聽說姑丈偷偷拿了姑媽的翡翠戒指去送日本窯姐，姑媽哭了三天三夜，姑丈還不肯賠小心認錯，他只說都是為了保全自己的飯碗，那窯姐原是上司的紅人，她說要買一只好的翡翠戒指，差使派到他頭上，還不趕快上緊辦，人家巴結還巴結不上呢。」

宛英沒有精神聽閒話，她只捧了頭伏在書桌前發愣。一會兒張媽問道：「在你的同學裡，不也有許多大漢奸的孩子嗎？像那個曹小姐、鄭小姐，她們的父親、爺爺都做『日本』的事，不是嗎，求求他們也許比求姑媽還強些。」

「曹小姐退學了，鄭小姐前些日子逮了去，聽說槍斃了。」

「鄭小姐槍斃了？她的爺爺不是宣統皇上的宰相嗎？」

「是呀！哥哥認識的齊繼元，他父親還是陸軍總長呢，他也給槍斃了，人家日本是不管這些的。」

「我真不明白做漢奸有什麼好處，自己的子孫兒女都保不了，那齊少爺聽說還是他父親頂寵的一個兒子，臉相長得方頭大耳，同他父親一般，他倒同父親心腸不同，可惜啊。」

「死了就死了，有什麼可惜的呢。我說他們死得好，他們說過活著看自己的親人做漢奸，心裡更難過啊！」

「他們居然能夠不受家裡人傳染，真是了不得，咱們只顧講人家，我說你同學裡還有誰可以找他幫幫忙的呢？」

宛英搖搖頭嘆了一口氣。正在無可奈何忽聽打大門聲，張媽趕快去開。開門後一個穿黃色軍裝的人閃進屏門來，宛英以為是把媽媽送回來了，趕快跑出外接去，走到院中一看，原來是上次來給她一個表的那個日本憲兵廣田弘一，他手裡拿著一個黃色大封套，見了宛英，眉開眼笑地牽了手，張媽讓他進堂屋坐下，他仍舊操著生澀的北京話說道：

「快快看，我的女兒，我的女兒的『夏新』！」說著他抽出黃紙封套的照片，原來是一張八寸大，十來歲的女孩照片，她的臉相看去十分熟悉，大眼小嘴，頭髮短短地覆在兩耳上，穿了一件黑色短裙上面連背心的西服。她烏黑的眼珠，十分靈活，似乎正望著人。宛英沒有細看，還是張媽看得清楚，她回頭一望宛英，她嚷道：

「真像她，兩個人一樣的臉！」

廣田也正在拿相片對看，連說：「我的女兒一樣的，一樣的！」他說著眼睫毛濕了，他又從衣袋掏出信來給宛英看，連說，「我的女兒寫這個……這個東京來的，她想想我，她說。」他拍拍自己心口，眼淚湧到眼眶，他又拍心口說，「我嘛，想想她。」

張媽看得很感動，她不禁拿手巾揩眼，近來她的眼淚，變得更不易節制了。她似乎問一個孩子的口吻，問他：「你們幾年不見了？」

「兩年——還有三個月。」從衣袋掏出一方大手帕，揩了要流出的淚，他不止地說，「天天想，她還有她的媽媽，兩年了，兩年了！」

宛英聽到說媽媽，忍不住走到屋角嗚嗚哭起來。

憲兵回頭看見，以為是為他感動，急走過去拍宛英肩頭，連說：「好孩子，你心好，心好。」說著自己也說不出話來了。

「她的媽媽不見了，你幫幫忙吧。」張媽忽然想起來說。

「你說什麼？」他問。

張媽走近他，指著宛英說：「她的媽媽不見了，已經五天了。」

「媽媽沒有了！什麼病？」

「不是生病，」張媽知他誤會了，又補一句道，「她的媽媽不是死，她上街不見了。」

「沒有死？很好，很好，她上哪個街不見？」他似乎有點明白了。

「那天晚上去西直門大街，一直沒有回來。」張媽說。

「拿筆來，寫字明白，寫字明白。」他牽著宛英的手讓她坐下，他不止地拍拍背安慰她，口中說：「好孩子，好孩子！」

張媽把鉛筆及紙本都拿來放在茶几上，一邊說：「好孩子，別只管難過，我看他一定可以幫你忙，你好好地求一求他吧。」

宛英是何等機警的孩子，她已有了主意了。她同廣田一問一答，言語講不通的，都用字講。他很驚訝宛英這小小年紀居然能寫許多漢字，他不斷地指宛英的腦部說：「你這個很好很好。」

不到一刻鐘，廣田似乎已經了然她母親的遭遇，他拍著宛英肩頭說：「不要緊，我辦法一定有。」

知意的張媽明白這事有了線索，以她平日所見聞遇到這種事有日本憲兵肯出頭，是沒有問題的了，她立刻去泡茶拿煙捲。宛英素來相信張媽的，此時也覺得尋母很有希望，這時她開始覺得腹餓，她拿出餅乾來請客人吃，她自己也陪著吃了幾片。

他倒是個很懂人情的人，喝過沏來的一杯茶，就立起要走，他說：「我今天去，今天去，辦法一定有。」他把寫的字卷一卷放在褲袋內。宛英連忙說：「謝謝，你一定想辦法啊！」他走到大門邊，又說：「媽媽看見了，我來。你也去看，好不好？」「好，好！我在家裡等你。」宛英說著，淚又奪眶而出。

十一

近天黑時廣田把宛英帶到西城一所大廟裡，那裡面頭門駐紮了幾個日本憲兵，兩廊似乎住了幾個中國員警。他領了宛英走進憲兵住房內，笑嘻嘻對一個年紀老的憲兵說話，他們拿出一個名冊來，叫宛英找，宛英翻了幾遍是沒有母親名字，不禁十分焦急，但是後來她想到媽媽或者嫌被關起來不好看，不肯寫真名字。她把這意思說了，又要求自己走進去看，有她沒有。他們大約因那個憲兵的面子，答應了她的請求。

一個滿嘴鬍子年紀稍長的憲兵走過來牽宛英的手，笑說：「跟我找媽媽，不要怕。」

五六日前戒嚴時起拘留了一大批，近一兩千市民，所有四城的男女老幼，據說都有嫌疑，暫且不釋放，但是也不審問。被拘留的人，身上有現款的暗中塞給侍候的人，就有硬饅頭、有鹽菜吃，白開水喝，到夜裡地上就有一堆草做床褥，沒有現錢的人，如家住北京或是說出來有憑據是有錢有身家的人，也可邀憲兵青眼，他們許可中國員警代犯人買東西，讓特務員回家送信，信裡自然是關於籌款贖身問題，還不許指出錢送何人，因為要防損毀皇軍令譽，錢自然也要現款，一來可以放心收用，二來也免得拖泥帶水把事情辦得不清白，小狗腿也可從中揩些油水。若身上沒有現款而又不給家中通信籌款的人，那就只好堆在後面破房等候看守人的慈悲心發作，一人一天吃一個餿饅頭，間或喝一碗冷水，幸虧時在冬令，疾病還不猖獗，被囚的人大都是饑寒交迫，癱作一堆吧。

老憲兵把宛英帶到中間殿房門口，他停了腳點了一支香煙，一邊說：「你進去看看，快出來，我等你。」他狂吸一口煙說：「裡面空氣太不好，太不好！」

裡面空氣委實壞，把大門推開，一股臭氣味，衝人作嘔，地上黑壓壓的都是人在嘈雜地說話，男女大約成堆地分開，坐的、躺的、趴著的都有，見宛英進來，大家抬眼望著她，這饑寒、憂慮、憤怒、憎恨種種臉相，使她聯想到東獄廟地獄的偶像，一種無名的恐怖、憤恨、悲酸情緒重重地佔據了她的心，她的眼模糊了。咳，這鬼影幢幢裡會有她的媽媽嗎？想著她舉步，亦覺錯亂，她急急地穿過人堆走了一周，沒有見母親，不覺大聲呼喚：「媽媽，媽媽。」

「哦！我的兒呀，黃泉之下可相逢。」一個怪聲又哭又笑地唱起來，同時咒罵聲、呻吟聲、哭泣聲、狂笑聲，屋中吵成一片。宛英明白沒法可以喊得母親聽見，她再穿進人堆裡叫一次，然後急急走出門外。

「沒有？不要緊，後面找去。」老憲兵見她滿臉淚痕，安慰她說。

從院兩旁廂房是一排三開間的瓦房，一邊住男的，一邊住女的，門口有兩個中國員警持槍把守，見他們來了，立正行禮之後，把門開了，讓宛英進去了。

廂房比正殿小多了，也是黑壓壓的一地女人，近窗有一張大土炕，上面睡了十來個痛苦呻吟著的婦人，門開後嘈雜聲忽止，許多隻困乏憎恨的眼，勉強睜開望著宛英，見她背後沒有人，她們又吱吱喳喳地咒詛吵嚷起來。宛英急急走進人堆裡喊「媽媽」，見沒有回聲，她又勉強地仔細看，她到火炕前，忽見一個中年女人狼狽地要坐起來向她招手，宛英急走過去，果然是她的母親。她不禁拉了母親的手，嗚嗚抽咽地哭。

媽媽的手滾燙，她一句話也說不出來，只用手帕擦淚。

哭了一會兒，一個中國員警進來說：「憲兵說你們可以出去，這個太太跟我來吧。」

宛英攙扶母親，她已病倒四天，發著高度的燒，渾身無力，倒在炕上就起不來！喉也啞了，眼也昏了，見了女兒，心中一喜，力氣不知哪裡來的，居然扶著女兒走到前殿院中。同來的憲兵，笑嘻嘻地在向老憲兵道謝，見宛英出來，他走過來笑著拍她肩膀說道：「好孩子，好孩子！」

於是他們三個人坐上雇來的人力車，直往宛英家奔去。

到了門口，廣田同她母女走進堂屋，他對宛英說：「有什麼事，你找我去，不要怕。」他從衣袋中摸出一個小冊子，寫上號碼，又說，「三八一八是我的電話，有什麼事，打電話，好。你找，找我定來。」他說完，笑眯眯地走了出去，張媽叫宛英把他送出大門外，她望著這個憲兵的背影，不知怎的只想哭，怎樣這個好人也會是日本人呢？她想。

張媽已把媽媽攙到床上，她正忙亂地替媽媽換衣洗臉，口裡只說：「謝天謝地，您好容易回來了，別太乾淨全換衣服吧，再著涼，可不是玩的。」母親只能低低地說幾句話，她身上熱度還很高，張媽忙著上街抓藥，宛英在家中服侍母親。

張媽囑咐宛英不要同媽媽多談話，也不要說過分傷心的事刺激她，建國未回家的事，暫且瞞著她，只說因為近日抽壯丁，怕他在家會被人抽去，所以派他出城到海澱吳伯伯家去住些時日。

媽媽熱度仍很高，晚上請了相熟的龐大夫來，他診視後也說感冒甚重，神經上受了很大的打擊，務須靜養。

過了兩天，媽媽退了燒，自然又談起建國，她發現了去海澱是謊話，不免又焦急傷心起來。

這時城中謠言極多，一會兒傳說中國兵已到通州及濟南，不日就打進北京城裡，一會兒又傳說關外開進幾十萬大軍，這一次日本軍部決心要消滅整個華北的游擊隊以絕心腹之患，因為他們還要預備打俄國，謠言像野火似的可怕地散開，街上又是時時戒嚴，時時無故大批地逮人，有些人，根本不出門，但有身家地位的人常會失蹤。因是冬天，各處不斷有火警，消防車嗚嗚在街上悲鳴，接著就有多少無辜的嫌疑犯成串地牽著在街上走，他們從此生死未蔔，有充足現款的人，大約還不至定死罪，可以想辦法打點。

一連幾日都在驚懼悲慮中過著，宛英半夜醒來常聽媽媽啜泣與嘆息，這使她心如刀割，沒有別的方法可安慰的，前兩天也曾托廣田替她們查問過了，無下落，她相信這個好人決不會對她撒謊的。

每天媽媽都要張媽研究一番如何去尋建國，因為媽媽體力尚未恢復，張媽總想話開解她。宛英已有多時不到學校去，她天天在家侍候母親，近來因為不止的憂患侵蝕她，她已經變成一個很能沉默深思的人，她對建國的失蹤，自然非常著急，她明白母親是一定要去尋他，但她病後脆弱的體質，再不能禁受各種殘酷的摧殘了，萬一她又像上次被逮去關幾天，不是要死了嗎？

想了兩天，一夜她偷偷起來寫了一封以下的信留在母親的書桌內，她在清早託辭找朋友去便沒回家。等到中午，母親等她不回，偶然拉開書桌抽屜，發現底下的信：

最親愛的媽媽：

你看到這信時，請你千萬不要焦急派人找尋我去，我是決意找哥哥去了。請你放心，我一定不會有意外危險，你知道像我這樣一個孩子，決不會有人忍心謀害或虐待我的。我在你失蹤後，我已研究了許多人情世故，我已不是小姑娘，已經長了好幾歲了，請你放心，我同哥哥在幾天之內，一定要回到你的懷裡的，媽媽親愛的！請你千萬不要派人找我們，請你保重身體，再見，媽媽。

在後面又加上一行字說：

為了旅行方便，我把積蓄的五十元拿走了。再見，媽媽請你等我兩三天，我兩三天，（我）一定回到你面前。

媽媽把這封信看了幾遍，直到她的淚積了眼，她不禁伏在書桌上飲泣。

注①：對的。
注②：謝謝，大約是英語轉音。

死

枝兒記掛著隔壁新搬來的王伯伯昨天答應帶她去打鳥的話，天還沒亮便醒了。房內東西還看不大清楚，窗外白茫茫的似乎是霧，西邊的天掛著一團黃黃的月兒，像一盞不夠亮的街燈。對面床上，睡著的青姊英姊，一遞一接地在打呼，聲音很黏慢且勻適，尤其是青姊，弓起她肥圓的後背躺著，簡直像一隻睡貓。

愈看愈像一隻貓。枝兒不由得想起來拍一拍青姊才合適。她起來解手之後，便走到對面床邊輕輕用手摹撫著青姊。偶然抬頭看到牆上一團黑影動著，心裡有點害怕，就低叫道：「青姊姊，青姊姊。」她平常頂喜歡青姊，因為她只比她大三歲，也不像英姊那樣擺大姊架子。

「枝兒，幹麼不睡覺來吵人？」英姊倒給攪醒了，她睜了眼嗔道。

「天亮了。」枝兒不敢說怕黑。

「瞎說，窗戶外面漆黑的。」

「不黑，有月亮呢。」枝兒很得意地回答。

「有月亮就沒有天亮，傻孩子。你再不回去睡，我就喊媽媽了。」英姊說完，不屑理會地翻轉了身，面朝著牆。枝兒磨著還不回床去，她怕牆上的黑影子。她也不敢望窗外了，怕看到別的什麼東西。她把頭伏在青姊的大腿上。

青姊睡得真香，她仍然重重地打呼。英姊過了一會兒見枝兒仍不肯走，覺得這孩子太不聽話了，於是低聲喝道：「快回你床睡去，枝兒怎麼愈來愈不聽話了。你不走，我就叫媽媽。」

挨了一下，枝兒亦知拗不過大姐姐，於是慢吞吞地踱回小床去。幸虧此時牆上黑影已經不見了。房內稍微比方才黑暗，枝兒這時才覺得有點發涼，趕緊爬進被窩裡。

她躺下便又想起王伯伯答應她的話來，一種微溫的喜悅暖暖地浮上心來。她似乎看見後面崗頭（那是媽不許去的地方）的大樹林，樹枝上有千百隻花花綠綠的鳥，長尾巴的，帶冠的，孔雀哪，鳳凰哪，在兒童故事書上看到過的都有。王伯伯於是問她要打哪一隻鳥，她伸手一指，那隻花尾巴的，砰的一槍，便打中那一隻了。她趕緊跑過去拾起來，於是王伯伯又問她要不要林裡的野獸，小白兔哪，梅花鹿哪，花狸子哪（她沒敢想到獅子老虎，那是野人像非洲的黑人之類才會打得到）。這回她要什麼呢？要個小花鹿吧。他給她打，一打便中了。……於是她手裡提著鳥，抱著鹿跑回家來，誰都搶先迎著她要接過她手裡的東西……

想到這裡，枝兒笑了，眼皮也有點乏了，竟不知不覺地入了夢，夢裡更好了。有高高的山，有大大的樹林，有各式各樣的鳥，在林裡一邊唱一邊飛，像那次看的圖畫片子上《娃娃在樹林裡》一樣，她是那個妹妹，青姊姊是那個小哥哥。可是不好了，風忽然刮起來，面前飛砂走石，樹林子吹得亂響，她們倆趕緊藏在樹窟裡躲避一下，等到風停了她伸出頭來一看，樹枝上站著都是瞪著大眼盯人的貓頭鷹，那神氣嚇得死人，青姊姊呢？也不見了，怎好呢。

她出了一身冷汗，睜眼一看，原來人在床上，已經天亮了。青姊及英姊都已起床，窗外太陽黃澄澄照著天井，阿乙姐已經在那裡蹲著洗衣服了。

「晚了吧！怎辦呢？」枝兒趕緊跳下床來，跑到洗澡間去，媽媽姊姊們都在那裡漱口洗臉。

「枝兒過來，我得給你好好地洗一洗脖子了。」媽媽叫道。

「媽，晚了沒有？」枝兒猶疑地問。

「什麼晚不晚的？」英姊似乎趁願笑著逗枝兒道，「你上學校嗎？」

「王伯伯答應帶我去打鳥的，他叫我天朦亮跟他去。」枝兒走到媽媽前說道。
「王伯伯早去了，你看一看太陽到哪兒？這早晚他也許該打過鳥回家了吧。」
枝兒向來被稱作好脾氣的孩子，見媽媽這樣說，她知道今天是沒有希望跟去打鳥，可是心裡未免覺著不快活。洗漱完畢，便一個人跑到大門口張望去。阿乙姐眼挺尖，瞅著便說道：「人家早去了。你睡到太陽晒屁股都不醒，你又不是潮水，人家非等你不可嗎？」
枝兒多少明白阿乙姐的譏笑，可是沒有話答她，只訕訕地倚在大門板發楞。
「我說，你先去吃早飯吧，小姑奶奶。人家真的早就走了。」阿乙姐瞅著不耐煩叫道。
枝兒一陣風地跑到堂屋，匆匆吃過早飯，便拉著青姊姊到隔壁門口打聽。幸虧去了，王伯伯果然已經回來，且打了一背袋的鳥。
「枝兒來看呀，這一排都是我今早上打的。」王伯伯很高興地指點著，他笑得很和氣，吸著煙捲，這煙的味也變得很好聞。
枝兒拉著青姊姊的手，睜著她們長而大的眼很羨慕地望著。一隻山雞，三隻野鴨子，四隻小麻雀，還有一隻紅脖子的不知是什麼鳥，那黃尾巴的真好看，王伯伯也要吃它嗎？

「這一隻吃不得，我想送到中學堂做標本去。」王伯伯說。

「什麼標本……」枝兒剛問起頭，青姊姊便止住她道：「標本都不懂，就是英姊姊學堂那玻璃櫃內的假鳥。」

「怎樣做的？」枝兒又問。

「就是把打死的鳥裝了藥留起來，英姊姊告訴我的，王伯伯說對不對？」青兒說。

王伯伯笑著點頭，一邊低頭問枝兒道：「你昨天不是說要早早起來跟我去的嗎？我今早等了你好一會兒呢。放完春假，得等夏天我才回來了。」

枝兒囁嚅著不知怎樣答好，想告訴他半夜起來的事又不知怎樣講起，臉紅了一下，一會兒她低聲說：「王伯伯，我昨晚做夢打鳥去了。」

王伯伯聽話哈哈笑起來，拍著枝兒說道：「你長大大約是個詩人，事情未有邊兒，便先做了夢。做夢同誰去？打了什麼鳥呢？」

「我夢見你給我打了一隻山雞，一隻小梅花鹿，好玩極了。」枝兒答。

「有意思。我把這一隻山雞送你，青兒要什麼，挑一隻野鴨子也好，這一隻毛色好看。」王伯伯說著把山雞遞了給枝兒，野鴨給青兒。她們倆像接著珍奇寶貝一樣，緊緊地捧著，連跑帶跳趕回家去。

「媽媽呢，媽媽在哪裡呵？」青姊向阿乙姐嚷著問道。

「媽媽到四宅去了。」阿乙姐答。

「幹嗎去？」

「四叔婆今早上咽了氣了。媽去幫忙招呼招呼。」阿乙姐坐在廚房摘菜，忽然看到孩子們手裡的東西，嗤的一聲說道：「把這些死雞死鴨捧寶貝那樣捧回家來，真是笑話！」

「王伯伯說可以吃的。」枝兒忍不住回道。

「吃是可以吃的，誰說不可以吃呢。只是『撿一條鞋帶累身家』，什麼冬菇哪口蘑哪，要多少貴菜賠下去才好吃，做起來真有打一回醮那麼費事，好，你們，磨尖了嘴等吧，小姑奶奶！」阿乙姐一口氣講完了這一段話，臉上似乎有點不耐煩。青姊見她完了話便把手上的野鴨甩在砧板上，一溜煙跑了出去。

「你也放下吧。還是枝兒老實叫人痛。」阿乙姐嘆了一口氣把山雞接過來。

枝兒把山雞放在砧板上，看見阿乙姐臉上已經很隨和，於是她便問道：「我幫你摘一摘菜好不好？」
阿乙姐把一捆竹葉菜甩向她面前，說道：「好，來幫忙。可別『愈幫愈忙』呵！你不要動別的，只把這菜老的梗子摘去便得。」
「阿乙姐，這菜心是空的，可做水煙袋呢。我看見五叔婆昨天吃來的。」
阿乙姐見提到水煙袋，放了菜便坐下來，枝兒明白她要吸煙，拿條紙撚點著火遞過去。阿乙姐這一來樂了。（枝兒也許還記得昨天阿乙姐高興時掏出一包脆皮花生給她，所以此時也格外起勁巴結。）
「咳，我常跟你媽媽說青兒他們都調皮，只有枝兒一個人挺忠厚可憐，給她什麼就要什麼，向來不挑什麼。」阿乙姐長長的噴出一口煙，抽出煙筒，使勁地吹一下煙屎。枝兒被誇，更加坐得穩穩的，用心摘菜。
「你乖乖地摘吧，等一會兒我帶你找媽媽去。她也要叫一下才好回來，若不，又要累出病來了。」阿乙姐吸煙三四次便夠，她放下煙筒道。
「阿乙姐，什麼叫咽氣呵？」枝兒忽然想起方才的話問道。
「死了就是咽氣。」
「怎樣死了？」

「死就是死吧啦。」阿乙姐不耐煩起來。枝兒聽得出她的口氣，她怕煩了她。恰巧阿三走進來喝茶，他坐在竹椅上拿起水煙筒便遞紙撚叫枝兒點火。

「你倒會享現成福，人家剛洗過煙袋，你就吸。臭美！」阿乙姐盯了阿三一眼道。

「抽幾袋煙還會抽掉什麼？明天上市，我帶一包新茶葉送你，好吧？」阿三笑嘻嘻地狠狠地啜著水煙筒。

「得了，還好意思說什麼茶葉呢，連這一次總聽你講過上十遍了。人家『事不過三』，你是三個三都過了，還有臉說來道去。你的話只好哄小孩子。」

「這一回一定是真的，你不信，瞧著吧。『世上無難事，只怕有心人』，明天七點鐘，一定讓您老人家喝新茶！」

「好，瞧著你這個有心沒肺的人這一次哄人不哄。」阿乙姐把一大盆竹葉菜，使勁地甩到水桶裡，嘩嘩地用水洗。

阿三一口氣抽過幾袋煙，忽然停下來說道：「說起肺，我又想起前天看見我二叔叔死得怎樣難看了。關醫生老早就說他的肺病沒有法子想，難怪他常常害怕死。今天上街六叔告訴我昨天他們家接三，好幾個人看見他回來了。六叔告訴我，他親自聽見他長長的嘆氣，抽水煙袋，坐在堂屋裡，好像吃藥的神氣。」

阿乙姐默默地聽著，鄭重說道：「我常說人死了就變鬼，你總不信，這回該信了吧。」

阿三沒有作聲，枝兒忍不住問道：「阿三，你二叔叔怎樣死的，死是怎麼個樣子？」

「咳，他咽氣我沒有看見，趕到去他已經死了。大伯娘掀開白布單讓我再見一面。唉，老天爺。他的眼睛睜得老大老大的，眼珠子圓得像一顆桂圓，很生氣地瞪著。真嚇死人。我哇地喊了一聲便哭出來了，好在屋裡人多，我還沒嚇昏過去。」阿三此時說起，還是興奮，可見他當時嚇得很。

「自己的叔叔都怕，你這小鬼頭！」阿乙姐取笑道：「你的二叔叔年紀很青，他是不甘心死的，所以眼瞪得很大。後來有誰把他的眼合上沒有？」

「後來大伯娘拿了一搭紙錢往他眼上一邊掃一邊念道一些話，好一會才把它合上。」

「這法子是對的，若不把它合上，他會睜到入殮都合不上。若遇到四眼的貓狗或命數不好的人沖犯了他，這死屍會瞪著眼站起來！……」

阿三笑道：「阿乙姐，別說吧，你看枝兒臉都嚇青了。」

「青天白日怕什麼！」阿乙姐撈起洗好的菜，拿起煙袋，紙撚這回阿三點著送過去。她吃過一袋煙，一邊噴煙，一邊感嘆道：「我看世上什麼都是假的，穿金戴銀也得死，吃人參鹿茸也得死，真是俗語說的，『閻王註定三更死，誰敢留人到五更。』我是老婆婆了，吃也吃過，穿也穿過，就是沒有玩過，若是閻王來傳，我還有點不甘心。你們年青青的，日子還長著啦。」

阿三似乎很受感動，他臉上收斂了平日頑皮的笑容，嘆一口氣道：「我就怕死的那一天，心裡不願去，小鬼一定要催走。據說過了那條黃河，他們要你喝幾口混水，你就什麼都不記得了。」

「不，先得叫你過一道橋，拉你上望鄉臺，讓你望望你的家人，這就是接三那白天。陰間的白天就是陽間的夜裡。」阿乙姐說起什麼都不忘記表現她的淵博。

阿三似乎想什麼心事，也不開口說話了。

枝兒正聽得入神，忽然都沉默下來，心內說不出的難過。

「阿三，你請太太回家來吃點飯吧，她這幾天都沒有睡好，今兒早上連點心都沒吃，空一早上肚子，別空出病來。」阿乙姐好容易說話了。

阿三倒了一碗釅茶，喝乾了再提一提鞋跟，立起來要走。阿乙姐又道：「你光說吃飯，她是不好意思回來的。你就說省城裡來快信了，請她來家看一看。」阿乙姐回頭看到枝兒無聊樣子，又說道：「帶她去拜一拜，看看和尚念經也好。枝兒的衣服也還乾淨，不必換了。」

阿乙姐這話好比見了一道聖旨，枝兒聽了，又是喜悅又是驚懼。她緊緊拉著阿三的手跑了出去。

媽媽沒有在家吃晚飯，到四叔婆家陪夜去了。阿乙姐很早就讓小孩子吃了飯，她好早些勻出工夫來做點事，這是孩子們聽熟的話了。其實她會多做點什麼事呢，還不是坐在廚房多抽幾袋煙，多罵一會兒人。英姊這樣說。

「拉住她講鬼的故事，我去叫她去。」青姊吃飯時向英姊道。

「我講還不容易，今晚上你們怕黑做夢可別怨人！」阿乙姐原來就在廂房鋪床，聽見孩子們議論，高聲插話，又冷笑道：「明天還要上學，黑夜睡不好，早上可起不來呢。你們當我把你們哄去睡，我好自自在在地玩嗎？我還有許多事；我已經答應他們大少奶奶給她婆婆念四百張〈往生咒〉，我一刻都不得閒！」

「什麼是『往生咒』呵，阿乙姐？」青姊的好問脾氣又發作。

「人死要早投生才好呢！多念〈往生咒〉，死的人就快快去投生了。」她答。怎樣是投生？英姊青姊都似乎明白了。只有枝兒納悶。「什麼是投生？」她忍不住問青姊道。

「人死了變鬼，由鬼再投生做人。好比你，從前也許是個……」青姊到底沒滿九歲，編笑話還很費勁。英姊可接著道：「枝兒前輩子也許是餓死的，她不吃東西，就會肚子響，走路都走不動了。」

她們講過閒話便到臥房去，兩個姊姊因為惦記明天上學，收拾收拾，寫了一篇大字便上床睡著了，只有枝兒，翻過來，掉過去，好一會沒有合上眼。

剛合上眼，便看見四叔婆躺在她的大床上，用白布蓋著。床前燒著一爐香，床上擺著一隻白紙做的幡，啊呀，不好了，一隻貓走過，床上白布撲撲的動彈，那死屍要起來吧。她直瞪著眼，撲人面前來。「好怕呀，媽媽！」枝兒把被窩緊緊地蓋著頭面喊道。

叫了好一會兒，也沒有人來。她再也不敢把頭伸在被窩外面。可是，她看見四叔婆穿著她的寬大的黑綢衣服，拿著一隻白紙剪的幡，一個人孤孤另另地過那道長長的橋，過了橋，她慢慢地踱上一座臺，臺的四周都是雲，雲裡是些醜怪的人，不，是些怪樣子的鬼！

「阿乙姐——阿乙姐——」枝兒大聲喊道，渾身都是冷汗。她覺得全身一點力氣都沒有，手足軟禿禿的。她把臉伏在枕頭上爬著睡，想什麼也看不見。可是，耳朵倒特別好起來了。誰在樓頂上走呵？咯得，咯得，像小腳兒娘們走路的聲音。咳……誰在嘆氣，想心事似的（像阿乙姐罵人常說的）。咯得，咯得，又走起來了，家裡沒有纏腳娘們！鬼！四叔婆纏腳。……怕呵。她瞪直了眼從床上翻身坐起來，又看見她。枝兒把被窩一踹，從床上爬起來，一邊顫聲叫道：「青姊姊，英姊姊，快點快點快點！」

她見叫不應，又叫了一遍，想著跑到對面床上，腳卻像墜了一個鉈子，再也動不得，只好坐在床上發楞。心跳得厲害，快要跳到口裡了。

房內本來沒有燈，只借隔房的洋油燈的亮照著，房內大概可以看得見。不知誰開了窗竟忘了關，此時忽然刮起風來，就把洋燈吹滅了。接著套房的門嘭的大聲的打著牆，前面的門，嗚嗌……的吹開了，一陣冷風直吹進來。枝兒打了一個冷噤，不由得睜大眼。唉喲，一個黑影在房門外！

枝兒忽然全身發熱，猛跳下床，趕到對面床上，抱著青姊的脖子，狂喊起來。

「怎回的事呵？」青姊醒了急問道。
「一個黑影子，我看見。」枝兒顫聲指著外面，身上抖得怕人。
「唉喲，英姊姊。」青姊也顫聲喊起來。
英姊早就被吵醒了，她怕妹妹們看輕她，說她沒有膽子，只好把頭躲在被裡藏著，可是渾身發汗，此刻見兩個妹妹又哭又叫，她只是個十一二歲的女孩，早就嚇軟了。
她們倆見喊她不應，忽然一種懼怕襲上心來，她們同時都覺得英姊好像已經死了。白布被窩蒙著臉，真像四叔婆那樣子。
「我怕……」青姊猛地踹了被窩，摔了枝兒往門外跑。枝兒發了狂似的牽著青姊的衣服跟著走。她們倆出人意外地逃出去。英姊忽然也被驚嚇襲住，撥開被窩，也跳下床來，顫聲喊「等一等」。
兩個妹妹什麼也聽不見，什麼也想不起，只見後面有個影子趕來，只顧向堂屋狂跑。堂屋的燈好在還亮著。
「什麼事啊？什麼事啊？」阿乙姐正洗開腳，此時光了腳從廚房跑出來到堂屋喝住問道。

枝兒這時抱著阿乙姐的腿嗚嗚地哭起來，一句話也說不出。

青姊及英姊都瞪了眼，顫聲叫道：「看見……看見……」

「這房子乾淨極了。不會有什麼的，別瞎說了。」阿乙姐竭力鎮定地說，可是她也不敢再提鬼那個字了。

「我聽見有人在樓頂咯得咯得地走路，像四叔婆……」

「呀……」青姊也抱了阿乙姐的腿叫起來，英姊站得更近這一堆人。

「還看見什麼？」青姊問道。

「她從床上……」枝兒沒待說完，便嗚嗚地哭起來，抱著阿乙姐更緊了。

英姊此刻也摟了青兒叫起來。

「怕……」

還是阿乙姐有主意，她一會兒便在觀音前，點了香看著三個孩子輪流地磕了頭。阿乙姐點了燈陪著她們到臥房去，還坐著講了觀音十八變的故事。守著三個孩子都打了呼，方才好走出去。

原載開明書店《十年》一九三六年七月初版。

附錄一

再談兒童文學

茅盾

因為現在是要實施「兒童年」了，不免再來談談兒童文學。

新近讀了淩叔華女士的短篇小說集《小哥兒倆》（《良友文學叢書》之二十），覺得其中幾篇「寫小孩的作品」頗有意思。現在就從這幾篇說起。

《小哥兒倆》中間共收短篇小說十三篇，前九篇全是寫小孩子的。作者自序中說：「書裡的小人兒都是常在我心窩上的安琪兒，有兩三個可以說是我追憶兒時的寫意畫。」這是淩女士這幾篇「寫小孩的作品」和別的兒童文學的作家如葉聖陶、張天翼他們的作品不相同之處。葉張兩位先生的給小孩看的作品似乎都是觀察兒童生活的結果；而且似乎下筆時「有所為而為」，所以決不是「寫意畫」。

淩女士這幾篇中，我最中意的，是〈小哥兒倆〉〈搬家〉〈鳳凰〉〈小英〉〈開瑟琳〉等五篇。

〈小哥兒倆〉寫兄弟倆人得了叔叔買來的八哥，快活得什麼似的；但是剛得的那天就因為一個不小心，八哥被黑貓吃了，兩兄弟就決定要替八哥報仇。第二天一清早，到園子裡守那黑貓，不料卻看見一口木箱裡有一窩剛新生下來的小貓，那老黑貓就在喂乳。於是兩兄弟就被那些可愛的小貓所吸引，忘記了那黑貓，並且再也想不起要打死這咬死八哥的黑貓了。

這故事當然也有它的道德方面的意義，但作者並沒取了說教的姿勢，單是很靈巧地寫出兒童的天真來。使小讀者們不知不覺受到道德方面的影響。這方法是好的。

〈搬家〉也寫兒童對於動物的天真和愛護，然而用一兩個不大能體貼兒童此種本能的大人的行動作為襯托。於是故事的情緒就頗為緊張（尤其是結梢處），小小的讀者自然而然會判斷誰是對，誰是不對。

〈鳳凰〉一篇寫一個寂寞的兒童跑出後門去看裡面人的擔子，中意一個麵鳳凰，卻因為沒有錢買不到，急得要哭，於是就有一個拐子利用這機會拐她去，幸而在半途上就被家裡找著了，這跟上篇〈搬家〉一篇同樣也可以使不大注意兒童精神生活的大人們起點猛省。但在「寫小孩子」這方面卻是注重在兒童的心地純潔，——不疑大人們（拐子）的詭計。這一篇並沒從正面教訓兒童去堤防「陌生人」，——就是寫了拐子卻極力免避引兒童對於「人」的不信任，這在我看來覺得很有意思。

〈小英〉是從兒童的眼裡寫出不合理的婚姻，並且由兒童心裡發出對於不合理婚姻的抗議。〈開瑟琳〉寫一個不為母親所愛的富家女孩怎樣不像她母親和姐弟們的看不起窮人而和女僕的女孩子成為好友

總而言之，這五篇雖然題材不盡同，但作者所要寫的主要點卻同是兒童的天真和純潔。

我是主張兒童文學應該有教訓意味。兒童文學不但要滿足兒童的求智欲，滿足兒童的好奇好活動的心情，不但要啟發兒童的想像力、思考力，並且應當助長兒童本性上的美質：天真純潔，愛護動物，憎恨強暴與同情弱小，愛美愛真……所謂教訓的作用就是指這樣的「助長」和「滿足」和「啟發」而言的。

淩女士這幾篇並沒有正面的說教的姿態，然而竭力描寫著兒童的天真等等。這在小讀者方面自會發生好的道德作用。她這一「寫意畫」的形式，在我們文壇上尚不多見。我以為這形式未始不可以再加以改進和發展，使得我們的兒童文學更加活潑豐富。

順便說一句：把民間故事改編為兒童文學本來是極應當的事；但我們試看看我們在這一方面的成就（這方面的作品佔據了我們現有的兒童文學大部分），我們老實不敢恭維。因為民間故事有些固然是大眾智慧經驗的累積（這是好的，對於兒童有益的），但也有不少是傳統的有害的「思想」和觀念的結晶；改編民間故事決不是可以草率從事的。

（原載《文學》一九三六年一月一日第六卷第一號）

附錄二

論自然畫與人物畫

朱光潛

我認識《小哥兒倆》的作者已經十餘年了。已往雖然零星的讀過她的幾篇作品，可是直到今天才有福分把《小哥兒倆》從頭到尾仔細看了一遍。想梅特林和他的姐姐在一塊兒住了三十多年，一直到他母親臨死的那一刻，才認識她向未呈現的一種面目那一個故事，我心裡感到一種喜悅，如同一個人在他也久住的家鄉突然發現某一角落的新鮮境界一樣。

作者自言生平用工夫較多的藝術是畫，她的畫稿大半我都看過。在這裡面我所認識的是一個繼承元明諸大家的文人畫師，在嚮往古典的規模法度之中，流露她所特有的清逸風懷和細緻的敏感。她的取材大半是數千年來詩人心靈中蕩漾涵泳的自然。一條輕浮天際的流水襯著幾座微雲半掩的青峰，一片疏林映著幾座茅亭水閣，幾塊苔蘚蓋著的卵石中露出一叢深綠的芭蕉，或是一灣謐靜清瑩的湖水的旁邊，幾株水仙在晚風中回舞。這都自成一個世外的世界，令人悠然意遠。看她的畫和過去許多人的畫一樣，我們在靜穆中領略生氣的活躍，在本色的大自然中找回本來清淨的自我。這種怡情山水的生活，在古代叫做「隱逸」，在近代有人說是「逃避」，它帶著幾分「出世相」的氣息是毫無疑問的；但是另一方面看，這也是一種「解放」。人為什麼一定要困在現實生活所畫的牢獄中呢？我們企圖作一點對於無限的尋求，在現實世界之上創造一些易與現實世界成明暗對比的意象的世界，不是更能印證人類精神價值的崇高麼？

但是這裡有一個問題：這種意象世界是否只在遠離人境的自然中才找得出呢？我想起二十年前的電車裡和我的英國教師所說的一番話。他帶我去看國家畫像館裡的陳列，回來在電車上問我的印象，我坦白地告訴他：「我們一向只看山水畫，也只愛看山水畫，人物畫像倒沒有看慣，不大能引起深心契合的樂趣。我不懂你們西方人為什麼專愛畫人物畫。」他反問我：「人物畫何以一定就不如山水畫呢？」我當時想不出什麼話回答。那一片刻中的羞愧引起我後來對於這個問題不斷的注意。我看到希臘造型藝術大半著眼在人物，就是我們漢唐以前的畫藝的重要的母題也還是人物；我又讀到黑格爾稱讚人體達到理想美的一番美學理論，不免懷疑我們一向著重山水看輕人物是一種偏見，而我們的畫藝多少根據這種偏見形成一種畸形的發展。在這裡我特別注意到作者所說的倪雲林畫山水不肯著人物的故事，這可以說是藝術家的「潔癖」，一涉到人便免不掉人的骯髒惡濁。這種「潔癖」是感到人的尊嚴而對於人的不尊嚴的一面所引起的強烈的反抗，「掩鼻而過之」，於是皈依於遠離人境的自然。這傾向自然不是中國藝術家所特有的，可是在中國藝術家的心目中特別顯著。我們於此也不必妄作解人，輕加指摘。不過我們不能不明白這些皈依自然在已往叫做「山林隱逸」的藝術家有一種心理的衝突——理想與現實的衝突，或者說，自然與人的衝突——而他們只走到這衝突兩端中的一端，沒有能達到黑格爾的較高的調和。為什麼不能在現實人物中發現莊嚴幽美的意象世界呢？我們很難放下這一個問題。放下但丁、莎士比亞和曹雪芹一班人所創造的有血有肉的人物不說，單提武粱詞和巴惕楞（Parthenon）的浮雕，或是普拉克什特理斯（Praxiteles）的雕像和吳道子的白描，它們所達到的境界是否真比不上關馬董王諸人所給我們的呢？我們在山林隱逸的氣氛中胎息生長已很久了，對於自然和文人畫已養成一種先天的在心裡伸著根的愛好，這愛好本是自然而且正常的，但是放開眼睛一看，這些幽美的林泉花鳥究竟只是大世界中的一角落，此外可欣喜的物件還多著咧。我們自己——人——的言動笑貌也並不是例外。身分比較高的藝術家，不嘗肯拿他們的筆墨在這一方面點染，不能不算是一種缺陷。

我在談《小哥兒倆》，這番討論自然畫與人物畫的話似乎不很切題，其實我的感想也有一種自然的線索，作者是文學家也是畫家，不僅她的繪畫的眼光和手腕影響她的文學的作風，而且我們在文人畫中所感到的缺陷在文學作品中得到應有的彌補。從叔華的畫稿轉到她的《小哥兒倆》，正如莊子所說的「逃空谷者聞人足音跫然而喜」。在這裡我們看到人，典型的人，典型的小孩子像大乖、二乖、珍兒、鳳兒、枝兒、小英，典型的太太姨太太像三姑的祖母和婆婆，鳳兒家的三娘以至於六娘，典型的傭人像張媽，典型的丫鬟像秋菊，蹌蹌來往，組成典型的舊式的貴族家庭，這一切人物都是用畫家筆墨描繪出來的，有的現全身，有的現半面，有的站得近，有的站得遠，沒有一個不是活靈活現的。小說家的使命不僅在說故事，尤其在寫人物，一部作品裡如果留下幾個叫人一見永不能忘的性格，像《紅樓夢》裡的王鳳姐和劉姥姥，《儒林外史》裡的馬二先生和嚴貢生，那就註定了它的成功，如果這個目標不錯，我相信《小哥兒倆》在現代中國小說中是不可多得的成就。

像題目所示的〈小哥兒倆〉所描寫的主要的是兒童，這一群小仙子圈在一個大院落裡自成一個獨立自足的世界，有他們的憂喜，他們的恩仇，他們的嘗試與失敗，他們的詼諧和嚴肅，但是在任何場合，都表現他們特有的身分證：爛漫天真，大乖和二乖整夜睡不好覺，立下堅決的誓願要向吃了八哥的野貓報仇，第二天大清早起架起天大的勢子到後花園去把那野貓打死，可是發現它在喂一窩小貓兒的奶，那些小貓太可愛了，太好玩了，於是滿腔仇恨煙消雲散，撫玩這些小貓。作者把寫《小哥兒倆》的筆墨移用到畫藝裡面去，替中國畫藝別開一個生面。我始終不相信萊辛（Lessing）的文藝只宜敘述動作，造型藝術只宜描繪靜態那一套理論。

作者寫小說像她寫畫一樣，輕描淡寫，著墨不多，而傳出來的意味很雋永。在這幾篇寫小孩子的文章裡面，我們隱隱約約的望見舊家庭裡面大人們的憂喜恩怨。他們的世故反映著孩子們的天真，可是就在這些天真的孩子們身上，我們已開始見到大人們的影響，他們已經在模仿爸爸媽媽哥哥姐姐們玩心眼。我們不禁聯想到華茲華斯的名句：「你的心靈不久也快有她的塵世的累贅了。習俗躺在你身上帶著一種重壓，像霜那麼沉重，幾乎像生命那麼深永！」

像每一個真正的藝術家，作者是不肯以某一種單純的固定的風格自封的。我特別愛好〈寫信〉和〈無聊〉那兩篇，它們顯示作者的另一作風。〈寫〉全篇是獨語，不但說了一個故事，描寫了一個性格，還把那主人翁——張太太——的心竅都披露出來。這是白朗寧（Browning）和艾略特（T.S.Eliot）在詩中所用的技巧，用在小說方面還不多見。我相信這種寫法將來還有較大的前途。〈無聊〉是寫一種 mood，同時也寫了一種 atmosphere，寫法有時令人聯想到曼斯費爾德（Mansfied），很細膩很真實。「終日驅車走，不見所問津」，古人推為名句。這篇小說很有那兩句詩的風味。我總得再說一遍，這部《小哥兒倆》對於我是一個新發見，給了我很大的喜悅。我相信許多讀者會和我有同感。

一九四五年三月於嘉定

（原載《天下週刊》一九四六年五月五日創刊號）

臺灣版後記

為重寫中國兒童文學史做準備

眉睫（簡體版書系策畫）

二〇一〇年，欣聞俞曉群先生執掌海豚出版社。時先生力邀知交好友陳子善先生參編海豚書館系列，而我又是陳先生之門外弟子，於是陳先生將我點校整理的梅光迪講義《文學概論》（後改名《文學演講集》）納入其中，得以出版。有了這個因緣，我冒昧向俞社長提出入職工作的請求。俞社長看重我對現代文學、兒童文學研究的能力，將我招入京城，並請我負責《豐子愷全集》和中國兒童文學經典懷舊系列的出版工作。

俞曉群先生有著濃厚的人文情懷，對時下中國童書缺少版本意識，且缺少人文氣質頗不以為然。我對此表示贊成，並在他的理念基礎上深入突出兩點：一是以兒童文學作品為主，尤其是以民國老版本為底本，二是深入挖掘現有中國兒童文學史沒有提及或提到不多，但比較重要的兒童文學作品。所以這套「大家小書」，頗有一些「中國現代兒童文學史參考資料叢書」的味道。此前上海書店出版社曾以影印版的形式推出「中國現代文學史參考資料叢書」，影響巨大，為推動中國現代文學研究做了突出貢獻。兒童文學界也需要這麼一套作品集，但考慮到兒童讀物的特殊性，影印的話讀者太少，只能改為簡體橫排了。但這套書從一開始的策劃，就有為重寫中國兒童文學史做準備的想法在裡面。

為了讓這套書體現出權威性，我讓我的導師、中國第一位格林獎獲得者蔣風先生擔任主編。蔣先生對我們的做法表示相當地贊成，十分願意擔任主編，但他畢竟年事已高，不可能參與具體的工作，只能以書信的方式給我提了一些想法，我們採納了他的一些建議。書目的選擇，版本的擇定主要是由我來完成的。總序也由我草擬初稿，蔣先生稍作改動，然後就「經典懷舊」的當下意義做了闡發。可以說，我與蔣老師合寫的「總序」是這套書的綱領。

什麼是經典？「總序」說：「環顧當下圖書出版市場，能夠隨處找到這些經典名著各式各樣的新版本。遺憾的是，我們很難從中感受到當初那種閱讀經典作品時的新奇感、愉悅感、崇敬感。因為市面上的新版本，大都是美繪本、青少版、刪節版，甚至是粗糙的改寫本或編寫本。不少編輯和編者輕率地刪改了原作的字詞、標點，配上了與經典名著不甚協調的插圖。我想，真正的經典版本，從內容到形式都應該是精緻的、典雅的，書中每個角落透露出來的氣息，都要與作品內在的美感、精神、品質相一致。於是，我繼續往前回想，記憶起那些經典名著的初版本，或者其他的老版本——我的心不禁微微一震，那裡才有我需要的閱讀感覺。」在這段文字裡，蔣先生主張給少兒閱讀的童書應該是真正的經典，這是我們出版本套書系所力圖達到的。第一輯中的《稻草人》依據的是民國初版本、許敦谷插圖本的原著，這也是一九四九年以來第一次出版原版的《稻草人》。至於解放後小讀者們讀到的《稻草人》都是經過了刪改的，作品風致差異已經十分大。俞平伯的《憶》也是從文津街國家圖書館古籍館中找出一九二五年版的原著來進行重印的。我們所做的就是為了原汁原味地展現民國經典的風格、味道。

什麼是「懷舊」？蔣先生說：「懷舊，不是心靈無助的漂泊；懷舊也不是心理病態的表徵。懷舊，能夠使我們憧憬理想的價值；懷舊，可以讓我們明白追求的意義；懷舊，也促使我們理解生命的真諦。它既可讓人獲得心靈的慰藉，也能從中獲得精神力量。」一些具有懷舊價值、經典意義的著作於是浮出水面，比如孤島時期最富盛名的兒童文學大家蘇蘇（鍾望陽）的《新木偶奇遇記》；大後方為少兒出版做出極大貢獻的司馬文森的《菲菲島夢遊記》，都已經列入了書系第二批順利問世。第三批中的《小哥兒倆》（淩叔華）《橋（手稿本）》（廢名）《哈巴國》（范泉）《小朋友文藝》（謝六逸）等都是民國時期膾炙人口的大家作品，所使用的插圖也是原著插圖，是黃永玉、陳煙橋、刃鋒等著名畫家作品。

中國作家協會副主席高洪波先生也支持本書系的出版，關露的《蘋果園》就是他推薦的，後來又因丁景唐之女丁言昭的幫助而解決了版權。這些民國的老經典，因為歷史的原因淡出了讀者的視野，成為當下讀者不曾讀過的經典。然而，它們的藝術品質是高雅的，將長久地引起世人的「懷舊」。

經典懷舊的意義在哪裡？蔣先生說：「懷舊不僅是一種文化積澱，它更為我們提供了一種經過時間發酵釀造而成的文化營養。它對於認識、評價當前兒童文學創作、出版、研究提供了一份有價值的參照系統，體現了我們對它們的批判性的繼承和發揚，同時還為繁榮我國兒童文學事業提供了一個座標、方向，從而順利找到超越以往的新路。」在這裡，他指明了「經典懷舊」的當下意義。事實上，我們的本土少兒出版是日益遠離民國時期宣導的兒童本位了。相反地，上世紀二三十年代的一些精美的童書，為我們提供了一個座標。後來因為歷史的、政治的、學術的原因，我們背離了這個民國童書的傳統。因此我們正在努力，力爭推出真正的「經典懷舊」，打造出屬於我們這個時代的真正的經典！

但經典懷舊也有一些缺憾，這種缺憾一方面是識見的限制，一方面是因為審稿意見不一致。起初我們的一位做三審的領導，缺少文獻意識，按照時下的編校規範對一些字詞做了改動，違反了「總序」的綱領和出版的初衷。經過一段時間磨合以後，這套書才得以回到原有的設想道路上來。

欣聞臺灣將引入這套叢書，我想這對於臺灣人民了解大陸的兒童文學是有幫助的。林文寶先生作為臺灣版的序言作者，推薦我撰寫後記，我謹就我所知，記述於上。希望臺灣的兒童文學研究者能夠指出本書的不足，研究它們的可取之處，為重寫兩岸的中國兒童文學史做出有益的貢獻。

二〇一七年十月於北京

眉睫，原名梅杰，曾任海豚出版社策劃總監，現任長江少年兒童出版社首席編輯。主持的國家出版工程有《中國兒童文學走向世界精品書系》（中英韓文版）、《豐子愷全集》《民國兒童文學教育資料及研究》，主編《林海音兒童文學全集》《冰心兒童文學全集》《豐子愷兒童文學全集》《老舍兒童文學全集》等數百種兒童讀物。二〇一四年度榮獲「中國好編輯」稱號。著有《朗山筆記》《關於廢名》《現代文學史料探微》《文學史上的失蹤者》，編有《許君遠文存》《梅光迪文存》《綺情樓雜記》等等。

民國時期經典童書 A0801014

小哥兒倆

作　　者 淩叔華
版權策劃 李　鋒

發 行 人 陳滿銘
總 經 理 梁錦興
總 編 輯 陳滿銘
副總編輯 張晏瑞
編 輯 所 萬卷樓圖書 (股) 公司
特約編輯 沛　貝
內頁編排 林樂娟
封面設計 小　草
印　　刷 百通科技 (股) 公司

出　　版 昌明文化有限公司
桃園市龜山區中原街 32 號
電　　話 (02)23216565
發　　行 萬卷樓圖書 (股) 公司
臺北市羅斯福路二段 41 號 6 樓之 3
電　　話 (02)23216565
傳　　真 (02)23218698
電　　郵 SERVICE@WANJUAN.COM.TW
大陸經銷
廈門外圖臺灣書店有限公司
電郵 JKB188@188.COM

ISBN 978-986-496-070-5
2017 年 12 月初版一刷
定價：新臺幣 520 元

如何購買本書：
1. 劃撥購書，請透過以下帳號
帳號：15624015
戶名：萬卷樓圖書股份有限公司
2. 轉帳購書，請透過以下帳戶
合作金庫銀行古亭分行
戶名：萬卷樓圖書股份有限公司
帳號：0877717092596
3. 網路購書，請透過萬卷樓網站
網址 WWW.WANJUAN.COM.TW
大量購書，請直接聯繫，將有專人為您服務。(02)23216565 分機 10

如有缺頁、破損或裝訂錯誤，請寄回更換

國家圖書館出版品預行編目資料

小哥兒倆 / 淩叔華著 . -- 初版 . -- 桃園市 : 昌明文化出版 ; 臺北市 : 萬卷樓發行 , 2017.12
面 ;　公分 . -- (民國時期經典童書)
ISBN 978-986-496-070-5(平裝)
859.08　　106021764